アビゲイル エ
Abigail Ellison
JN011168
池田 戦
Sen Ikeda

「あなたが一人で
きっと寂しいと思ったから
遊びに来ちゃったの！」

「犯人……
正体は…………だ！」
リスン

ジェイコブ ラトランド
Jacob Rutland

アウロラ ラヴィーリャ

Aurora Lavilla

シロナガス島への帰還
Return to Shironagasu Island
Hyogo Onimushi presents
鬼虫兵庫 ── 著
下
しろい ── イラスト

Character

第七話　重なり合わせのA　〇〇五
第八話　正体　〇七七

第九話　約束　一三九
第十話　完全なる不死　二〇九
第十一話　過ぎ去りし赤　二五九
第十二話　シロナガス島への帰還　三二三

第七話

重なり合わせのA

」1「

「あ、あの……もしかすると、そのアウロラってのは、プログラムで組み込まれた仮想人物だったのかも……」

　薄暗い地下処理室。

　沈黙が支配する中、ねね子は口ごもりながら言った。

　池田（いけだ）は怪訝な視線を返す。

「仮想人物？」

「それを組み込むことになんの意味があるのかはよくわからないけど……。そもそも、池田をこの装置に接続した理由もまだよくわかってないくらいだし……」

　数々の記憶が池田の脳内でフラッシュバックする。

　それらの光景には未だに彼女の姿がある。池田の記憶には現実世界よりもアウロラのいた世界の方が深く刻み込まれているようだった。

「クソッ……どうやら後で細かな部分の照らしあわせが必要なようだな……。じゃあ何か？　お前がパーティー会場で裸踊りしたのも、あれも現実じゃなかったってことか？」

　ねね子は思わずその身を跳ね上げる。

「は、はあああぁぁッ！　な、なんだそれ！　ボ、ボクがそんなことするわけないだろぉッ！　つ、突っ込め！　今すぐその装置に頭突っ込めッ！　その間違った記憶、脳みそごと焼き切ってやるッ！」

「……落ち着け。軽い冗談だ。ともかく、ここでずっとグダグダしている場合じゃない。上に繋がる階段を探すぞ」

「よ、世の中には冗談で済むものと済まないものが……ううう……」

池田が部屋を見回すと、そこには池田のジャケットと共に銃までが置いてあった。どうやら屋敷側の人間は、池田が逃れることをまったく想定していなかったらしい。

「セクハラ……名誉毀損……裁判……」

ブツブツと文句を垂れ続けるねね子を横目に、池田は扉に身を寄せる。

「ああもう、しつけえな……。外に出るぞ、用心しろ」

通路には人の気配はなく、また当然ながら既にアビーの姿もない。

「その化け物とやらには俺も遭遇したくはないな。だが、奥のエリアは気になるが……」

扉の下から漏れ出した血液は廊下に広がり、変わらず鉄錆の匂いを広げている。

「あ、あのエリアはボクの持っているカードでは開かなかった。解析し終わったトマスのデータなら開くかもしれないけど、今の状況だとそっちに向かってる場合じゃないと思う……」

「そうだな。今は脱出を優先するべきだ」

二人は、ねね子が元来た道を引き返す。

扉もなく、ただ真っ直ぐな道が延々と続いているだけなので、身を隠すことが難しい。敵と遭遇すれば逃げずに戦うしかないだろう。

「あ、あの化け物が出てきたらボクは真っ先に逃げるのでよろしく……」

「そうならないことを祈りたいもんだね」

そう答えつつ、

「だが、アビーの台詞は気になるな……。奴はお前に『トマスとレイモンド卿を殺したのは誰か？』と聞いたんだろ？　となると、あれをやったのが屋敷側の人間ではないことは確定したわけだ」

「や、やっぱり招待客の中に二人を殺した犯人がいるってこと？　だとするとそっちも怖い……」

「その通りだ。俺達はその犯人にも気を向けないといけない」


「ボ、ボクはここでエレベーターから降りてきたんだけど……」

そのエレベーターを前にしてねね子は言った。

池田は試しにボタンを押してみたが、やはり無反応だ。

「ふむ、確かに動かないようだ。まあ、俺達が地下にいることは既にバレているからな、簡単には戻してくれまい」

「て、てことは、ここから更に奥に向かわないといけないってこと？　そっちはあの化け物が来た方向だし、あまり行きたくないなぁ……」

「ん……？　いや、扉があるぞ」

池田の視線の先、エレベーターのすぐ横には鉄製の扉が備え付けられている。

それに気づいたねね子は呆然とした視線を向けた。

「う、うえ？　もしそんなところに階段があったのなら、今までのボクの逃避行は一体なんだったんだ……」

「いや、流石に鍵がかかっているようだ。だが、この程度なら……」

池田はピッキングツールを取り出し、手慣れた手つきで鍵を開ける。

「よし、開いたぞ……。だが、アビーがブービートラップを仕掛けている可能性がある。下がっていろ、ねね子」

「ひ、ひぇ……」

池田は慎重に扉を引いて、僅かにでも抵抗があるかどうかを確認した後、隙間からワイヤーのなどの有無を確認する。問題がないことを確認した後、池田は扉を開けた。

その先には上階へと続くらせん階段があり、それを薄暗い照明が照らし出していた。

「大丈夫だ。罠の類いは無し。仕掛ける余裕がなかったか、あるいは仕掛ける必要がないと判断したのか……」

どのみち池田達はこの絶海の孤島で完全に孤立している。地下に閉じ込められる以前に初めから袋の中のネズミだ。

「……ほっ」

と、ねね子が小さく安堵の息を吐き出した直後、池田はその口を塞いだ。

誰かの足音が聞こえる。

気配を消し、慎重にらせん階段を下りる足音が辺りに反響している。

池田は無言のままねね子に合図し、共にらせん階段の下に身を隠す。段ごとに隙間があるらせん階段ではあるが、真下は死角となるはずだ。

やがて、目の前に人影が現れた瞬間、池田は銃を構えた。

「動くな」

銃口の先にいる人影が、ビクリとその身を跳ね上げた。

「うわっ！　び、びっくりした……なんであなたがこんな場所に？」

「……ッ！　アレックスか」

アレックスは動揺した様子で二人に視線を向け、池田の銃口が自分に向けられていることに気づくとその顔を青ざめさせる。

「あ、あの……。そ、その物騒な物下ろしてもらえませんか……？」

「それはお前の返答次第だな。アレックス、ここは普通にはたどり着けないはずの場所だ。どうやってここに忍び込んだ？　一体、何を嗅ぎまわっている？」

「たどり着けない場所って……あなた達の方が先にいたじゃないですか。やっぱり、あなた達はこの屋敷に雇われた人間なんですか？」

「勘違いするなよ？　質問をするのはこっちの方だ」

池田はそう言いながら、脅すように銃口を上げる。

「や、やっぱりあなたは噂通りの野蛮人ですね……。わかりました、知っていることを喋りますから。その……じゅ、銃を向けるのを止めてください。怖いです」

既に池田は銃にセーフティーをかけているのだが、素人のアレックスにはわかるはずもない。

池田は頷き、銃をバックホルスターへとしまった。

「いいだろう。それと、長い階段を下りてきたところで悪いが、出口まで案内してもらうぜ。下は酷く物騒だからな」

「物騒？　地下で何かあったんですか？　あっ……い、いえ……わかりましたよ。案内しますってば」

渋々階段を上り始めたアレックスに向かって池田は口を開く。

「アレックス。こんな場所まで忍び込むくらいだ……お前は単なる招待客ってわけじゃないようだな。一体、お前は何者だ？　誰かに雇われたのか？」

アレックスはムスッと顔を歪ませる。

「雇われた？　馬鹿を言わないでください、僕は自分自身の意思でこの島にやってきたんです。誰かのためにこんなことをやっているんじゃない」

「そんな話を信用しろと？　こんな現場を連中に見つかったらただではすまんのだぜ？生死のリスクを負ってまで調べる程の理由があるとは思えんがね」

「危険は承知の上です。それでも僕にはどうしても調べないといけないことがあって……」

そう言って視線を落とす。

「……その理由は？」

「それは……その……。過去に僕の祖母がこの施設を利用したかもしれなくて……。僕はその事実を調べるためにこの島に来たんです」

アレックスは口ごもりつつそう答えた後、後ろの池田を振り返った。

「ねえ、もういいですか？　僕は屋敷側の人間じゃないし、誰かに雇われたわけでもない。僕はむしろ、あなた達を疑っているくらいなんですから」

「馬鹿を言うな。こっちは危うく人体実験の餌食になるところだったんだ。お前も屋敷側の人間じゃないのなら注意することだな。もう奴らは完全に敵だ。それに、ここには連中が開発した化け物もいる」

「化け物？　人体実験はともかくとして、そんな話とても信じられないんですが……」

「実際にあったことだ。信じた方が身のためだと思うがね」

「…………」

アレックスは無言のまま、反抗するかのように視線を外す。

「次にお前の詳しい素性を知りたい、出身地、家柄その他諸々、話せることはすべてだ」

「いくらでもどうぞ。僕の名前はアレックス・ウェルナー。イングランド系のアメリカ人です。ウェルナー家は南北戦争の武器製造、輸出で巨万の富を得て、その後、株式投資によってその富を増やした家系です。まあ、あまり褒められた出世の仕方ではないですが、一応これでもアメリカでは大富豪の一つに数えられているようですね」

「……そりゃなんとも羨ましいことだな」

池田はそう言いながらチラリとねね子に視線を向ける。

ねね子はコクリと頷き、口を開く。

「ぶ、武器輸出で巨万の富を得たウェルナー家の子孫、グラハム・ウェルナーは1929年のウォール街大暴落の直前に株式を売り抜けた後、暴落したクズ株を買い集めることによって資産を増やし、二十世紀を代表する富豪の一人となった……。ハ、ハリウッドビジネスにも積極的に投資し、大スタジオの設立にも寄与した。現在でも彼の名は有名スタジオの一つに刻まれている。1969年、長年患っていた心臓病により死去……と、三年前の十二月二日に読んだハリウッド特集の脇の方に書いてあった」

「……だそうだ。合ってるか？」

「な、なんなんですか……。あ、いえ、確かにそれはウェルナー家のことですけど、なんでそんな詳しいことまで……」

「じ、自分でも厄介な能力だと思ってる。忘れたくても忘れられないのは辛い……」

「の、能力って……もしかして完全記憶保持者って奴ですか？　驚いたな……」

アレックスのその様子を見る限り、どうもそれはねね子の能力にだけ驚いたわけではないようだ。ウェルナー家のことを詳しく知られるとなにかまずい事情でもあるのかもしれない。

不意にその場に鳴き声のようなものが聞こえて、アレックスとねね子の二人はビクリとその身を震わせる。

だが、それは風の音だ。

「アレックス。そもそも、お前はどうやってこの地下まで潜り込んだんだ？　まさか、トイレを探していていたら偶然この階段を見つけた、なんて言わないよな？」

「そのまさかですよ。トイレを探していたら偶然この階段を見つけたんです」

アレックスは池田に嘲笑を向けてわざとらしい口調で答えたが、池田が強い視線を返すと、その身を小さく縮めた。

「あ、うう……わ、わかりましたよ。本当のことを言います。だからそんなに睨み付けないでください……。以前、僕の祖母から話を聞いたことがあるんです。地下に続く隠し階段があるかもしれないって話を……。僕はその話を頼りにこの階段を見つけ出したってわけです。嘘は言っていません、信じてください」

「祖母の話ね……」

確かに、アレックスは以前から屋敷の中を探っている様子だった。仮にアレックスが屋敷側の人間なら、わざわざそんな真似をする必要はないだろう。この証言には一定の信頼性があるとみていい。

「それで……お前は一体、どこまでこの島のことを知っている?」

「僕が知っていることなんて大したことじゃないですよ。それに、部外者ならあまりこの島のことには深入りしない方がいいと思いますが……」

「忠告感謝する。だが、もうとうの昔に後戻りは出来ない状況になってるんでね。知っていることは全部話してもらおうか」

アレックスはジッと池田の目を見つめた後、観念した様子で口を開いた。

「僕はこの島で行われていた違法行為を調べようとしていたんです……。その行為とは……臓器売買です。この島では違法な臓器売買とそれに伴う移植手術が行われていたはずなんです。僕はそれを調べるためにこの島にやってきました」

「確かに地下には手術室やホルマリン漬け標本もあったようだ。違法売買された臓器の移植手術をここで行っていたのは間違いないだろう」

「本当ですか!?　やっぱり、この島には手術施設があったんだ。そこで、なにか資料を見つけませんでしたか?　例えば、僕の祖母に関わるカルテのような物とか……」

ねね子が池田の背中をつつく。

「カ、カルテはあった。多分アレックスの祖母の記録もそこに記載されていた。ただ、何故か肝心のページが破られてたみたいだったけど……」

「どうやら、お前の婆さんの記録もあったらしい。だが、詳細の部分は破り取られていたようだが」

アレックスはその足どりを止め、興奮した様子で振り返る。

「記録があったんですか⁉　本当に破り取られていたんですか？　見落としていただけなのでは？　い、今から戻ってそれを見に行ってもいいですか？」

「おい、今更戻るのは無理だ。何をそんなに興奮しているんだ？　お前の婆さんの記録がなんでそんなに気になるんだ？」

「い、いえ……。僕は真実を知りたいんです、ただそれだけですよ」

アレックスは気まずそうにそう答えて視線を外す。

池田はアレックスの反応に疑問を覚えた。

「アレックス、正直言って、俺はお前を信用しきれない。まだ何か隠してることがあるんじゃないか？」

「残念ですが、もう隠していることなんてないですよ。僕は祖母の真実を知りたくてこの島にやって来た。それだけです。祖母が死ぬ運命を回避し、生きながらえたその理由、そしてその代わりに犠牲になった誰かの真実を知るために……」

「それでお前は祖母に送られた招待状を横取りした。そういうわけか？」

「そういうことになりますね。確かに招待状は僕の祖母宛てに送られたものでした。なので僕は正式な代理人じゃありません。これは全部、祖母にも無断でやってることですから」

「まあいいだろう、まあとりあえず今はその話を信じてやる。とりあえずはな……」

「信用してもらえたようでよかったです」

池田はジッとアレックスの瞳を見返す。

アレックスには嘘と本当が混在してる印象だ。恐らく、半分は本当の話だが、半分は嘘だろう。

重い沈黙が辺りを支配し、しばらく皆が無言のまま階段を上り続ける中、ふと、池田はあることを思い出し、アレックスに問いかけた。

「ああ、そうだアレックス、あともう一つだけ聞きたいことがあるんだが……。アウロラ・ラヴィーリャという少女を知らないか？　こう、幼い感じで青色のリボンを付けていた娘なんだが……」

「アウロラ……ラヴィーリャ……？」

アレックスの顔がサッと青ざめた。

階段を上る動きを止め、ただ呆然と宙を見つめる。

「おい、どうした？　もしかして何か知っているのか？」

だが、アウロラはあの仮想世界の中にしか存在しないはずだ。池田自身もこの質問は無意味なものであると思っていただけに、そのアレックスの反応は意外だった。

「い、いえ……そんな人のことは知らないです……。す、すいません……少しめまいがするんです」

アレックスの顔色は真っ青だ。

何も知らないという様子ではない。明らかに動揺し、必死にそれを抑えようとしている。

少しの間を置いた後、アレックスは小さく息を吐いて池田に向き直った。

「す、すいません、落ち着きました……もう大丈夫です。その女の子がどうかしたんですか？」

「いや……ひょっとしてこの屋敷の中でその娘を目にしていないかと思ってな」

「この屋敷の中で？　招待客の中にはそんな人いなかったですし、初めからこの屋敷にいた少女ってことですか？　そんな子、見た覚えないですけど……」

「ああ、いいんだ。その話が聞けただけでも助かる」

池田はそう答えつつも、アレックスから一瞬のうちに動揺した様子が消えたことに違和感を覚えた。今ではその片鱗すら窺うことが出来ない。

何かを知っているように思えたのだが……。

しばらくらせん階段を上った後、池田達は一つの扉の前へとたどり着いた。

アレックスがその扉のノブに手をかける。

「着いたようですね。この先の扉を開ければ、屋敷の一階です」

「屋敷の一階か……。一体、こんな階段がどこに繋がっていたんだ？」

「まあそれは僕が説明するより、実際に開けてみた方が早いと思いますよ」

「いいだろう、開けてくれ」

アレックスが押し出すと重い音と共に扉が開き、その先に貯蔵室が現れた。

地下へと繋がる扉は、貯蔵室の石壁の一部に偽装されていたようだ。

「ご覧の通りです」

「なるほど、酒の貯蔵室に隠し扉か、連中も考えたな」

貯蔵室を見渡したねね子は、以前この場所でアレックスと出会ったことを思い出す。

「あ……だ、だからアレックスは前にここら辺を調べていたのか……。みょ、妙に沢山酒瓶が動かされていたのもそのせいか」

「ん……？　ああ、そうですね。以前、祖母からこんな話を聞いたことがあるんです。誰もいないはずの貯蔵室から数人の男達が出てきたのを見たことがあるって……。探してみたら案の定でした、壁の一部に隠し扉を開けるスイッチがあったんです。そして、その扉を使って地下に潜り込んだってわけです」

アレックスはそう答えた後、眉を寄せて言葉を続ける。

「……って、ねね子さん、酒瓶の位置まで全部記憶してたんですか？　そのレベルだと、ちょっと怖いというか、正直言って気持ち悪いなぁ……」

「イ、イラッ……」

「まあ、ともかく無事一階に戻れてなによりだ。状況は相変わらず芳しくないが、それでも多少は好転したと信じたい。とりあえず、一度アキラ達と合流するぞ」

「わかりました」

「み、みんな無事だといいけどなぁ。辺り一面血の海とかだったりして……」

池田はねね子の頭をコツンとチョップする。

「イデッ……」

「馬鹿、縁起でもねぇこと言うんじゃねぇよ……」


「あッ！　ねね子！」

廊下にいたアキラは、貯蔵室から出てきた三人に気づき、ジゼルと共に小走りで駆け寄る。

「皆さん、ご無事でしたか」

アキラは怒気を浮かべてねね子に詰め寄る。

「あんたどこでサボってたのよ！　このクズ！　こっちは本当に大変だったんだから」

ねね子はあんぐりと口を開いて硬直する。

「サ、サボ、サボ……サボってたぁ？」

「そうよ、あんたがどっかに行った後、私達は命の危険に晒されてたんだから！　もうほんとどこで油売ってたのよ！」

アキラはそう捲し立てた後、間近にいる池田の存在にやっと気づき、声をかけた。

「あら？　池田、無事だったのね」

「ああ……」

どうもアキラは自分のことで頭が一杯といった様子で、池田達のことまで気が回らなくなっているらしい。

ねね子は鼻を鳴らし、池田に耳打ちする。

「ア、アキラはボクのことを心配するどころか、罵倒しているようにすら思えるのだが……。この女、ボクのことまったく心配してなかったのか？　なんたる薄情者……。ボクのあの恐怖の逃避行を是非とも追体験させたくなったぞ」

「まあ、そう怒るなよ。どうも上の方でも何かがあったらしい。そいつのせいでパニックになってるみたいだ」

池田はアキラに向き直る。

「なあ、アキラ、上の方で何かあったのか？　そいつを説明してくれると助かるんだが……」

アキラの顔がサッと青ざめた。

「ア、ア、ア……アレが……アレが出たのよ！　アレが！」

「『アレ』じゃなんのことかさっぱりわからん……。まさかゴキブリが出た程度の話ではあるまい。少し落ち着いて話せ」

アキラは奇妙な身振りと共に声を荒げた。

「こ、こ、これが落ち着いて話せるもんですか！　アレよ、あの怪物が出たのよ。『シロナガス島の悪魔』が！」

「……ッ！　そいつは本当なのか!?」

「こ、これが冗談言ってる顔に見える!?」

「た、多分そいつはボクが地下で見たのと同じ奴だ……」

ねね子はブルブルと身を震わせ、呟く。アキラは冷めた視線を向けた。

「はぁ？　あんたの方は見間違えでしょ？　せいぜい怖くなって幻覚かなにかを見ただけでしょ？　私の方は本当に見て、その上、襲われたのよ？」

「…………」

ねね子は苛つきで全身を震わせながら、もう一度池田に耳打ちする。

「い、池田……こいつ殴り殺していいか？」

「……やれるもんならいくらでもどうぞ」

ねね子の拳が繰り出される。

「ド、ドスッ！　バキッ！　ゴンッ！」

間を置かず追撃。

「グチャッ！　ドスドスドスッ!!」

更にもう一度の駄目押し。

「ドンッ！　グガラシャ！　ドドスッ!!」

池田はその衝撃を背中に感じながら、顔を歪めた。

「ええい！　やかましい！　俺の背中で鬱憤を晴らすのは止めろ！」

ねね子はしょぼんとその身を縮めた後、アキラの方を覗き込んだが、強い視線を返されたので池田の陰へと引っ込んだ。

「う、うう……ボ、ボクはこんなにも深く傷ついているというのに……。マ、マリアナ海溝のチャレンジャー海淵よりもずっと深く、火星のマリネリス峡谷よりも広く傷ついているというのに……ブツブツブツ……」

「ああ、わかったから、そいつは後で当人に言え」

池田は呆れたように言った後、アキラに向かって話し始める。

「アキラ。どうやら俺の方もお前達と同じ怪物を見たようだ。そいつは赤っぽい肌で異様に大きな目をした半魚人のような化け物だったろ？」

「そ、それよそれ！　この絵画そっくりの化け物だったわ！　池田も見てたのね！　大丈夫だったの？　よく無事だったわね！」

「な、何故、池田の話の方は信じるのだ……」

「まあ俺の方はその化け物よりも人間の方に殺されそうになったがな……」

「人間の方に？　どういうこと？」

「そんな、まさかあのメイドも敵だったなんて……。もうこれから先、屋敷の人間は一切信用出来ないってことね」

客室棟側の回廊で一連の話を聞いたアキラは思わず身震いした。

池田は鉄の扉のハンドルに木片を噛ませ、簡単に開かないように細工した後、頷く。

「ああ……その上、俺達は帰りの船が来るまで完全に孤立無援の状態だ。いや、そもそもその船が来るかどうかも定かじゃない。だが、とにかく今は情報を整理しつつ、奴らの襲撃に備えるべきだ」

「しゅ、襲撃に備えるって……まさか、あの化け物と戦えって言うの？　そんなの無理よ！」

「まあ、そいつは状況次第だな。……そうだ。それでアキラ達がシロナガス島の悪魔に出会った時の状況を話してくれないか？」

アキラはビクッと身体を震わせる。

「せ、説明？　ねね子がいなくなった後、私達はどうにかして上に登る方法を探していたんだけど、そうしていた時……」

ねね子はわざとらしく上を見上げる格好をして呆れた表情を浮かべた。

「う、上に登る方法って、ボクは地下にいたのだが……」

「アホ！　そんなのわかるわけないでしょ。まさか私達もこの屋敷に地下があるなんて思いもしなかったんだから」

「揉めるのは後にしてくれ……話の続きを頼む」

アキラの顔が青くなる。

「あ……あれの説明をするの？　思い返すだけで、め、めまいが……。というわけで、ジゼルお願い」

「かしこまりました」

そばに控えていたジゼルが頷き、話を続ける。

「私が丁度、エントランスを調べていた時、会場前の廊下からお嬢様の叫び声が聞こえたため、その場から急いで引き返しました。廊下に戻ると、今にもあの化け物がお嬢様に襲いかかろうとしているところでした」

「なるほど、あの場所で化け物と鉢合わせになったってことか……。しかし、よくその状況で助かったな」

「はい、私が大声を上げて威圧すると、化け物はこちらへの興味を失ったように踵を返し、外へと続く廊下の奥へと姿を消しました。どうやら化け物はそのまま屋敷の外へと出て行ったようです」

アキラはブルブルと震えて、その身を縮めた。

「い、今、思い返しても寒気がするわ。ジゼルがあいつに向かって大声を出さなかったら、私は間違いなく死んでいただろうし……。ほんと、この島に来てから何回死にかけてるのよ、私」

ねね子は冷めた視線を向け呟く。

「に、二回だが？　もう忘れたのか？　……い、痛ッ！　痛だだだだッ！　の、脳が潰れるッ！　ボクの貴重な頭脳がぁッ！」

池田は二人のごたごたを横目にしつつ、小さく息を吐いた。

「……まあ、とりあえずこれで大体の状況は把握出来た。残念だが、もうこの勝負から下りるという選択肢はないようだ。だが、まだ助かる手は残っている」

それまで傍観を決め込んでいたアレックスが問いかける。

「手？　そんなものがあるんですか？」

「詳しくは、後で話す。とりあえずは一旦、俺の部屋に招待客全員を集める必要があるだろう。皆がまだ無事ならな」

「も、もう、あの化け物が客室棟の中にいたりして……」

ねね子がそう呟くとアキラがその腹を殴った。

「どつくわよ……ねね子」

「げふぁ……。す、既にどつかれてる気がするのだが……。普通、その台詞はどつく前に言うものだと思うのだが……。い、池田ぁ、この暴力女どうにかしろぉ！」

ねね子が顔を上げた頃には、既に皆は客室へと向かって歩き始めていた。

「あ……ひいっ！　待って、置いていかないでくださいぃ……」

池田の自室に招待客の皆が集まった後、アキラが口を開いた。

「……で、みんな集まったわけだけど、どうするの池田？　本当に策なんてあるの？」

「まずは皆に現状を説明した方がいいだろう」

池田は集まった皆に、一連の出来事を説明する。

ただその中でも、アレックスの話、消えたアウロラの存在、そして地下の詳細は隠すことにした。ねね子の証言から推測すると、トマスとレイモンド卿を殺した『犯人X』は、池田達よりも先に地下に忍び込んでいる可能性がある。仮にこの先、それらの情報を漏らした招待客がいたのなら、自動的にその人物が『殺人犯X』となるだろう。

リールが怯えた様子で口を開く。

「ず、随分と恐ろしい状況になってたのね……。皆が無事だったのはいいけど、これから先は本当に危険な状況になったってことね……」

ジェイコブは呆れ顔を浮かべた。

「馬鹿め。だからあれほど言っただろ。無駄にこの島の秘密を探ろうとするからだ。所詮は三流の探偵か……。どうするつもりだ？　奴らはもうお前達を生かしてはおかないぞ？」

池田は眉を寄せる。

「……お前達？　まるで自分は違うかのような話しぶりだな」

「俺はこれでも裏の世界にはかなり顔が利く男だ。連中も俺に利用価値があると判断すれば、そう無碍にはしまい。交渉でもなんでもして生き残ることが出来る……。だが、お前達は違う。連中にとっては、お前達は利用価値のない単なるハエのような存在だ。いつ殺されてもおかしくない」

アキラがキッと強い視線を向ける。

「ハエですって？　ハエ以下のあなたがよくそんなことを言えるわね。ジェイコブ・ラトランド」

「……なんのことかな？　お嬢さん。そんなふうに非難される覚えなんてないんだがね」

「しらばっくれないで、あんたがこの島で違法売春を利用していたことはちゃんとわかっているんだから」

「……証拠でもあるのか？　変な言いがかりは止めてもらおうか。アキラ・エッジワース」

二人の言い合いに池田が割って入る。

「二人とも止めろ。今は言い合いをしている状況じゃない」

「……ッ！　池田、あんたまさかこいつの肩を持つつもり？」

「こいつはいい。流石に曰く付きの探偵なだけある。実利がなんであるのかをわきまえている」

「お褒め頂き恐縮だ。だが、ジェイコブ。悪いが俺から見るとお前の状況は俺達となんら違いがないように思えるがね。悪いことは言わない、死にたくなければ俺達と協力した方がいい」

ジェイコブの顔から笑みが消えた。

「なんだと……？　どういう意味だ？」

「もうとっくの昔に交渉の余地なんてなくなってるってことだよ。思えば、屋敷の変化にもう少し早く気づくべきだった。奴らは既にこの島すべての目撃者を消そうとしている」

「目撃者を消す？」

「ジェイコブ、お前は以前、この屋敷の中に人気が少ないことが気になると言っていたよな？　お前が言っていたのは、恐らく違法売春の娘達のことだろう。ならば一体、皆はどこに消えたのか？　いや、彼女達だけじゃない。ハイヤーの運転手、雑用係、料理人。この屋敷の中にいたはずの大勢のスタッフ達はどこに消えたのか？　恐らくだが……あの地下で見た血の海から推測すると、既に皆はそこで殺害されている可能性が高い」

ねね子がその身を震わせて呟く。

「ひ、ひい……あ、あれやっぱり人の血だったのか……」

「地下で殺害されただと？　馬鹿な、あの大勢のスタッフを？　そんな真似をすれば、この島の内情が世間に知られることになる。あり得ない」

「奴らも賭けに出たってわけだ。ギリギリのバランスで保たれていたこの島の状況が、管理者であるレイモンド卿殺害によって崩れた。そして恐らく犯人Xの持つカードは、連中にそんな無謀な行動を起こさせるだけの魅力がある物ってことなんだろう」

　アキラが口を開く。

「でも、犯人Xが持つカードって一体なんなの？　大勢のスタッフを殺してでも欲しがるような物なんて想像も出来ないんだけど……」

「まだ推測しか出来んが……それはもしかすると例の『シロナガス島の悪魔』に関する物なのかもしれない。この島で研究されていた本筋はそこにあるようだからな。そしてそれで重要になるのが例の『解除コード』ということなんだろう」

「か、解除コード……やっぱり何かのプログラムのパスとかなんだろうか？　た、例えば核ミサイルの発射解除コードとか？　そんくらいの価値がないと皆殺しにした理由が理解できない……」

「そいつはわからん。だが、そのコードのおかげで、連中が俺達に手が出せない状況になっているのは確かだ。その犯人Xのカードがなければ俺達は他のスタッフと同様に簡単に始末されていたことだろう」

そう言った後、池田はジェイコブに視線を向け、言葉を続けた。

「ジェイコブ、これで今の状況がわかってもらえたかな?」

「チッ……」

ジェイコブは苛立たしげにその視線を外し、舌打ちをした。

リールが話を続ける。

「じゃあ、彼らはその頭の中を覗く機械というのを使って、私達から情報を探り出そうとしてるってことなのかしら? それにしても脳内情報をスキャンする装置ね……まさかそんな物があるなんて……」

「その可能性は高い。あの装置にかければ隠し事はまず不可能だからな。連中は俺達を捕らえ、一人ずつあの装置にかけるつもりなんだろう。そして、ハズレだとわかれば殺害される」

アキラは部屋に集まった皆を見渡して言った。

「ああもう、本当に素敵な状況みたいね。ねぇ、この中にその犯人Xってのがいるんでしょう? 黙ってないで名乗り出たらどう? 協力しないとみんな殺されちゃうわよ。あんただってたった一人で戦うのは無理でしょう?」

だが、皆は互いの顔を見合うだけだ。

それを見た池田は小さくため息を吐いた。

「まあ、予想していたことだが、反応は無しか……」

アレックスが問いかける。

「でも一体、犯人Xの目的ってなんなんでしょうか？　解除コードってのを使って屋敷側の人間を利用しつつ、同時にトマスさんやレイモンド卿を殺害したわけですよね？」

「奴の行動の目的が見えてこないのは確かだが、それでも推測するのなら……復讐の線が強いかな」

「復讐……まあ確かにこの島で行われていたことを考えると、恨みに思っている人は多いかも知れませんが、そうだとしても随分と無茶なことをしますね。仮にその復讐を遂げたとしても、とても生きては帰れないと思うんですが……」

「まあ、それだけ奴も捨て身の覚悟でいるってことなんだろう」

池田はそう答えた直後、あの絵本のことを思い返す。

あそこに描かれていた内容から推測すると、その狙いは間違いなく復讐。

犯人は初めから生きて帰るつもりはないように思える。屋敷の思惑を利用しつつ関係者を皆殺しにする、そんな強烈な意図を感じる。

だが、そこまでの強烈な動機とは一体何なのだろうか？

その中、リールが遠慮がちに声を上げた。

「それで……これからどうするつもり？　ずっとここに籠城して、来るかどうかもわからない船の到着を待つってのはかなり悠長な気がするんだけど……」

「そこが難しいところだな。俺達の中にいる犯人Xの存在を考えると、皆を一部屋に集めて、互いを監視し、隙をついて屋敷の連中を無力化させるってのが無難なところか……。連中も犯人Xが誰なのかわからない限りこちらに手出しは出来ないはずだ。相手が少人数ならこちらには人数という利がある。それを最大限に活用すべきだ」

ジェイコブが鼻を鳴らす。

「馬鹿馬鹿しい。トマスとレイモンド卿を殺した異常者と一緒に過ごせというのか？せいぜい、寝首を掻かれるのがオチだ。俺から見るとそのプランの方が余程に危険だと思うがね」

「あんたは思い当たるところバリバリでしょうしね。まあ一度くらい記念に殺されてもいいんじゃない？」

アキラのその言葉によって、その場の雰囲気は更に悪化した。

確かにジェイコブはこのプランには賛同しづらいだろう。犯人Xの目的が過去の復讐なら、次に狙われる可能性が高いのはジェイコブだ。犯人と寝食を共にするというのは愉快な話ではない。

池田が口を開く。

「だが、それでも一部屋に集まる方が安全だと思うがね……。仮にジェイコブに襲いかかったとしても、その時点で犯人のプランは破綻する。奴は大胆でもあるが、同時に正体を摑ませない慎重さも持ち合わせている。一カ所に集まればまず襲われることはあるまい」

ジェイコブは嘲笑を浮かべる。

「馬鹿め、お前は奴の残忍で狂気に満ちた性格を少しも理解していない。一カ所に集まれば奴はその機会を幸いとし、皆を順に殺すだけだ。俺にとって最も良い状況は、お前らが犯人と共に一カ所に集まり、外に出ないことだ。そこに俺がいる必要性はない」

そう言った後、ジェイコブはソファから立ち上がり、

「俺は降りる。俺は俺なりの方法で生き残る。あとはそっちで適当にやってくれ」

そのまま部屋を後にした。

池田はそれを見送った後、小さくため息を吐く。

「早速プランが破綻したわけか……実にありがたいことだな」

アキラはフンと鼻を鳴らす。

「気にすることなんてないわ。あんな奴、自分の部屋で殺されちゃったらいいのよ。そっちの方がせいせいするわ。……で、これからどうするの？　このまま皆一緒にこの部屋で過ごすの？」

「それが無難だろう。例のシロナガス島の悪魔の件もあることだしな」

「た、確かにあんな奴がうろついてるんだから、一人でいるのはかなり危険よね……」

そうして、皆がこの場に留まる流れになろうとした時、

「……あ、あのすいません。僕も自分の部屋に戻っていいですか？」

アレックスがそう声を上げた。

アキラが思わず声を上げる。

「はあ？　あんたさっきの話聞いてなかったの？　今、一人になるのは危ないって言ったばかりじゃない」

「い、いえ……それはわかるんですが、やっぱり殺人犯かもしれない人と一緒にいるってのはどうも怖くて……。部屋に籠もってちゃんと戸締まりをした方が、僕的には安全な気がするんです」

池田はアレックスをジッと見つめる。

それだけの理由で一人になりたがるのはどうにも合点がいかない。

皆と一緒にいることになにか不都合でもあるのだろうか？　そう思いつつも口を開く。

「ふむ……まあ強制は出来ない。だが、何かあった時にはこまめに連絡をしてくれると助かる。また俺達が行動を起こす際はこちらから連絡する」

アキラはヒラヒラと手を払った。

「勝手にすれば？　あの化け物に殺されるのは自分自身なんだから。あんた、あの化け物を見てないからそんなふうに悠長でいられるのよ」

「ま、まあ出来るだけ気をつけますから……。じゃあ……」

アレックスを見送った後、アキラはわざとらしく大きなため息を吐き出した。

「はぁ……まったく理解出来ないわね。本当に今の状況わかってるのかしら？　こんなにバラバラになったんじゃ犯人の思うつぼじゃない」

「まあ皆にも色々と考えがあるんだろうよ」

そんな中、リールが気まずげに声を上げた。

「あ、あの……こんな状況で言い出しづらいんだけど、私も部屋に戻っていい？」

「はぁああ⁉」

アキラのその声に対し、リールは慌てて言葉を続ける。

「あ……ち、違うのよ？　ただ一度戻って色々と準備したいってだけの話。準備が終わったら、またこの部屋に戻ってくるから……」

アキラはサッと表情を戻した。

「ああ、そういうことなら私も部屋に色々と取りに戻りたいわね。ジゼルも戻りたいでしょ？」

「そうですね。こちらにお邪魔することになるのなら、幾つか持ってきたい物がありま す」

「なら、一緒に来てもらえると助かるわ。さ、流石にこの状況の中、一人で行動するのは怖いしね……」

そうと決まれば、アキラが行動するのは早い。

アキラはもう扉の前にまで移動してしまっている。

「後はあの化け物と鉢合わせにならないことを祈るだけね。まあ、流石のあいつもこっちまでは来ないか、一応、橋は塞いでるんだし……。じゃあ、私達は一度部屋の方に戻るわね」

　そう言ってアキラは部屋を後にして、ジゼルとリールの二人もそれに続いた。

　そうして部屋には池田とねね子の二人だけが取り残された。

　それまでほとんど空気と化していたねね子が口を開く。

「あ、あ……うう……。ボ、ボクが以前、目撃した状況から考えて、あの化け物は余裕でこっちに来られると思うのだが……。あいつ多分、壁伝いに移動出来るっぽいぞ。は、鉢合わせになったら三人とも殺されちゃう気が……」

「そういう話はさっき言えよ……。大丈夫だろう、と信じたい。というより、実はお前と二人きりになりたくてな。悪いがこの機会を利用させてもらった」

「う、うえっ？　な、なんだ？　何するつもりだ？　エ、エロいことか？　やめろー早まるなー！」

「馬鹿も休み休み言え。この時間を利用して『犯人X』の目星をつけたいんだよ。屋敷の連中の動向も気になるが、それよりも仲間内に殺人犯がいる状況は見過ごせない。確信まではいかなくても誰が犯人の可能性が高いのか……それを推理し、今後に備えたい」

　それまでジタバタと手足をバタつかせていたねね子はピタリと動きを止め、考え込む。

「さ、殺人犯の推理か……確かにそれは重要っぽいけど。うーん……」

「ただ、トマス殺しの犯人を絞り込むためには、まだリールとアレックスの証言を聞けてないんだよな……。地下の時はアレックスから事件の話を聞く余裕はなかったしな……」

「ま、まあ確かに皆の証言を聞かないと、ある程度の推測は出来ても、確定させるのはかなり難しそうだしなぁ」

「まあそれでも推測することはこれからの手助けになるはずだ。少し考えてみる必要が……」

そう池田が言いかけた直後、

「キャアアアアッ！」

部屋の外から女性の叫び声が響いた。

扉越しのため、声は遠いが、それでも緊急性の高い、ただならぬ様子の声であるとはわかる。

ねね子はその場で飛び跳ね、池田はサッと廊下の方向へ身体を向ける。

「う、うひゃあっ！　なんだ！　今の叫び声」

「クソッ！　また何か起きたってことか⁉　ねね子、部屋からは絶対に出るなよ！」

そう言って、外に向かおうとする池田に、ねね子は咄嗟にすがりつく。

「ボ、ボ、ボクがこの状況で外に出るわけないだろ！　と、というか行かないで！　怖い怖い怖いぃー！」

「そうも言ってられん！　いいか、何かおかしなことがあったら悲鳴を上げろ！　悲鳴が聞こえたらすぐに戻ってくる！」

「キ、キャアアア!!」

「……その調子だ。本番も上手くやれ。じゃあ行ってくるぞ！」

ねね子を振り払い、池田が外に出ると、

「ギャ、ギャアアア！」

再び部屋の中からねね子の悲鳴が聞こえたが、それは単に注意を引くためだけにわめいている様子なので、池田はそれをスルーする。

今は先ほどの悲鳴の方が先決だ。

だが、問題はどこからあの悲鳴が聞こえたのかということだ。

「アキラ達、三人は二階に向かったはず……。となると、さっきの悲鳴は二階からか？」

池田が客室棟の二階へと駆け上がると、廊下にはアキラとリールの姿があった。

だが二人に緊張した様子はない。

池田に気づいたアキラは平然とした様子で口を開く。

「あらどうしたの？　そんなに血相変えて。何かあったの？」

「無事なのか!?　お前達の誰かがあの悲鳴を上げたんじゃないのか？」

「悲鳴？　そんなもん全然聞いてないけど？」

リールも怪訝な表情を浮かべ口を開く。

「誰かの悲鳴が聞こえたってこと？　でも私もそんな悲鳴は聞いてないわ。さっきまで部屋の中にいたから……それで聞こえなかったのかしら？」

「私は廊下にいたけど、そんな声聞こえなかったわよ？　ジゼルは部屋の中だし……風の音か何かを聞き間違えたんじゃない？」

「いや、あれは確かに悲鳴だった。ともかく、お前達は部屋の中に戻って用心していろ！　何かおかしいことが起きている！」

「な、なによ、脅すつもり？　わ、わかったわよ……。とりあえずジゼルと一緒に部屋の中でおとなしくしとくわよ。でも、何もなかったのならちゃんと連絡しなさいよね」

「ああ、また連絡する」


池田は再び一階へと駆け戻ったが、そうした後、次に向かうあてがないことに気づき、その歩を止めた。

一階には池田とねね子、それとアレックスしかいないはずだ。

「聞こえないはずの悲鳴か……」

一瞬、池田の脳裏にアウロラの存在がよぎり、誰もいない空室へと視線を向ける。

だが、あれは現実には存在しなかったものだ。今はその存在を考えるべき時ではない。

池田はその思考を振り払った。

「いや待てよ……それなら一度、アレックスにも話を聞いてみた方がいいかもしれないな。奴も何か他の物音を聞いたかもしれない」

池田はアレックスの部屋に近づき、扉をノックする。

「アレックス開けてくれ！　俺だ！　池田戦だ！　さっきこの辺りで悲鳴が聞こえたことに関して話を聞きたい！」

だが、応答はない。

「妙だな……」

先ほどの悲鳴だけではなく、同時に他の場所でも何かの異変が進行している。そんな予感を覚える。

「クソ、こうなったら無理矢理にでも中に入るしかないか。中に死体が……なんてことだけは勘弁願うぜ」

池田は扉の鍵穴に身を寄せ、ピッキングツールを取り出した。


「おい、アレックス。いないのか？」

池田はアレックスの部屋の中へと侵入したが、そこには誰の姿もない。

だが、あれほどに大きい悲鳴なら、向かいの部屋のアレックスにも必ず聞こえていたはずだ。

「……ん？」

ふと、ベッドの上にアレックスの物らしき上着とズボンが乱雑に脱ぎ捨てられていることに気づいた。

「となると奴は風呂場か？」

池田は、バスルームへと繋がる扉に手をかけ、

「おい、アレックス。無事か？　入るぞ」

それを開けた。


「え……え？　えっ！　きゃあっ！」

池田の目に飛び込んできたのは、無事な様子のアレックスの姿だった。

ただ、急に池田が中に入ったためか、アレックは下着姿だ。

しかも何故か女物の下着をつけている。

「……ああ、なんだ無事か。いきなり入って悪かったな」

池田は、ただ呆然と言葉を失ったが、僅かな後、気を取り直して口を開く。

そう言ったものの未だにこの状況が理解出来ず、再び動きを止めてしまう。

アレックスは顔を真っ赤にして叫んだ。

「な、何、ジッと見てるんですか！　お、おかしいでしょ！　で、出てってください！」

「ああ、そうだな……悪い。とりあえず外に出るが、少し聞きたいことがある。準備が

出来たら話をしてもらえると有り難い」

「わ、わかりましたから！　とりあえず出てって！」

「……わかった」

アレックスの剣幕に押され、池田はバスルームの外に出てその扉を閉めた。

しばらく、考えを巡らせた後、池田は「……ふう」と小さく息を吐き出した。

「まあ俺は他人の趣味をとやかく言う方ではないが、えらいもんを見ちまったな……。

アレックスに女装の気があるとは……」

そう呟きつつも、この手の問題はかなりセンシティブな問題であると思い直す。

先ほどの光景には触れない方がいいだろう。

そう結論を出し、一人頷いていると、

「あ、あの……池田さん、まだそこにいますか？」

扉越しにアレックスの弱々しい声が聞こえた。

「ああ、いるが……」

「も、もうちょっと待ってください。僕の方でも話したいことがあるので……。そ、それと……まさかとは思いますが、変なこととか考えてないでしょうね？」

「……？　変なこととは？」

池田は眉を寄せる。

「あ、いや……ならいいです……」

やがて扉の向こうから、ガサガサと服を着る音が聞こえた後、扉が開いた。アレックスは下着の上にシャツを着ただけの格好で池田の前に現れる。

別に好き好んでそんな格好をしたわけではなく、それは単に服がなかったためだろう。脱ぎ捨てられたアレックスの服はベッドの上にある。

「お、お待たせしました……」

「……おう」

アレックスは顔を真っ赤に染めて呟く。

「あ、あの……見てしまいましたね……？　ぼ、ぼ、ぼ、僕の秘密を……」

まさかアレックスの方からその話題を振ってくるとは思わず、池田は思わず言葉を詰まらせた。

池田としては、先ほどの光景に関しては今後一切触れるつもりはなかったのだが、アレックスから問いかけられてしまうと答えないわけにもいかない。

下手なことを答えるとアレックスの心に傷を負わせてしまいそうな気がするが……。

そう頭を悩ませつつも、

「なんというかそのなんだ……あの格好は似合ってたと思うぞ」

と、池田は気をつかいつつ答えた。

「はあ、そうですか、似合ってましたか……。複雑な気もしますけど、そんなに悪い気はしませんね。普段はあまりしない格好なので……」

アレックスは少し照れた様子で言った。

池田自身、先ほどの回答はセクハラに近いかなり危ういものだと思っていたのだが、何故か意外にも反応は悪くない。

「そうなのか、普段はあまりそういう格好はしないのか……」

「そ、そうですね。普段だとパンツも穿かないので……。あまり落ち着かないですから」

再び、アレックスから奇妙な答えが返ってきて、池田は再び言葉を失う。

パンツを……穿かない？

パンツを穿かない？

普段は何も穿かずに過ごしているってことか？

池田の頭は混乱する。

そもそも何故、わざわざそんなことを伝える必要があるのかもわからない。

「ああ、まあ家の中とかではそうなのか……」

「え……？　いえ、外に出る時も穿いたことないですけど？」

「……ッ!?」

外に出る時も？

それは流石にマズいだろう。

池田はアレックスに露出の趣味があることに驚きつつも、それ以上の考えがまとまらず苦い表情を浮かべたまま絶句する。

そんなことを平然と言ってのけることからも考えて、アレックスの趣味は相当に重症なのかもしれない。

その中、アレックスが池田の顔を不思議そうに覗き込んだ。

「……？　何か僕、おかしなこと言いましたか？」

「……いや？　別に……」

「……？」

「……そのなんだ。まあ、おおよその事情はわかった。俺もその手のことには多少理解がある方だ。何か悩みでもあったら気軽に相談してくれ」

「悩みですか？　はぁ、まあ確かに正直、男の格好じゃなくてスカートで過ごしたいなぁ……くらいには悩んでますが、この件に関してはそこまで深刻な話じゃないですし」

「そうか、それなら良かった。だがこれだけは聞いてくれ、その手の裏事情にも詳しい俺からの忠告だ。警察に捕まると後々が厄介だ。前科云々の話じゃなくてお前の信用に傷がつく。騒ぎになったらすぐにその場から離れること、これが鉄則だ。いいな？」

アレックスはポカンと口を開く。

「……？？？　なんの話です？　なんで僕が警察の厄介に？　さっきから思ってたんですけど、何か少し会話が噛み合っていないような……。何か勘違いしてません？」

「別に勘違いしてないと思うが……。お前、普段から下着すら穿かずに外出してるんだろ？　それだと警察の厄介になることもあると思うが……」

「え？」

「え？」

　アレックスは硬直し、思わず声を上げ、池田もオウム返しする。

　数秒の後、アレックスはその顔を真っ赤に染めて叫んだ。

「なんで！　そんな話、まったくしてなかったでしょ！　一体どこからそんな話が湧いてきたんですか！　へ、変態ですか！」

「え？　いや……だってパンツ穿くのが嫌いだから下は何も穿かずに出歩くって言ってたじゃないか」

「ば、馬鹿ぁ！　パンツってスラックスのことですよ！　アンダーウェア穿かずに外なんか出るわけないじゃないですか！　そ、そんなこと想像してたんですか！　この変態！」

「ああ、そうなのか……。日本とかイギリスだと下着をパンツって言うんで普通に勘違いしていた……。じゃああれか？　普段はスカートの下にはちゃんと下着穿いて、女装してるってことなんだな？」

　アレックスは更にその顔を真っ赤にして叫んだ。

「じょ、じょ、じょ、女装!?　何言ってんですかぁッ！　僕、女ですよッ！」

「え？」

「え？」

池田は思わず聞き返し、アレックスもオウム返しする。

「いや……だって、さっき女性物の下着をつけて女装を……」

「女なんだから女性物の下着つけるのは当たり前でしょ！　ぼ、僕にはこんなに立派な胸があるのに、なんで！　どうしてそんな馬鹿みたいな勘違いするんですか！」

池田は少し考え込んだ後、気まずげにチラリとアレックスの胸に視線を向けた。

「立派な胸……？」

「あ……うう……。り、立派な胸ってのは撤回しますけど……ほら、よく見てください。ちゃんと胸があるでしょう？　僕、女の子ですよ？」

アレックスはそう言いながらシャツの下側を引っ張り、身体を反って胸を強調する。

そうされては見ないわけにもいかないので池田は仕方なくそれを見つめたが、

「…………。正直、よくわからん……」

無意識のうちにそう呟いてしまった。

間を置かず、アレックスから殺意のこもった視線が向けられる。

「…………」

「い、いや……よく見れば確かに胸があるな。そ、そうかアレックスは女だったのか！」

そう答えたものの、池田には正直なところ未だにアレックスの胸の有無はよくわからなかった。だが、またそんなことを口に出すとこの場で第三の殺人が起きると思い、口を噤んだ。

「初めからそう言っていたつもりなんですが……。池田さんが勝手に勘違いしたんでしょ？　や、やっぱりあなた最低の探偵ですね。僕が女だと知って、襲いかからないでくださいよ？」

「馬鹿言うな……。まあ、こっちの勝手な思い込みで勘違いしたのは悪かったよ。その点は謝る」

「わ、わかればいいですけど……本当に、二メートル以内には近寄らないでくださいね。叫び声を上げますよ」

「わかったわかった……」

アレックスをなだめる中、池田はその叫び声というワードから先ほどの一件のことを思い出す。

「ああ、待てよ……となると、もしかしてさっきの悲鳴は……」

アレックスの顔からサッと血の気が引いた。

「あ、そ、そうですよ！　すっかりそのことを忘れてました！　た、確かに、さっき悲鳴上げたのは僕です！　シャワーを浴びている時、窓の外に化け物が現れて、それで……」

「化け物……例の『シロナガス島の悪魔』か？」

アレックスの身体がビクリと跳ね上がる。

「そ、そうです、それです！　あの絵画と同じ顔をした化け物でした……。あれはなんなんですか？　とてもこの世の生き物には見えなかったんですけど……」

「何かとわかれば教えてやりたいところだが、正直俺にもまだその正体はわからん。ただ今のところ、この屋敷内で研究されていた人型生物兵器という線が濃厚のようだな」

「ひ、人型生物兵器？　そんなものが本当にいるんですか？」

「実際に見たもんは信じるしかない。アレックスもその目で見たんだろ？」

アレックスは気まずげに目を逸らす。

「うう……た、確かに見ましたが……。まさか本当にあんな化け物がいるなんて、自分の目で見るまではとても信じられなくて……。正直、侮っていたかもしれません……」

「まあ、今後は皆と一緒にいた方が安全だろう。やはり一人でいるのは危険なようだからな」

「あ、はい……。僕からもお願いします。あれを見てしまった後じゃ、もう一人でいるのは無理ですよ……」

アレックスは、か弱げな少女のような声色でそう言った。

その気弱な姿を見るとアレックスが女であることを改めて突きつけられた気がした。

「まあこの際だ。お前に聞きそびれていたことを幾つか質問したいんだが、問題ないか？」

「……え？　まあ、僕が答えられる範囲なら……」

まず池田は、アレックスが着ている男物のシャツに視線を向けて問いかける。

「つまりお前は男を装ってこの島に潜り込んだってわけなんだよな？　そこまでする必要がどこにあったんだ？」

「一応、今回この島にきたことは親族にも秘密のことだったんです。それに僕は社交パーティーの類の集まりにも顔を出していましたから、そのままの格好と名前だとバレると思ったんです」

「ふむ……格好と名前を変えてね。ちなみにだが、お前の本当の名前は？」

アレックスは少し気まずげに視線を逸らした後、

「……リリィ・アレクサンドリア・ウェルナーです」

「なるほど、リリィね……。ミドルネームがアレクサンドリアでアレックスか」

「僕のミドルネームは親族しか知らないですし、下手に完全な別名にするとボロが出てしまうような気がしたんでアレックスという名前にしました。祖母も僕のことをそう呼んでいましたし。それと……実はアキラさんとは過去にパーティーで二三回会ったことがあるんです。結構前のことなんで、今のところ彼女は気づいていないみたいですけど……」

池田は、その二人に接点があったことを意外に思った。

同じ富豪同士ならそういった横の繋がりがあるのもおかしなことではないだろうが他の客にもそういった繋がりがあるのだろうか？

「そうなのか？　そいつは危なかったな。アキラに女だということを気づかれたら、芋づる式にすべての素性がバレてしまいそうだ」

「正直、それが怖いのであまり彼女とは話をしたくないんです……。色々と聞かれるとボロが出そうなので……。僕が皆と一緒にならずに部屋に戻ったのも、彼女と一緒になるのが嫌だったからなんです」

「なるほど……確かに同じ部屋の中で過ごせば、流石にアキラも気づくかもしれないな」

「それに例えばですが、さっきみたいに覗かれたりしたら一発でアウトですから……」

アレックスは恥ずかしげにそう呟いた後、キッと池田を睨み付けて声を荒げた。

「まあ！　まさか僕も自分の部屋で覗かれることになるとは思ってませんでしたけど！」

鼻息荒く詰め寄るアレックスに池田は顔をのけぞらせる。

「いや……ちょっと待て、あれは不可抗力だ。わざとじゃないんだからそう怒るなよ……」

アレックスはジトッと目を細めて冷めた視線を向けた。

「本当ですかね？　曰く付きの探偵さんですし、あまり信用出来ないんですが……」

「なあ……前々から気になってたんだが、なんでそんなに俺のことを敵視するんだ？　まあ確かに多少の悪評は出回ってることは把握しているが、それにしてもちょっと嫌い過ぎだろ？　何か理由でもあるのか？」

「え……？　り、理由とかは特にないですけど……ネットとか新聞に悪い噂とか書いてあったのでそれで……」

「アレックス、お前は実際に見た俺よりもその不確かな情報の方を信じるのか？」

その池田の言葉を聞いたアレックスはハッと気まずげに視線を逸らしたが、数秒の後、すぐに思い直して池田を睨み付けた。

「実際！　下着姿を覗かれたんですけどぉ!?」

「痛いところをつくね……」

アレックスはぷいっと視線を外し、小声で呟く。

「まあ……噂よりも酷い人じゃなさそうな気はしますけど……まだ半信半疑といった感じです」

「まあ、信用してもらえるように頑張るさ……。それで、アレックス。以前、聞きそびれていたんだが、トマス殺害前の行動についても聞かせてもらえないだろうか？」

「トマスさん殺害前の状況ですか？　えーと……確か、メイドのアビーさんから会場の準備が出来たという連絡が入って、それで普通に食事会場に向かっただけですけど……」

「もう少し詳しく状況を教えてくれないか？　例えば、あの橋の扉は閉まっていたかそれとも開いていたか……どうだ、覚えてないか？」

アレックスは顔を傾けて、過去の記憶を思い起こす。

「扉ですか？　えーと……ああ、閉まってました。ハンドルが結構固くて、指が痛くなったのを覚えています」

「なるほど、扉は閉まっていたか……。他に寄り道とかはしていないか？」

「してません。まっすぐそのまま会場に行きました」

「ふむ……確かアレックスはジゼルの後に会場に入ったと記憶しているが、それで間違いないか？」

「えーと……それで間違いないはずです。僕より先にアキラさんとジゼルさんの二人がいたのを覚えています」

「他に何か気づいたことはないか？　例えば回廊や橋に異常があったとか……。そうだな……更に言えば、火の気とか見覚えのない装置のような物を見かけたとか……」

「火の気に装置ですか？　いえ、特にそんなものはなかったように思います。回廊や橋は以前通った時と何も変わりがありませんでした。ああ、ただ相変わらず橋が濡れているのが気になりましたけど……。滑りそうだったので」

「ふむ……」

回廊や橋には異常はなかった。つまり、犯人はアレックスが橋を通過した後に、なんらかの仕掛けを用意したということなのだろうか？

仮にそうだとすると犯人は更に絞られることになる。

「お役に立てましたか？」

「ああ、助かったよ」

そう答えつつも、トマス殺人の謎は深まるばかりだ。まだピースは埋まりきっていない。

「次に、トマスの死体を発見した前後の状況についても知りたい。出来るだけ、詳細にな」

「トマスさんの死体を発見した時というと……あの橋の上でのことですよね？　ええと……確か、会場からアキラさん達が先に出たんで、僕は少し間を置いて部屋に戻ろうと思ったんです。アキラさん達と鉢合わせになるのは嫌だったので……。多少、間を置いてジェイコブさんが出て行った後、僕はリールさんと一緒に会場を後にしました。その後、橋の上であの光景を見た……。一応、僕が把握しているのはこれだけですが……」

「些細なことでもいいんだが、何か異変を感じなかったか？」

「うーん……特には……。あの時はかなり動揺してましたから、何か異変があったとしても目に入らなかったと思います。ああ、そういえば、あの時は池田さんにねね子さんを介抱するように言われたんでずっと彼女を支えていました」

池田はあの時の状況を思い起こす。

確か、ねね子は回廊の脇の方で突っ伏していたはずだ。

「ふむ……。まあ、どうでもいいことなんだが……その時のねね子はどんな様子だった？」

アレックスは目をつむり、過去の状況を思い浮かべながら、手を動かす。

「えーと……ねね子さんは顔が真っ青で、長い黒髪が酷く乱れていて、うんうん唸っていて、少し臭くて……なんか変な動物が酷く衰弱してるみたいな感じでした。よく聞き取れなかったですけど、何か苦しげにうわごとを呟いてましたね」

「……そうか」

アレックスも意外と毒を吐くやつだな……。

大富豪の人間は皆、毒舌家になるのだろうか？

池田はそんなことを思いつつ眉を寄せた。

「ああそういやあの時、石橋の上が暖かかったという話があるんだが、そのことについて何か心当たりはないか？」

「石橋の上が……ですか？」

アレックスはしばらく考え込む様子を見せた後、

「あっ、そういえば確かにそうでした。ねね子さんを介抱する時、片膝をついたら熱く感じたんです。でも一瞬のことだったし、辺りは大混乱でしたし、気のせいだと思って今まで忘れていました」

その言葉に池田は僅かに片眉を上げた。

「やはり、橋の上は熱くなっていたのか……。こいつは何かありそうな感じだな……」

「もしかして、それが何かトマスさん殺害と関わっているんでしょうか？」

「今のところはわからんな。だが、これが単なる偶然とは思えん……。何かきっと裏があると思うぜ」

そうして二人がその事件のことについて考えを巡らせている中、ふと、アレックスは青い顔を浮かべ、口を開いた。

「そ、そういえば、僕の方からも聞いてほしいことがあるんですが……。あのシロナガス島の悪魔を見た時のことについて……」

「ああ……そういえば詳しい話を聞いていなかったな。そういや、一体、どういう状況でそいつを見たんだ？」

「え、えーと……あれは僕がシャワーを浴びている時……。あ、変な想像しないでくださいね!?」

「しねぇよ！　さっさと話を続けてくれ」

「うう……。シャ、シャワーを浴びている時、ふと窓の外に目を向けたんです。外はほとんど何も見えないほど暗かったですけど、月の光が少しだけ海面に射しているのが見えて、それにジッと視線を向けた時……。目の前に突然、あの化け物が現れたんです。それも逆さまに、まるでトカゲのように窓に張り付いて……」

アレックスは自分を抱くかのように腕を縮める。

「そしてあの大きな目が僕をジッと見つめてたんです。その時になってやっと僕は叫び声を上げました。僕は這うように逃げ出して、しばらくして恐る恐る浴室を覗いたんですけど、もうあの化け物はいなくなってました。洗面所の中であれこれ考えながら心を落ち着かせて、どうしようかと考えている時……のぞき魔の変態が現れたというわけです……」

「のぞき魔の変態だと？　そいつは一体何者なんだ？」

池田は顎に手をやり、真剣な表情を浮かべ呟く。

アレックスは思わず目を見開いた。

「それ、本気で言ってます!?」

「いや……。ただ嫌味で言っただけだが……」

「フーッ……!!　フーッ……!!」

今にも噛みつかんばかりに荒い息を吐き出すアレックスの姿を見て、流石の池田もこれ以上の言葉を止めた。

「変態……。下着姿なんて誰にも見られたことないのに……」

アレックスは視線を外し、顔を赤くく染めてポツリと呟く。

別に減るもんでもないし、良い経験になったな。

と、池田の脳裏に問題のある皮肉が浮かんできたが池田はそれを飲み込む。

「しかしそうなると、あの化け物は今もこの客室棟のどこかにいるってことなんだろうか？」

「そ、そんな怖いこと言わないでくださいよ。想像したくもないです……」

「ねね子の奴も以前、客室棟でシロナガス島の悪魔を見たと言っていたな。だが今のところ奴は俺達には手を出していない。だとしたら奴の目的はなんだ？　ただの気まぐれで行動しているだけなんだろうか？　いや、奴の行動は何かを探している……そんなふうにも思えるのだが……」

「さ、探すって何を？」

「それはわからんが、可能性があるとすると……。何かの命令でターゲットを探し出し、排除しようとしているのかも……」

「それって誰かを殺そうとしているってことですか？　じゃあ危ないじゃないですか！」

「落ち着け、これはあくまでも俺の推測だ。ただ、見物をしに来ただけとも考えづらいのも確かだ」

「と、とりあえず、池田さんの言うように一カ所に集まって色々と備えた方がいいみたいですね……。怖いですよ……ほんとに」

不意に、窓の外から音がして、二人は咄嗟にその音の方向に視線を向ける。

だが、それは風で窓が揺れただけだ。

アレックスは小さく安堵の息を吐き出した後、池田に問いかける。

「もし、トマスさんとレイモンド卿を殺した犯人がわかったら、池田さんはどうするつもりなんですか？」

「この状況下なら協力を仰ぐしかないだろうな。奴が俺達に協力するかどうかはわからんが……」

「ジェイコブさんが言ったみたいに、犯人は話の通じるような相手じゃないのかも……。僕達が皆殺しになるようなことがなければいいんですけど……」

「確かにな……」

利害の一致があれば、犯人とも協力関係を構築出来る可能性はある。

だが、犯人の動機がわからない現状では、それはかなり危険な賭けになるのかもしれない。

「さて……じゃあこの後、アレックスはどうする？」

「え、えーと……ちゃんと元の服に着替えて、それから池田さんの部屋に行きますよ。アキラさんと一緒になるのはちょっと怖いですけど……」

「そうか、じゃあとりあえず、俺は部屋に戻る。ねね子の奴も心配なことだしな。少しの時間なら一人でも大丈夫か？」

「服装を整える程度の時間ですし、なんとか……。準備が出来たらすぐに向かいます」

「まあ何か異変があったらすぐに知らせてくれ、さっきみたいに悲鳴を上げたらすぐにでも駆けつける。どうやら真向かいの部屋なら大きな声は聞こえるようだからな」

アレックスはふてくされたように呟く。

「もう……。それは大丈夫ですから……。あ……声といえば……」

そうした後、ふと何かを思い出し、言葉を続ける。

「以前……皆が部屋に案内されてしばらく経った頃、僕が池田さんを呼び止めたことがありましたよね？」

池田は、過去の記憶を思い起こす。

窓から落ちそうになったねね子の救出に向かう時、確かに廊下でアレックスに呼び止められた記憶がある。

「ああ……確か、そんなこともあったかな？　それが何か？」

「実は部屋に案内された少し後に、部屋の外から呻き声のようなものが聞こえたんです。気のせいかもしれないと思う程の僅かな声でしたけど……。僕はそれを池田さんに尋ねようとしたんですが……」

「ああ、あの時は実にアホらしい緊急事態のために話を聞く余裕がなかったからな……。呻き声か……。実は俺も部屋の中でそれらしい声を聞いた。俺が聞いた声も聞き違いかと思う程に小さいものだったな」

「もしかしてこれも何か事件に関係あることなんでしょうか？」

「かもしれん。少し俺の方でも考えてみる。アレックスの方でもまた何か思い出したら教えてもらえると助かる」

「あ、はい……わかりました」

質問が終わり、気が緩んだアレックスは急に自分の格好が恥ずかしくなったのか、手でシャツを下に引っ張り、露出している太ももを隠そうとした。

上に何かを着ようと思ったのだろうが、その服はベッドの上に乱雑に脱ぎ捨ててある。

池田はそんなアレックスに視線を向けた。

「しかし、アレックス、こんなことを言うのはなんだが、男の格好をするってのは本当に大変そうだな」

「……え？　まあ確かに手間はかかりますけど……。出来るだけ男に見えるようにジャケットにも肩パッドとか入れてますし、それなりには大変ですね」

「だろうな……確かに手間そうだ。肩幅もそれらしくしないといけないし、特に胸は潰さないと一発で女とバレちまうからな。その辺りほんと苦労してるだろ？」

それまで頬を赤くしていたアレックスの表情がサッと険しくなった。

「…………」

無言のまま、視線を向ける。

「…………？」

池田は何故アレックスの表情が険しくなったのかが理解出来ず、困惑の表情を浮かべる。

アレックスは酷く低いトーンで呟く。

「胸に関しては特に何もしていないんですが……」

「……は？　いやいやいや、待てよ、それは嘘だろ。サラシでも巻いて胸を潰さないと、すぐに女だってことがバレちまうじゃないか」

「おかげさまで……何もしなくてもバレていないようでしてね……。ふふふ……このクズ探偵は本当に面白いことを言うなぁ……」

「……そう……なのか……」

その時に至り、池田はやっと事態の深刻さに気づいたが、既に遅い。

アレックスはわなわなと身体を震わせ、

「出てけ……このクズ探偵………。出てけーーーーーーーーーー!!」

吹っ飛ばすような勢いで池田を部屋の外へと突き飛ばした。

」2「

「痛たた……」

一人廊下に突き出された池田は、うーんと頭を悩ませる。

池田としては悪気がなかったのだが、確かに少々デリカシーのないことを言ってし

まったかもしれない。ただ、そもそもアレックスが男装をしてることが、ややこしい状況を招いたことも確かだ。

「女心は難しいということにしておくか……」

ともかく、悲鳴の正体も判明した上、アレックスの証言も聞けた。

今は部屋に戻るべきだろう。

このままねね子を放置しているとショック死してしまうように思えた。

池田は真向かいの自室の扉をノックする。

「俺だ。さっきの問題は解決した。お前の方も無事か？　入るぞ」

そうして扉を開けたが、部屋の中にはねね子の姿がない。

外部から誰かが侵入したような形跡はないように見える。だが先程の一件を考えるとまったく油断は出来ない。

池田は緊張した様子で歩を進める。

「おい、ねね子。どこに隠れてるんだ？」

僅かに間を置いて、

「……こ、ここにいるわい！」

ソファの陰からねね子の声が聞こえた。

池田が声のした場所に回り込むと、丁度ソファと壁の隙間に収まるようにしてねね子が座っていた。

「なんだ、随分と狭っ苦しいところにいるな」

ねね子は冷たい視線を返す。

「い、池田、遅すぎるぞ……。ふ、ふざけてるのか。どうやって池田を殺そうか、その方法を考え始めていたくらいだ……」

「多少手間取ったのは確かだが、まあそう怒るなよ。あの状況だとああするしかなかっただろ。お前を連れていく方が危険そうだったしな」

「ボ、ボクが殺人鬼に殺されていたらどうするつもりだったんだ……。まあそれに関しては後で延々と文句を言うとして……結局、あの悲鳴の正体はなんだったんだ？」

「あの悲鳴の正体な……」

池田は、僅かに考え込んだ後、

「あれは、気のせいだった」

そう答えた。

ねね子は思わず目を見開く。

「はあ!?　そ、そんなわけないだろ、超ハッキリと悲鳴が聞こえたぞ。池田も自分でそう言ってたじゃないか」

「まあそういうことにしてくれ……ってことだよ。悲鳴自体は事件とは関係無かったし、大した問題でもないから、とりあえずはお前の方でも勘違いだってことにしといてくれ」

「じ、事情を聞かないと納得出来ないのだが……」

「一応約束しちまったもんでな、まあ島を無事に出られたら教えてやるよ」

「な、なんだか嫌な感じだなぁ。まあ大したことじゃないのなら良かったけど……」

「ねね子の方では何かおかしなことはなかったか？　例えば何か、窓の外に妙なものを見たとか……」

「そ、そんなものは見てない。ずっとここにいて地面しか見てないんだから、妙なものが現れたとしてもわからんし……。と、というか、そんな怖いこと言うな！」

ねね子はそう言って自らの膝を引き寄せその身をダンゴムシのように丸めた。

確かに、この調子では何かの異変に気づくのは無理だろう。

「一段落ついたのはいいが、アレックスがこの客室棟で化け物を見たというのは気がかりだ。アキラ達は大丈夫なんだろうか？　さっきの話の通りなら、二階で悲鳴が起きてもここまでは聞こえないようだしな」

池田の呟きの後、部屋の中で電話が鳴り響く。

「ヒッ！」

ねね子はビクッと震えて、再びソファの奥に引っ込んだ。

「電話か……まあ、アキラからだろう。……はい、もしもし」

『どうやらその声の調子だと、先ほどの件は解決したようだな』

電話から流れ出したのは極端に変換された音声だ。

流石に池田もこの声は忘れていない。

「この声……ウィザーズか？　再びのお出ましってわけか」

『君と情報を共有したい。先ほど部屋で話したような表面的な情報ではなく、具体的な地下の情報が知りたい。そうすれば私も君に有益な情報を与えられるだろう』

池田は眉間に皺を寄せる。

正体を明かさずに自分だけ情報を得ようとするのはいくらなんでも虫が良すぎるだろう。

そちらがその気なら、こっちにも考えがある。

池田はそう思いつつ電話機にあるマイクミュートのボタンを押した後、その場で大声を出した。

「……ハッ!!」

「う、うわッ！　なんだ、いきなり！　アホか！　ビックリするだろ！」

「シッ……静かに……。黙っていろ……」

池田は電話のミュートを解除する。

電話先のウィザーズは、音声がミュートされたことには気づいたかもしれないが、具体的に池田が何をしたのかまではわかっていないはずだ。

だが、確かに受話器の先から池田の声は聞こえなかった。

「なあ、ウィザーズ。いい加減茶番は止めようぜ。こんな状況で正体を隠し続けても、お互い利益はないはずだ。このままだと皆、魚の餌になるのがオチだ」

『以前も言ったように、我々は単に利害が一致したギブアンドテイクの関係でしかない。必要以上になれ合うつもりはない』

「まったく、強情な奴だな……。もし、俺がお前の正体を暴くと言ったらどうする？」

『それは警告のつもりか？　これ以上、私と協力するつもりはない……そういうことか？』

　池田は肩をすくめる。

「協力しないとは言ってない。だが、こんな一方的な関係はごめんだと言っているんだ。信頼関係ってのは互いに対等な状態で築かれるもんだ。今の状況はとても健全だとは思えんね」

『これは互いを思ってのことだ。私の正体を暴けば、きっと君にも不都合が生じることになるだろう。勿論、あの可愛いお嬢さんも同様にだ』

「やれやれ……どうやら交渉決裂のようだな。俺の答えは変わらないぜ、ウィザーズ。俺はお前の正体を暴く。次の電話は俺の方からかけることになるだろう」

　その言葉にウィザーズは僅かに間を置いた後、

『これは最後の警告だ。決して私の正体を暴こうとするな』

　それだけを言い残して、電話を切った。

「チッ……自分勝手な野郎だ。やはり、まずは先にこの問題を解決する必要がありそうだな……。ねね子、今からウィザーズの正体を暴く。知恵を貸してくれ」

ねね子は窮屈な体勢のまま、不安げに見上げる。

「よ、よくわからんが、それは明かさない方がいいのではー？　向こうにも立場とかなんとか色々とあるんだろうし……」

「潜入捜査員が誰なのか不明、殺人犯が誰なのかも不明、例の化け物も不明、屋敷の連中の狙いも不明、こんな、ないないないの状況じゃどうにもならん。一つずつ順に潰していく必要がある。まずは奴……ウィザーズが誰なのかを暴く。きっと奴は何か手がかりを残しているはずだ、そいつを推理してみようじゃないか」

「て、手がかりなぁ……そんなのあったっけ？　ちなみに池田は誰が犯人だと思ってるんだ？」

「正直言って、かなりの人数まで絞り込めてはいる。だが、最後の決め手、それがない状態だ。流石に奴も簡単には尻尾を摑ませないらしい」

ねね子は頭を悩ませる。

「え、えーと……初めにウィザーズから連絡があった時の状況。今回の電話の状況を考えると除外出来る人は結構いそうだけど。あ、あと……さっきの大声、あれ、なんのためにあんな声出したんだ？」

「受話器の向こうから俺の声が聞こえるかどうか、試してみたんだよ」

「そ、それで聞こえたのか？」

「受話器からは俺の声は聞こえなかった」

「へ、へぇ……」

「そうなるとかなり人物は絞られてくる……だが、決め手になるにはまだ遠い、そもそも『ウィザーズ』この名称は一体なんの意味があるんだろうか？」

「と、特に意味とかないのでは？　所謂コードネームっていう奴なんだろうし……」

池田は首を振る。

「いや、俺が奴に呼び名を教えてくれと言った時、僅かな間があった。あれは恐らく、咄嗟にその場で思いついた名前を使ったんだと思う。つまり『ウィザーズ』は元からあるコードネームとは違う呼び名だってわけだ」

「じゃ、じゃあ、もしかすると犯人の素性に繋がるワードなのかもしれないってことか」

「額面通り受け取るのなら、『魔法使い』といったところか。だが、ウィザードじゃなくて複数形のウィザーズってのが奇妙だな……。ねね子、何かウィザーズという言葉について思い当たることはないか？」

「う、うーん……。上級ハッカーのことをウィザードと言ったりするけど……。他にはNBAチームにワシントン・ウィザーズってのがあるなぁ……。あと、ちょっと言葉は変わるけどニュージーランドにウィザー・ヒルズ山脈ってのがあって、その下でウィザー・ヒルズっていう白ワインが作られてたりもする」

ねね子はいちいち、キーボードを打つ真似と、バスケットボールをドリブルする真似と、山の形を手で示しながら答えた。

「ワインね……。そいつはメジャーなワインなのか？」

「い、いや、あんまり有名じゃない。値段も普通でどちらかというと大衆酒って感じのワイン」

「ウィザー・ヒルズか……。奴はきっと何かから連想してウィザーズという名前にしたはずだ。恐らくそれはきっと、無意識のうちに己の素性と関連する言葉を使ってしまった可能性が高い」

「つ、つまり、それが何か犯人断定の重要なヒントになるってことか？　だとしても一体、何からとった名前なんだろ？」

「魔法使い、ハッカー、ＮＢＡにワインか……。いや、待てよ……」

池田は顎に手をやり考え込んだ後、僅かに間を置いてポツリと呟いた。

「ウィザーズの正体はリールかもしれない」

ねね子は目を丸くする。

「リ、リール!?　まあそりゃあり得なくはないだろうけど、どうしてリールがウィザーズだと思ったんだ？」

「俺がリールをウィザーズだと推理したのはちゃんと理由がある。まず……状況、会話の内容から考えて、俺とねね子、屋敷の連中、トマスがウィザーズである可能性は限りなく低い」

「ま、まあそりゃそうだろ……逆にそれ選んだら軽蔑するわ。い、いや、脳の出来を疑うレベル」

「次にさっきの大声だ。あれで一名を除外することが出来る」

「あ、そうそう……あの大声ってなんの意味があったんだ？」

「一階の室内で起きた大声は二階の人間には聞こえないらしい。逆に、一階の部屋にいる人間にはあの声が聞こえる。だが、電話口からは、俺の声は聞こえなかった」

「つ、つまり、一階にいるアレックスはウィザーズ候補から除外されるってことか……」

池田は頷く。

「そうだ。そうなると残りはアキラ、ジゼル、リール、ジェイコブこの四人だ。この中で当然、アキラは候補から除外される。初めに電話を受けた時、お前達は風呂場にいたからな。アキラが電話をかけられるわけがない」

ねね子はあの光景を思い出し、呆れたように顔をしかめた。

「ああ……あ、あの変態がボク達を覗いた時か……。確かにボク達は風呂場にいたわけだし、アキラがウィザーズの可能性はないだろうなぁ……」

「あれは悪意があってのことじゃないがな。お前もなかなか根に持つ奴だな……」

池田は苦い顔を浮かべた後、続ける。

「ともかくそれでアキラは除外される。そして、アキラはさっき出会った時、『ジゼルと一緒に部屋に戻る』と言っていた。アキラとジゼルが同じ部屋にいたとなると、俺に電話をかけるのは難しいだろう」

「ま、まあ確かにアキラはジゼルにべったりだし。少しの間ならまだしも、長電話するのは難しそうな気がするなぁ……」

「そうなると、残りのウィザーズ候補は二人。ジェイコブとリールだ」

「ジェ、ジェイコブとリールなら。そりゃまあリールかなぁ。あのアル中が潜入捜査官ってのはあり得なさそうだし……」

「おいおい、そうやって先入観を持つのは御法度だぜ。ちゃんと、ジェイコブがウィザーズであるという可能性を考えた上で推理しなきゃならない」

「そ、そうだとしても、これ以上絞り込む要素とかあったっけ？」

「まあ、ここからは本人を交えて話をした方が良いだろう」

池田はそう言いながら、リールの部屋にダイヤルコールする。

僅かに間を置いて、

『はい、もしもし』

リールが応答した。

「俺だ、池田だ。少し話をしたいんだが……いいかな？」

『ああ、池田さん。さっきの悲鳴の件は解決したの？　話なら勿論構わないけど……な

ん の 話？』

「出来れば一人で俺の部屋に来てもらいたい。問題無いか？」

『構わないけど何かあったの？　詳しい内容を聞かないと、ちょっと怖いんだけど……』

リールの声には困惑の色が浮かんでいる。

「詳細はまたこっちで話す。出来るだけ早く来てもらえるとありがたい」

『……わ、わかったわ。じゃあ、すぐにそっちに行くわね』

「ああ、くれぐれも気をつけてな」

そう言って池田は受話器を置き、それをねね子が心配そうに覗き込んだ。

「い、いきなりリール呼ぶなんて、随分危ないことするなぁ……。もしも間違ってたらどうするつもりなんだ？」

「そりゃ、その時は謝るだけだ」

「そ、そんな気軽に言って……。滅茶苦茶怒られても知らないぞ……」

そうねね子が答えてから少しの後、部屋の扉がノックされる。

「池田さん、リールだけど……。中に入っていい？」

「ああ、入ってくれ。鍵はかけてない」

部屋の中に入ったリールには不安げな表情が浮かんでいる。

「どうも池田さん、話って何？　それも私と個別に話をしたいだなんて……何かあったの？」

池田は顔に微笑を浮かべつつ、話を切り出す。

「ああ、ちょっと二三聞きたいことがあってね……」

その後、笑みを消して言った。

「リール、お前がウィザーズだな？」

第八話

正体

「1」

「ウィザーズ？　何それ？　ちょっと話が見えてこないんだけど……」

「まあ、少しだけ俺の話を聞いてくれ」

池田は、困惑の表情を浮かべるリールを手で抑えて、これまで推理した内容を伝える。

真っ先に除外される人物、そしてウィザーズの可能性が低い人物。

ただ、ある理由から池田はアレックスの一件だけは濁して伝えた。

「これらの情報によって、ウィザーズの候補は二人までに絞り込めた。つまり、ジェイコブとリール。その二人だ。では、その二人のうち、どちらがウィザーズなのか？　そこで、次に俺はウィザーズという名称自体に注目した。単数形のウィザードではなく、わざわざ複数形のウィザーズを選んだのは妙だ。恐らくこの名前にはウィザーズの素性に関わる重要な情報が隠されている……。そう考えた。ではそれは一体何か？」

　ねね子はソファの陰から顔を覗かせ、呟く。

「そ、そんな絞り込むような要素あったっけ？　白ワインのウィザー・ヒルズとか？」

「そう、まずはその可能性からだ。ジェイコブが咄嗟に白ワインから名前を思いついたという可能性だ。だが、ジェイコブは主に高級酒を好む酒にうるさい男だ。大衆酒の名前を真っ先に思いつくというのはどうにも考えづらい。そこで俺は次の名称に注目する。NBAチーム『ワシントン・ウィザーズ』だ。このワシントンという地名、確かに俺は以前、この名前を聞いた覚えがあった」

ねね子はハッと目を見開く。

「あ……そ、そうか。リールはワシントンで内科医をしてるって言ってたもんな……」

「そうだ。潜入捜査官は通常、任務に支障がない場合、本人の出身地をそのまま利用することが多い。下手に仮の出身地を設定した場合、その地域に詳しい人間との会話でボロが出るからだ。恐らく、リールの出身地は本当にワシントンってことなんだろう。そのため、咄嗟に呼び名を作ろうとした時、馴染みのある名称を使ってしまった……。今回は出身地をそのまま伝えていたのが仇になったというわけだ」

リールは慌てて口を挟む。

「あ、あの、ちょっと待って……少しいい？　でも、仮に私をその情報でウィザーズってのに断定するとしても、根拠としては弱くないかしら？　それだとジェイコブさんが私に容疑が向くように芝居を打った可能性も残るじゃない」

「いや、確かにウィザーズと名乗った際の間は、咄嗟に思いついたという様子だったよ。芝居にしては上出来すぎるな。それに、容疑を向けるにしても、ＮＢＡチームの名称を使うってのはどうにも不確実な方法だ。普通、それからワシントンを連想させるのは難しいだろう。それに……実はもう、リールがウィザーズだという決定的な証拠があるんだよ」

リールの顔に動揺が浮かんだ。

「け、決定的な証拠……？」

「さっきの電話の時、一瞬、音声がミュートされたことに気づかなかったか？　実はあのミュートした時、俺はねね子に頼んでアレックスの部屋から各部屋に向かって電話をかけてもらったんだよ。そして話し中だったのはリール、お前の部屋だけだった。こいつは随分とおかしな話だ。あの時、電話を使っていたのは俺とウィザーズだけのはずだ。リールの電話が話し中だとしたら相手は誰だ？　一体全体誰と話をしていたっていうんだ？　他の客室には電話が繋がったんだぜ？」

「え……そんな私の部屋の電話が？　それは何かの間違いなんじゃ……」

「いい加減シラを切るのはよせ！　もう観念するときだ！　さあ、正体を現せ！　ウィザーズ！」

リールはオロオロと視線を宙に漂わせ、困惑の様子を浮かべる。

だが、僅かな間を置いて、その表情をサッと冷静なものへと変化させた。小さくため息を吐いた後、苛立たしげに顔をしかめて舌打ちをする。

「あのミュート音はそういう意味があったのか……。まんまとしてやられたってわけか……。だが、私は言ったはずだぞ、決して私の正体を暴こうとするなと」

池田は笑みを浮かべた。

「ふふ……リール。やはりお前がウィザーズか。悪いが、実はお前は今この瞬間まで、してやられてなんていない。なかなか大したもんだったよ。だが、いかんせんボロを出

すのが早すぎたな」

「なんだと？　どういう意味だ？」

「冷静になってよく考えてみろ。この超絶コミュ障でポンコツのねね子が一人でアレックスの部屋に行って、電話を頼むなんて真似が出来ると思うか？　絶対に無理だ」

　ソファの陰からねね子が首を伸ばし、顔をしかめる。

「な、何故、いきなりボクが滅茶苦茶に貶されるのだ……。まあ確かに実際、そんなことするのは無理だし、やらないとは思うけど……」

　リールはハッと目を見開く。

「……ッ！　今の話はブラフか！　こざかしい真似を！」

「そういうことだ。最後の一手がどうにも無くてな、悪いが芝居を打たせてもらった。自ら正体を現してくれたことには感謝している。だが、ウィザーズ、これが対等な関係ってもんだぜ」

「よく言う……。クソ……自分の無能さに腹が立ってくる……。話してやるのは良いが、酒はないのか？　正直、酒を飲まないとやってられない」

「以前、取ってきた良い酒がある。そいつを飲みながら話をするとしよう。なぁ、ウィザーズ」

「苛つく男だな。池田戦……」

　リールは苛立たしげに視線を外し、そう呟いた。

「まあ、よく言われるよ」

」2「

「ふん……。酒に毒は入っていないだろうな?」

ソファに腰掛けたリールはロックグラスを片手にふてくされたような表情で言った。

池田は自らのグラスに入った酒を飲んでみせる。

「こいつは屋敷側の人間と敵対する前に手に入れた品だ。毒の心配は無い。しかし、リール。素のお前は随分荒っぽい性格なんだな」

「うるさい……。私の性格なんてどうでもいいだろ。さあ、聞きたいことがあるのならさっさと聞け」

「いいだろう。それにしても、素性に繋がるウィザーズという名前を使ったのはマズかったな。バスケットボールが好きなのか?」

リールは自らの失敗を悔やむように、額を手の裏で押さえて、ため息を吐く。

「学生の頃、バスケットをやっていたからその関係だ。確かに、ワシントンに関連するような言葉を選んだのは失敗だった。だが、普通そんな言葉程度でワシントンなんて連想しないだろ」

「普通ならそうだが、こっちには少々普通じゃない奴がいるもんでね」

リールはねね子の方にチラリと視線を向け、呟く。

「出雲崎ねね子か……。まともに喋れない癖に、厄介な奴だな……」

ねね子はソファの陰からビクビクと首を伸ばした。

「な、な、な、なに……？」

「……それでリールが招待客に成り代わった方法を知りたいんだが、お前は叔父とやらの招待状を使ってこの島に忍び込んだんだよな？」

「また、喋りづらいことを聞く奴だな……」

リールは眉間に皺を寄せ「フン……」と鼻を鳴らした後、続ける。

「まあいい……。確かに私の招待状は本来、ショーン・ベクスターという男が受取人だったが、そいつが別件でへまをしてね。私たちの網にかかったんだよ。それを利用させてもらったってわけだ」

「……なるほど。だが、この屋敷に関わる連中はかなり用心深い。招待状を受け取った親族というだけでは連中を信じ込ませるのは難しいだろう。リールの素性はどこまでが本物なんだ？」

「ワシントンで医者をしていたというのは本当だ。まあ勿論、現役ではないし、やっていたのもせいぜい一年程度の話だが……。一応、ボロが出ないようにかなりの情報を頭の中に叩き込んだつもりだ。だがそもそも、知りすぎているのもマズい。優秀な医師を演じるよりは、少し無知な女を演じた方が都合がいいものだ」

そういってニヤリと笑みを浮かべる。

「なるほど……」

ハニートラップの常套手段だ。確かにあのリールの演技は堂に入っていた。だまされる人間も多いはずだ。

「ちなみにこいつはどうでもいい質問なんだが……。医者をやっていた時の評判はどんなもんだった？」

酒を飲みかけていたリールはピタリとその動きを止め、グラス越しに視線を返した。

「なんだ？　そんなことを聞いてなんになる？　別に……それなりだったと思うが……」

「そうか……」

素の性格がこんな調子では、医者としての評判はあまりよくなさそうだと、池田は心の中で思った。

「なんだ？　なんとなく、むかつく感じがするんだが……」

「ああいや……それで、リールはどこまでこの島の情報を摑んでいる？」

「……残念だが、こっちには大した情報はない。今まで三名の捜査官が潜入して二名が消息不明、戻ってきた一名も島に関する詳しい情報は摑めなかった。私達が摑んだのは違法売春と臓器売買、そしてなんらかの兵器開発を行っている可能性。その程度だ。

……ああ、そうだ。この島に関することといえば……何故かこの島の研究は十年前から突然停滞するようになったらしい。それまで活発だった特殊薬品等の物量の流れが鈍ったことからそう推測したようだが、原因は不明だ」

「十年前？　ふむ、その頃に何かが起きたってことか？　資金が尽きたとかかね？」

「いや、売春や臓器売買の動きは変わらずに活発だったようだし、強力なパトロンも多数存在していたはずだ。資金が枯渇した可能性は低いだろう」

「だとするとなんだ？　一体何が起こって研究は停滞したんだ？　待てよ……ひょっとしてそれと今回の殺人は繋がっているんじゃないか？　容疑者Xが屋敷の連中と交渉出来る理由は、その時に失われたなんらかのキーを持っているからなんじゃないか？」

　リールはふむと頷く。

「可能性はあるな……。実験を再稼働出来る程の重大要素なら、連中も交渉に乗ってくるだろう。ひょっとするとそれが例の解除キーなのかもしれないな。だが何故、容疑者Xがそんな物を手に入れることが出来たのか？　その疑問は残るが……」

「いや待て。そもそもの話、それだけのネタがあるなら、お前達もこの島の告発は可能だったんじゃないか？　なぜそれをやらなかった？」

　リールは肩をすくめた。

「この島に関わっているのは政治家、財界人など大物ばかりだ。あまりにも相手が巨大すぎると、通常のやり方で実情を暴くことは不可能だ。それに彼らが欲しがっているの

は、あくまでもこの島の研究技術だ。そのためなら、売春や臓器売買なんてどうでもいいってことなんだろう」

「だが、そんな不確かな情報に固執する理由がわからんな。大量破壊兵器がこの島で開発されているという情報を摑んだとしても、普通そこまで執着するか？　どうにもきな臭い……。お前らの上役は何かを隠してるんじゃないか？」

「正直、それは私も疑っている……」

リールはそうポツリと呟いた後、ハッと顔を上げる。

「あ、待て、これは内密な話だぞ。こんな発言が漏れたら、私の立場が危うくなる」

「心配するな。そもそも漏らす相手がいない」

「……これは私の推測だが、ひょっとすると我々の上層部の中に、この島の研究を見た顧客がいるんじゃないか。そう考えている」

「なるほど、つまりなんらかの研究を見た上層部はその技術がどうしても欲しくなった。だが、上層部が自らその詳細を暴露すれば、自身がこの島の顧客であったことを自白するに等しい。そのため、大量破壊兵器の話をでっち上げ、組織を使ってこの島の技術を我が物にしようと画策した。というわけか？」

「単なる推測だが、そう考えないと一連の行動の辻褄が合わない。だが、そうだとすると私達は私利私欲のための捨て駒だということになる。正直面白くないな……」

「だろうな。転職を考えたらどうだ？」

リールは顔をしかめる。

「嫌味な奴だな。もう私はこうやって泥の中で生きていくしかない。普通に生きるには汚れすぎてしまった」

「俺がやっていけてるんだから、リールなら楽勝だろ。まあ、足を洗いたくなったら俺のオフィスを訪ねるといい。割引料金で手助けしてやるぜ」

リールは冷めた視線を向けた。

「とてもお前がまともな生活しているようには見えないんだが……。まあ一応、頭の片隅には入れておく。行くことはないだろうがな」

「まあ、考えておいてくれ」

池田はグラスの氷を僅かにカラリと鳴らした後、窓の外へと視線を向ける。

ただ暗闇の中、雨が窓を叩くのが見えた。

「次に、トマス殺害前後の行動に関しても教えて欲しい」

リールは酒を呷る手を止め、過去の記憶を思い起こすように指先でこめかみを叩く。

「会場に向かう前、私はジェイコブと一緒にラウンジで酒を飲んでいた……。あの馬鹿は酔わせると何でも喋る。情報を引き出すにはもってこいだからな」

「なるほど、どうりでよくジェイコブとつるんでいたはずだ。俺はジェイコブが無理矢理リールを誘っているもんだと思っていたんだが、お前の方から近づいていたってわけか」

「ストレスの溜まる話だが、これが私の仕事だからな。向こうはかなりの酩酊状態のようだったが、私は行動に支障が出ないように酒量を抑えていた」

「ふむ……それで、その後は？」

「メイドのアビーが会場の準備が出来たと伝えてきたので、会場に向かった」

「それにしては随分と遅かったたな。確か……リール達が会場についたのは皆の最後だったはずだ。そうだよな？　ねね子」

いつの間にか、ねね子はソファの陰からベッドの陰へと移動し、隠れていたが、そこから申し訳なさそうに顔をのぞかせる。

「あ、ヒッ……。そ、そうでーす……」

リールは頷く。

「ああ、実は一度、客室棟に戻って忍び込もうかと思ったんだよ。それで橋の方に向かったんだが、あの重い鉄の扉が閉まっていることに気づいてね。諦めて会場に戻ったというわけだ。その後、私を待っていたのか、それともただの長いトイレだったのかは知らないが、再びジェイコブと遭遇したので、そのまま二人で会場に向かった。これが当時の私の行動だ」

「なるほど、扉は閉まっていたか……。他に回廊に異変は感じなかったか？」

「異変？　特にそんなものは……。あ、いや、そういえばあの鉄の扉、前に見た際には確かに開いてたと思うんだが、誰かが閉めたということなんだろうか？」

「鉄の扉が開いていた？　そいつはいつ頃のことだ？」

「あれは確か……ジェイコブの酒癖に嫌気が差して、化粧直すフリをしてそのまま部屋に戻ってやろうかと思った時だな。時間帯はそうだな……アビーがまだ会場の準備のことを伝えていなかった頃だから、皆が会場に集まるよりかなり前だと思う」

「皆が集まるかなり前か……。その時には扉は開いていて、後に回廊に行った時には扉が閉まっていた……」

開いていた鉄の扉を誰かが閉めた。恐らくはなんらかの意図を持って。

「一応言っておくが……、私も検視に関しては真面目にやったつもりだ。隠し事はしていない。トマスは焼死、レイモンド卿は拷問された上での失血死だ」

「だが、トマスは火のない場所で焼死し、用心深いはずのレイモンド卿はあっけなく殺害された……。潜入捜査官の視点から考えて、何か思い当たる殺害方法はないか？」

リールは両手を挙げ、首を振った。

「悪いが、さっぱりだ。私から見ても、トマスの殺害状況は奇妙としか思えない。ただ、レイモンド卿に関しては用心深いと言っても所詮は素人だ。特殊な訓練を受けた人間なら、即座に無力化することは可能だろう」

その話の中、ふと池田は、あの呻き声のことを思い出し問いかける。

「そうだ、リール。この島に着いて部屋に案内された後の話なんだが……なにか妙な声を聞かなかったか？」

リールは一瞬怪訝な表情を浮かべたが、すぐに何かを思い出し、口を開いた。

「妙な声？　ああ、確かに聞いたぞ。間の抜けた女の声で何かわめいているような感じだった」

　ねね子がベッドの陰から顔を覗かせ、苦々しい表情を浮かべる。

　池田は顔をしかめた。

「ああ、そりゃ、どうでもいい方の声だ……。他に……例えば男の呻き声のようなものは聞かなかったか？」

「男の呻き声？　いや、聞いていないと思うが……それが何か事件に関係あるのか？」

「これは推測だが、客室に案内された後、恐らくレイモンド卿はそのタイミングで襲われ、拘束された可能性が高いと考えている」

「縛り上げられて、麻酔薬でも投与されたか……。そして後はじっくりと拷問でなぶり殺しか……。犯人は余程に奴に恨みがあったようだな。しかし、そうなると、拘束されたのはあの死体があった部屋だということか？　流石にそれだと奇妙だ。犯人がプロだとしても、レイモンド卿がそんなわかりきった罠にかかるとは思えない」

「じゃあ、リールがレイモンド卿の立場だったと考えて、どういう状況だったら不意を突かれると思う？」

　リールは少し考え込んだ後、答える。

「そうだな……。例えば、いるはずのない人間が潜んでいた、とかかな……。部屋の中に誰もいないと確信していたのなら、不意を突かれてもおかしくはないだろう」

「なるほど……いるはずのない人間か……」

「注意しろよ。お前は犯人Xと協力する気になっているのかもしれんが、私の印象だと、奴はそんな物わかりがいい奴だとは思えん」

リールはそう言った後、話の終わりを示すかのようにグラスを指で小突いた。

「さあ、私が話せるのはこの程度だ」

「ああ、助かったよ」

池田はグラスに残った酒を飲み干す。

これで招待客すべての証言を聞けたことになる。

この中から僅かな綻びを見つけ出し、犯人を暴かなければならない。

その時、ふと、池田はあることを思い出し、問いかける。

「リール、お前はアウロラという少女のことを知らないか？」

リールは怪訝な視線を返した。

「アウロラ？　誰だそれは？　容姿は？」

「金髪で青い目をして、頭に大きな青いリボンを付けている奴なんだが……」

「この島での話だよな？　見た覚えはないが……まさか、そいつは屋敷の生存者か？」

池田は小さく息を吐き出し、首を振った。

「いや……まあ覚えがないというのならいい」

「……？」

ねね子がまたベッドの陰から頭を出して、池田をジトッと見つめて呟く。

「ア、アウロラのことを聞くと妙に思われるから止めた方がいいと思うのだが……」

他の人間に覚えがないのも当然の話だろう。それは池田自身もわかっている。

これが普通の反応だ。

たが、だとすると気になることがある。

何故、アレックスは地下であんな反応をしたのか？

そこには何か重要な秘密が隠されているのではないか？

「さあ、じゃあもういいだろ？」

リールが話を切り上げて、ソファから立ち上がろうとした時、池田がそれを呼び止める。

「最後に一つだけ。潜入捜査員が外部とまったく連絡を取る手段を持っていないとはどうにも考えづらい。リールはなにか奥の手を隠し持ってるんじゃないか？」

リールは再びソファに座って、頬杖をする。

「この島から発信される通信はすべて監視され、なおかつ強力なジャミングがかけられている。通常通信機器で外部と連絡をとることは不可能だ」

「だが……通常ではないものなら可能だと？」

リールはジッと視線を向け、呟く。

「まあな……。光無線通信装置がある。こいつは高出力レーザーで衛星と直接無線通信を行えるものだ。これなら島のジャミングを回避できるし、通信傍受の恐れもない。だがこの装置には大きなデメリットがある……」

ねね子が再びもぐら叩きのもぐらのように姿を現し、答える。

「く、雲が厚いと使えない……」

リールは頷く。

「その通りだ。普通の場所なら大した問題じゃないが、このアリューシャンだと大きな問題になる。何せ年がら年中、雲が覆う場所だ。通信条件が整う機会は少ない。私が知る限り、この島に来てからは一度も通信を行える状況はなかった。通信するにしても指定位置からの精密照射が必要だし、正直使い勝手はかなり悪い」

「だが、いざという時は使い道がありそうだな……」

「それまでに生きながらえることが出来たらな……。それにこの島で開発されている兵器の確かな証拠がなければ、彼らはリスクを恐れ、助けに来ることもないだろう。状況は依然として悪い。なあ、池田。お前は本当にこのまま生き残れると思っているのか？　奴らは屋敷の関係者を皆殺しにする冷徹さから推測して、訓練されたプロだ。武装も万全だろうし、それに例の化け物もいるんだぞ」

「やるだけやってみるさ。まあ、駄目だったら神様にでも祈ってみるかね」

リールはハッと皮肉げな笑みを返す。

「冗談言うな、神になんて祈ってどうなる？　仮に神がいるというのなら、今頃この世界はもう少しマシになっているはずだ。ただ何も干渉せず、見守るのが神だというなら、それはいないのと同じだ。だから私は神には祈らない。最後の最後で頼りになるのは自分の力だけだと知っているからだ」

「まあ別に俺も本気で神頼みしようなんて思っていないがね……。リールの考え方は随分とシニカルだな……」

ねね子はもう出たり入ったするのがめんどくさくなったのか、ベッドの陰から頭の半分だけを出したまま池田に視線を向けた。

「だ、誰かさんとそっくりだな……」

リールは空になったグラスを押し退け、視線を窓の外に向ける。

雨は止んだが、外には延々と暗い光景が広がっている。

ベーリング海も曇天も今は一体となり、黒い渦を巻いているかのようだ。

それをじっと見つめていたリールは、ふと口を開く。

「そういえば、池田のオフィスはニューヨークにあるんだよな？　そこからマンハッタンの夜景は見えるのか？」

「なんだいきなり……。ああ、確かにウチのオフィスからなら素晴らしい夜景が見えるぞ」

顔半分のねね子が呆れたように呟く。

「い、池田……。いい加減にしないと、閻魔様に舌引っこ抜かれるぞ……」

池田はその頭をコツンと軽くチョップした後、リールに視線を向けた。

「というのはまあ若干の誇張があるな……。だが、夜景がよく見える穴場ならいくつか知っている」

「そうか……。私はあのマンハッタンの夜景が好きだ。一度もこの目で見たことはないけどな。だからもし、私が死んでお前が生き残った時は、遺灰をそこらに撒いてくれ。私にはもう肉親もろくな知り合いもいない。墓に入るよりは眺めがいい場所の方が寂しくなさそうだ」

「おいおい、縁起でもないことを言うなよ……。それに骨になったら夜景は見れないだろ？　どうせなら生きたままニューヨークに遊びに来い。俺は死人のエスコートの仕方は知らないからな」

リールは苦笑を浮かべた後、ソファから立ち上がった。

「全員が無事、この島から生きて帰れるとは思えないがな……。まあいいだろう。もしも、お前達が死んで私が生き残ったら、お前らの骨をイースト川に撒いてやるよ」

「それはなんともありがたいことだが……残念ながら、みんな生きたまま帰るんだよ。マンハッタンで朝食を食べ、昼にハンバーガー、夜はブルックリンで食事して、バーで酒を飲むんだ。そしてイースト川が汚れることもない」

リールはジッと池田を見て、その話に微笑を浮かべた。

「フ……そうなることを期待しているよ」

そう言った後、リールは額に指先を当てる。

「少し飲み過ぎたな……。私は自分の部屋で酔いを覚まして、また少ししたら戻ってくる。いいか？　くれぐれも私の正体をばらすような真似はするなよ？」

「勿論、承知している。ここで別れた後、俺達の関係は以前のものへと戻る。心配するな」

リールはチラリとねね子に視線を向ける。

「お前は大丈夫だとしても、根暗少女の方が心配だな……」

「大丈夫だ。ねね子にはそんな話が出来る程のコミュニケーション能力が無い」

「ム、ムカッ。なんという侮辱再び……。し、しかしボクはそれを否定できないのだった……う、う、うー……」

ねね子はその顔をベッドに押しつけてもんどり打つ。

リールはそんなねね子を見て顔に笑みを浮かべ、

「フフ……じゃあまたな」

その部屋を後にした。

」3「

「……ふう、これで一つかたがついたな」

池田はリールを見送った後、小さく息を吐き出した。

ねね子はベッドの上に座り直し、口を開く。

「か、かたがついたのはいいけど……こ、これからどうするんだ？」

「勿論、次は犯人Xを暴く。リールの証言で全員分の話が出揃った。それらをつき合わせればきっと犯人像が浮かび上がってくるはずだ。まずはこれを見てくれ」

池田は机の上に紙を置き、それにペンを走らせる。

客室棟を描いた後、それに橋と回廊を書き込む。そして客室棟から橋に向かう矢印の先に『トマス』と描き込んだ。

「まず最初に橋を渡ったのはトマスだった。そしてその時の扉の状態は不明だ」

「ち、違うぞ。それよりも先に橋を渡ったのはリールとジェイコブだろ……」

「ああ、正確にはそうなるか……。まあ、とりあえず今のところは直接状況に関係がありそうなトマスから推理を進めようじゃないか」

池田は次に、リールの動向を書き込む。

「次に、トマスが扉を抜けたのと同時刻、リールは回廊の扉が開いているのを見ている」

「こ、この時点では扉は開いてた……。でもリールの証言だけだと、トマスが会場に行く前なのか後なのかが判断出来ないな……」

「確かにその辺りは微妙なところだな」

更にペンを走らせ、池田自身とねね子の動向を書き込む。

「そして次に俺達が回廊を抜け、橋を渡った。鉄の扉は閉まっていて、そして橋の上にもこれといった異変はなかった。そうだな？」

「う、うん……今、思い返しても特におかしなところはなかったっぽい……」

池田は紙に書いた扉の箇所をペン先でコンコンと叩いた。

「注目すべき点は、俺達がこの回廊を通った時、鉄の扉が閉まっていたという事実だ。リールの証言が正しいとなると、俺達が橋を渡る前に誰かがこの扉を閉めたことになる」

「う、うーん……誰が閉めたんだろ？」

「扉を閉めた人物か……」

池田は地図とジッと見つめて、考えを巡らす。

すべてが犯人の手によって動かされる必要はない。他の人間を利用すればいい。

池田はポツリと呟いた。

「恐らく、トマスが扉を閉めた可能性が高い」

ねね子は目を見開く。

「ト、トマスが？　な、なんのために？　トマスが扉を閉める必要なんてあるのか？　だって、トマスは犯人Ｘである可能性もないわけだし、扉を閉める意味なんてないと思うんだけど……」

「ねね子、一つ見落としている要素があるぞ。トマスが持っていたあの手紙、あれは恐らく犯人Ｘが書いた物だ。となるとあの手紙の中に犯人の指示が書かれていてもおかしくはない。適当な理由が書かれていればきっとトマスは扉を閉めただろう。……例えば『これは非常に内密な話なので、他の客が簡単に戻ってこられないように鉄の扉は閉めて頂きたい』とかな」

「な、なるほど、なんかのトリックを成立させるために、トマス自身に扉を閉めさせたってわけか。それだと犯人Ｘが見つかる危険もないし、その後でトマスを殺せば真相は闇の中……。可能性あるかも……」

「状況整理に戻るとしよう。次に、橋を抜けた俺達はアビーに出会った。そして、アビーは『扉を開けておきます』と俺達に伝えた。奴がサボったのでなければ、その直後に鉄の扉は開けられた可能性が高いだろう」

ねね子はアビーの名前を聞いて、顔をしかめる。

「あ、あいつ、ボクの骨を折ろうとした極悪人だし、普通にサボったんじゃないか？」

「だが、そうでもないらしい」

池田はアキラとジゼルの証言を書き加えて言った。

「アキラとジゼルの証言が確かなら鉄の扉は開いていた。どうやらアビーはちゃんと仕事をしたようだ。そして、アキラ達は特に異変を感じることなく、そのまま会場へと向かった」

ねね子はジゼルの名前を指さす。

「あ……。そ、そういえばジゼルは手帳取りに行くとかで一度部屋に戻ったって言ってたぞ。これはかなり怪しい行動だな……」

「ああ、そうだったな。ジゼルは手帳を取りに部屋に戻り、そして再び会場へと向かった。その際にも扉は開いていたし、依然として橋には異変はなかった。そして次に橋を通ったのがアレックスだ。アレックスも回廊や橋には異常はなく、そして『鉄の扉は閉まっていた』と証言している。そして奴が最後に橋を渡った人物だ」

ねね子は眉間に皺を寄せる。

「あ、怪しい……。だ、だって最後に橋を通ったアレックスなら扉を閉めることも、橋に何かのトリックを仕掛けることも出来たわけだろ？　この証言、信用出来るのかなぁ？」

「ともかく……。リールの証言も踏まえると、この時間帯に再び鉄の扉が閉められたことは間違いないようだ。今のところ誰がその扉を閉めたのかまでは断定出来ないがな」

「で、でも……一時的に会場から外に出たアキラを含めると、ほぼ全員に扉を閉めるチャンスはあったんじゃないか？　アリバイがあるのはボク達二人くらいな気がする……。そ、それとも屋敷の人間を利用したとか？」

池田は首を振る。

「いや、そうなるとアビーが苦労して扉を開けた理由がわからなくなる。犯人Xが屋敷の人間を利用して扉を閉めさせようとしたのなら、アビーがわざわざ一度、扉を開けたのは不可解だ」

「じゃ、じゃあやっぱりあの鉄の扉は最終的に犯人X自身が閉めたってことになるのか……？」

「その可能性は高い」

そう答えた後、池田は図の回廊に×印を描き加える。

「そして……会場を中座したトマスは客室棟側の回廊で焼死体となった」

ねね子の脳裏にありありとあの時の光景が蘇った。映像だけでなく匂いまで完全再現してしまったねね子は顔を青ざめさせる。

「う、ううう……」

「ねね子やアレックスの、橋の上が暖かかったという話から推測すると、どうやら橋の上に何か熱を持った物があったのは確からしい。だが、アレックスの証言では、橋の上には異常はなかった……これが奇妙だ。何かのトリックが橋に仕掛けられていたとしたら、恐らくアレックスはそれに気づいていたはずだ。この点がどうにもスッキリとしない」

ねね子はジトッと目を細める。

「そ、それは、アレックスが嘘ついてるだけなのでは……？」

「その可能性はある。それに可能性を言えば、同じ時間帯に扉を見たリールにも同様のチャンスはあったはずだ」

「は、橋に何かのトリックを仕掛けたとすると、その二人が怪しいような気がする……」

「状況的に見るとそうだが……。これはそんな単純な話なんだろうか？」

「う、うーん……ボク的には単純に考えてもいいように思うのだが……」

「どうやらこの問題はトマス殺害の件だけでは判断出来ないようだな。やはり、レイモンド卿殺害の件も併せて推理する必要がありそうだ」

池田はそう言った後、客室棟のそれぞれの間取りを描いた図を机の上に広げる。

「これが招待客の部屋の割り当てだ」

一階、本館側に近い右側１０５号室に×印を書き加えた。

「そしてレイモンド卿の死体が見つかったのがこの部屋……」

「こ、これだけだと特におかしな点はないというか、犯人断定するような要素は一つもないんじゃないか？」

「ふむ……これに関して、少し試してみたいことがあるんだが、問題無いか？」

ねね子はビクビクと怯えながら指を組む。

「……？　な、なに試すんだ？　別にいいけど……」

「俺が今からレイモンド卿の遺体がある部屋に行って声を上げるから、ねね子はこの部屋でその声が聞こえるかどうか調べてほしい」

「レ、レイモンド卿の部屋に行くつもりなのか……。それはまた怖いことするなぁ……」

呆れたように呟いた後、ねね子はその場で飛び上がった。

「……って、おい！　そ、それってまたボクが一人でこの部屋に取り残されるってことじゃないか！　ふ、ふざけるな！　いや、ふざけないでください」

「二分もかからないから大丈夫だ」

「う、うお、うお、うほぉぉ……。ほ、本当に行くつもりなのか？　お、お、落ち着け。か、考え直せ。い、嫌だなぁ、池田のおじさんはボクを怖がらせる冗談ばっかり言って、へへ……へへへへへ……」

ねね子は卑屈な笑みを浮かべ気味の悪い声を吐き出す。

その中、池田はさっさと部屋を後にして、廊下へと出て行った。

「……ッ、うえッ！　おい馬鹿ッ！　ひゃあッ！　ヤダモーッ！」

部屋の中からねね子の罵り声と叫び声が聞こえたが、今はこの検証を済ませる方が先だ。

「流石にあまり愉快な感じじゃないな……」

池田はレイモンド卿の部屋の中へと入り、辺りを見渡した。

死臭は更に強くなり、ほぼ完全な暗闇の中にある室内は恐ろしい程の不気味さに包まれている。

池田はその部屋の中央まで進み、大声を上げる。

「ねね子はデベソ！」

僅かな間を置いて、外に雷鳴が走った。

「戻るか……」


「おい、ねね子、終わったぞ。隠れてないで出てこいよ」

再びソファの裏に身を隠していたねね子から震える声が漏れた。

「う、うう……池田のアホォ……。ま、待ってる時間が一億年くらいに感じたぞ」

「それだけの長い時間を体感して、よく精神崩壊しなかったな。偉いぞ」

池田は半笑いを浮べた後、

「……で、どうだ？　俺の声は聞こえたか？」

そう問いかけると、ねね子はポカンとした表情を浮かべた。

「こ、声……？　あ……そ、そういえばそんな話をしてたな。すっかり忘れてた……」

池田は顔をしかめる。

「……忘れていたのなら仕方ない。もう一度行ってくるか……」

「ビャァアアア！　う、嘘嘘嘘！　ちゃんと覚えてた！　ちゃんと覚えてたってば！」

「ほんとかよ……。じゃあ、俺の声は聞こえたか、それとも聞こえなかったか？」

「き、聞こえなかったと思う……た、多分……。こ、これはほんとだからな！　嘘とか言ってないからな！　だからもう一人にしないで、お願い！　ま、またボクを置いていったら半永久的に池田・鬼畜クズ男・戦ってミドルネーム付きで呼ぶぞ！」

「まあいいだろう。とりあえずはお前の証言を信じよう。しかし、俺の声が聞こえなかったとなると少々おかしなことになるな……。レイモンド卿の呻き声を俺とアレックスの二人が聞いていることに矛盾が生じる」

ねね子は、いつものようにジトッと冷めた視線を向け、

「そ、それは単に部屋からじゃなくて廊下で声がしただけだからだろ……」

そう言った後、すぐにその表情を消して卑屈な笑みを浮かべて言い直す。

「……あ、いや……し、しただけなんじゃないですかねぇ……」

「いや、俺は呻き声の直後に廊下の様子を見たが異変はなかったし、扉が閉まるような音も聞いていない。あの声はどこかの部屋の中で起きたものだ」

「だ、だとすると、どこの部屋で声がしたっていうんだ？　……いうんですかぁ？」

「俺の予想だと……恐らく隣の部屋で声がしたんじゃないかと思う」

「と、隣の部屋で？　あ……なんか嫌な予感……」

「そうだ。隣の部屋に忍び込めば、そこで証拠を見つけられるかもしれない」

ねね子は池田のスーツを摑み、半泣きで叫んだ。

「や、やっぱり！　も、もう嫌だ！　置き去りは絶対に嫌だからな！」

「じゃあ付いてこい」

「あー……。しょ、正直それも嫌なんだが……。あ……ま、待てこの雰囲気、また置いて行かれる気配……。し、し、仕方がないなぁ、池田だけだと頼りなさそうだし、ボクがついていってやるかぁ」

「ああ、頼りにしているよ……ホント」

「な、なんで呆れたように言うかなぁ……」

隣りの部屋にはこれといった異常はなく、また誰かが潜んでいるような気配もなかった。

明かりをつけると、池田の部屋とほとんど同じ光景が広がる。

違いといえば、荷物がなく、ベッドが整っていることと、絵画が違うことくらいのものだろう。

「なにもおかしなところはないように見えるな……。ねね子、どんな些細なことでもいい、この部屋の中で何か気になる点はないか？」

ねね子はビクビクとその部屋を見回しつつ、手で四角の形を作り、ファインダーを覗き込むようにして、部屋を見渡す。

「き、気になる点？　う、うーん、どこも誤差範囲くらいにしか違わないと思うけど……。ま、まあ多少誤差が大きいのはシーツのズレくらいかなぁ……。ボクの部屋の当初のセッティングよりも乱れている。ほんのちょっとだけだけど……」

「シーツか……」

池田はベッドの近くに片膝をつき、その辺りを見渡す。

「べ、別に変化したって程のことではないと思うけど……」

「いや、どうやら当たりのようだぞ」

池田はベッド下からポケットチーフを拾い上げる。

それはシルクで作られたいかにも高級そうな物でそこにはD・Rのイニシャルが刻まれていた。

「D・Rのイニシャルを持つ人物はダン・レイモンド……。どうやらこのチーフはレイモンド卿の物で間違いないようだ……。チーフはほとんど埃を被っていないし、犯人がわざとこれを置いたとも思えん。これはレイモンド卿がこの部屋にいた重要な証拠と見ていいだろう」

「や、やっぱりレイモンド卿はここで襲われたってこと？　で、でもそれっておかしくないか？」

池田は頷く。

「ああ……確かに妙なことが生じる」

「は、犯人Xは、わざわざ危険性が高い池田の隣の部屋にレイモンド卿を呼び出して……その後、レイモンド卿をわざわざ隣の部屋に移して殺したってことになるぞ。ど、どう考えても変じゃない？」

「確かに不可解過ぎるな……。何故、危険性が高いこの部屋に呼び出したのか？ そして何故、その後、レイモンド卿を隣の部屋に移したのか？」

「な、何か思いつくか？ ボクにはさっぱりなんだけど……」

「かろうじてだが……レイモンド卿を隣の部屋に移した理由はわかるかもしれない。レイモンド卿殺害時には既に俺の素性がバレていたはずだ。犯人Xは、俺の真隣の部屋で拷問を行うのは危険だと判断したんだろう。そのためにレイモンド卿を別の部屋に移した」

ねね子は吐き出しそうな表情で「うえぇ……」と舌を出す。

「ご、拷問することが前提条件なわけ？ み、見つかる危険を冒してでも拷問したかったってことなのか？ どんな異常者だよ犯人……」

「あるいは、それ程の恨みがあるということなのか……。だが、それで二番目の移送は説明がつくとしても、レイモンド卿との密会場所をこの部屋にした理由がわからないな……。どう考えてもここでの密会はデメリットしかないはずだ」

ねね子は頭を悩ませた後、ポツリと呟く。

「こ、この部屋でなければならない理由があったとか？」

「なるほど……。この部屋でなければならない理由か……例えばこの部屋に隠し通路があるとかか？　それならレイモンド卿が不意を突かれたのも説明がつくが……」

「だ、だけどその場合、犯人は知ってるけど、レイモンド卿は知らない隠し通路じゃないと意味がないと思うけど……。この屋敷の主が知らない隠し通路なんてあり得るのか？」

池田は小さく首を振り、ため息を吐く。

「確かに少々無理のある話だな。もしかすると他の方法で不意を突いたのかもしれない」

「ほ、他の方法っていうと……どんな？」

「そうだな、例えば……窓から忍び込んだとかかな？　この形状の窓はロック機能はないし、外から忍び込むことも可能なはずだ。」

「ま、窓からぁ？　これだけいっつも超凄い風が吹いてる中、ロープでも使って忍び込んだっていうのか？　そ、相当に難しそう……というか無理じゃないか？」

「まあ、確かに難度は高そうだが……絶対に無理って程ではないだろう。訓練された人間なら可能だろう。それにお前がそう思う程のあり得ない可能性だからこそレイモンド卿の不意をつけたとも考えられる。それに俺達がこの客室棟を訪れた時、廊下にはアビーがいた。そのままレイモンド卿が来るまで見張りとして立っていたとすると、廊下側から忍び込むのは無理だ」

「た、確かに、アビーだけじゃなく他の人目につく危険もあるしなぁ。アビーが見張りに立っていなかったら、流石にレイモンド卿も油断しないだろうし……」

池田は腕組みをして、短く唸る。

「それにしても、どうして犯人はこんな奇想天外な方法を思いついたんだろうか？　自分から思いついたにしては妙に突飛というか、非効率というか……。もっと直接的な殺し方がありそうなものだが……」

「も、もしかして……何かの出来事を参考にしたのでは？」

それは犯人の動機にも関わることかもしれない。過去に経験したなにかがその方法の起点となった。この事件のすべてはなにかをなぞって作り上げられたものではないか？

犯人はなにかを再演している。

「絶海の孤島、奇妙な鉄の扉、熱くなった橋、炭化した死体、絶え間なく吹き続ける風、透明な殺意、いるはずのない人間……」

池田はそこまで呟いた後、ハッと目を見開く。

「待てよ……。わかった……わかったぞ！　犯人の手口が！」

その池田の言葉にねね子はビクリとその身を震わせ、思わず目を見開いた。

「え？　ほ、本当か？　じゃ、じゃあ一体誰が？」

「ああ、俺の考えている手口が正しいのなら犯人はあいつしかあり得ない。犯人は……」

「は、犯人は？」

だが、池田はその言葉を直前で止めた。

手でねね子に動くなと合図した後、扉の外に視線を向け、小声で呟く。

「待て……。扉の外に気配がする……」

「は……？　こ、こんなタイミングで、何言ってるんだ？　ご、誤魔化してんのか？」

ねね子がそう言った直後、池田は扉の先に向かって声を張り上げる。

「誰だッ！　そこで何をしている！」

扉の先で何者かの足音が鳴った。

その予想外の音を聞いたねね子は思わずその場で跳ね上がる。

「うわ！　ほ、本当に誰かいたのか!?」

「追うぞ！　ねね子！」

池田は扉を開けて、廊下へ飛び出す。

廊下に出るとアキラ達と鉢合わせになった。

アキラは突然現れた二人に驚き、声を荒げる。

「うわっ！　何また!?　なんであんた達そんなとこから出てくんのよ!?　ビックリするじゃない！」

「アキラ！　今、誰かこの場所から走っていかなかったか？」

「え？　ああ、それなら今さっきジェイコブが走っていったけど……」

「ジェイコブが？　クソッ！　嫌な予感がする！」

「な、何よ！　また何か起きたってわけ？　あっコラ！　待ちなさい！」


池田は客室棟廊下を抜け、回廊へと駆ける。

その先にいたリールは、同じ異変を察知したらしく緊張した様子で声を上げた。

「おい、何かあったのか？　ジェイコブが走っていったのが見えたぞ」

「やはり、ジェイコブか。奴は何をするつもりだ……」

池田は背中の銃に手を伸ばす。

鉄扉のハンドルにかけられていた留め具が外され、それが動かされた形跡がある。

池田は鉄扉のハンドルに手をかけた。

「リール！　離れていろ！　扉を開ける！」

「あ、ああ……わかった」

扉が開くのとともに強烈な風が回廊に吹き込み、皆の髪を乱す。

橋の上にジェイコブの姿が見えた。

ジェイコブは橋の中央に立ち、その先にいるヴィンセントとアビーの二人と対峙している。本館側の回廊から漏れる光が三人を照らし出し、その姿をシルエットのように浮かびあがらせている。

ヴィンセントは銃を、アビーはナイフを構えており、それが鋭い光を放っていた。

池田は声を張り上げる。

「ジェイコブ!」

ねね子は壁の陰から顔を出し、その様子を窺おうとしたが、池田はそれを押し戻した。

「ねね子!　顔を出すな!　ヴィンセントが銃を構えている!」

「う、うぇッ⁉　じゅ、銃ッ⁉　あ、あわわわ……」

その場にジェイコブの声が響く。

「……人が……かった……!　やはり……は、……の、生き…り……ッ!」

ジェイコブは二人に向かって何かを叫んでいるが、それは強風の音に遮られ、ほとんど聞こえない。

「犯人……正体は…………だ!」

強風の中、ジェイコブから決定的とも思われる言葉が放たれた。

「……ッ!」

池田は思わず目を見開く。

言葉そのものは聞き取れなかったが、それは犯人の正体を断定するかのような口調だ。

ジェイコブは先ほど池田達の会話を盗み聞きし、犯人を特定する何かに気づいたのかもしれない。

「…………てくれ！　俺には…………がある！」

ジェイコブは何かの交渉を続けているが、相変わらずその内容は聞き取れない。

騒ぎを聞きつけた皆が回廊に集まる。

アキラが池田のそばに駆け寄り、声を上げた。

「ちょ、ちょっと！　これは一体、何がどうなってるっていうの！」

「扉から離れろ、ヴィンセントが銃を構えている。とばっちりを食らうぞ」

アキラはビクッと震えた後、不満げな表情を浮かべつつもその身を壁の陰へと隠す。

「わ、わかったわよ……。でもそれよりも、これは一体どういう状況なわけ？　ジェイコブが銃を向けられてるって、どうしてこんなことになったの？」

「ジェイコブが交渉材料を持って連中と取引をしてるって状況だ。だがまあ、俺の予想だと……」

池田の呟きの直後、その場に一発の銃声が響き、皆はその身体をビクリと震わせた。

池田が壁の陰から覗き込むと、橋の上に前のめりに突っ伏すジェイコブの姿が見えた。

池田はポツリと呟く。

「……交渉決裂」

物陰に隠れていたねね子とアキラがワッと抱き合い、アキラは半泣きの表情で叫ぶ。

「な、な、何！　今の銃声！　どうなったの!?　ねえ！」

「あまり愉快な光景じゃない。見ないことをおすすめするぜ」

池田は呟きつつ、その状況を確認する。

ヴィンセントは脇を締めた腰打の体勢から、ヘッドショットでジェイコブを射殺した。

相当の腕の持ち主……いや、特殊な訓練を受けたプロだと見て間違いない。

ヴィンセントは池田達に視線を向け、この強風の中でも聞き取れる程の大声を張り上げた。

「犯人に告げる！　猶予は三十分だ！　それまでに例のコードを渡さなければ、我々は容赦せず貴様らを皆殺しにする！」

池田は壁越しに銃を向け、叫ぶ。

「待て！　お前達が欲しがっているそのコードとはなんだ！」

「探偵。部外者はあまり口を挟まないことだ、寿命を縮めることになるぞ」

ヴィンセントの銃口が池田に向かって動いた。

池田は咄嗟に身を隠し、

「……ッ！」

それとほぼ同時に両側の扉は閉まり、客室棟と本館は分断された。

池田は腕時計に視線を向ける。

「猶予は三十分か……あまりぼうっとしていられないな」

こうなった以上、もはや犯人Xに協力を求めるのは無理だろう。池田自身が犯人Xの正体を暴く必要がある。

池田は回廊の中に集まった皆に視線を向けて言った。

「俺の部屋に集まってくれ、そこでこの話に決着をつける」

「け、決着ってまさか自分の頭を撃つとかいう類の話じゃないでしょうね？」

「流石の俺もそこまでの酔狂さはないな。弾丸を撃ち込むとしたら、こんな馬鹿げた状況を作り出した連中の頭に打ち込むさ」


池田の部屋へと集まった皆は、互いに不安げな視線を向けていた。

皆は互いに疑心暗鬼となり、誰が犯人であるのかに考えを巡らせている。

ジェイコブも死んだ今、ここにいるのは、池田、ねね子、アキラ、ジゼル、アレックス、リールの６人。

この中にトマスとレイモンド卿を殺した殺人Ｘが潜んでいる。

「さて、大詰めだ。ここで決着を付ける」

池田は皆の中へと歩を進め、ジッとそれぞれの顔に視線を向ける。

ねね子、アキラ、ジゼル、アレックス、リール。

皆が不安げな視線を返す中、池田は部屋の中央で立ち止まると、リールに向かって口を開いた。

「リール。ちょっと協力してもらいたいことがあるんだが、いいかな？」

リールは動揺しつつも椅子から立ち上がる。

「え、ええ……勿論、大丈夫だけど。協力してもらいたいことって何？」

「何……本当にちょっとしたことだ」

そう答えた直後、池田はリールへと手を伸ばし、その身体を投げ飛ばした。そのままの勢いで床へと倒し、その両手を後ろ手に縛り上げる。

リールは床に倒れたまままただ呆然と池田を見上げた。

「ね、ねぇ……一体これはなんの冗談なの？　私を縛り上げたりして……。て、手が痛いんだけど……」

池田はジッとリールを睨み付ける。

「リール、お前が犯人Xだな」

「……え？」

その言葉にリールの目が見開かれる。

ねね子はその場で飛び上がり、

「……う、うえッ!?」

「え……うそ」

アレックスもただ困惑の表情を浮かべて声を上げる。

ジゼルは驚いた様子で視線を向け、無言のまま息を飲んだ。

その緊張の中、アキラはまるで食いかかるかのような勢いで口を開いた。

「や、やっぱりこの女が犯人だったの!?」

「ああ、そうだ。まずトマス殺害時に関して、橋になんらかのトリックを仕掛けるチャンスがあったのはリールとアレックスの二人だけだ。その時点で容疑者は二人に絞られる。そして、次にレイモンド卿殺害に関してだ。俺はレイモンド卿が不意を突かれた理由をずっと考えていた。だが、答えが出ればなんのことはない。結局、鍵開けの技術を持った人間が鍵を開け、先に待ち合わせに指定した客室の中に忍び込んでいたというだけの話だ」

「この女が鍵開け？　でも、そんなこと出来るの？」

「実はこいつはこの島に潜り込んだ潜入捜査官でね。あらかたの技術は持ち合わせている。鍵開けの技術は勿論、殺害スキルも一級品だろう」

ねね子が慌てて口を挟む。

「で、で、でも……レイモンド卿殺害に関してはそれでいいとしても、トマス殺害のトリックは何だったたっていうんだ？　そ、その方法がなんだかわかったのか？」

アキラはねね子を押しやり叫んだ。

「もう、そんな些細なこと関係ないわよ！　今からこいつを締め上げて聞き出せば良いだけの話でしょ？」

「ああ、その通りだ！　さあ、リール。観念しろ！」

それまでただ呆然としていたリールの表情がサッと変化した。

リールは壁にもたれかかりながらなんとか半身を起こし、池田を睨みつける。

「池田戦！　お前、一体何を考えている！　本当に私が犯人だと思っているのか⁉　馬鹿が！　早まるな！　犯人は別の人間だ！」

　アキラは、そのリールの変貌ぶりを見て、思わず目をむいた。

「な、なによ……この変わりよう。やっぱり今までのは演技だったってこと？　池田の推理は当たってたみたいね……。池田、耳貸しちゃ駄目よ。本当の犯人ってのはいっつもこういうこと言うって相場が決まってるんだから」

「ふざけるな！　どうなっても知らないぞ！　みんな殺されるぞ！　本当の犯人に！」

　池田は、声を荒げるリールを一瞥し、ねね子に視線も向けずに言った。

「ねね子、悪いがリールを見張っておいてくれ」

「え……え？　ボ、ボクが？　も、もっと他に適任がいると思うのだが……」

　池田は他の三人の元へと歩み出る。

「あとの三人はこっちに来てくれ、今後の動きに関して俺に考えがある」

　アキラは怪訝な視線を返す。

「考えがあるって……一体どうするつもりなの？　あいつを締め上げて、情報を聞き出すとかそんな話？」

　池田は首を振る。

「近いが、不正解だ。これから、犯人Xの正体を暴く」

「は？　一体何のわけのわからないこと……」

アキラはわけがわからず口をポカンと半開きにして硬直する。

そのアキラの身体が何者かによって突き飛ばされた。

「きゃッ！」

アキラを突き飛ばしたその影はその勢いのまま、ジゼルの身体をベッドへと押し倒す。

動いたその人影はリールだ。

リールは一瞬のうちにジゼルの手を後ろ手に固め、その背中に馬乗りとなって声を上げた。

「よし！　押さえたぞッ！」

床に尻餅をついたアキラは慌てた様子で立ち上がる。

「あ！　こ、こいつ！」

「アキラ、待て！　リールは犯人じゃない！」

アキラは池田に向かって歯をむき出しにして、叫んだ。

「はぁ!?　どういうことよ、それ！」

隣にいるアレックスは少年に擬態していることすら忘れ、少女のように怯えた様子を浮かべ、ただ呆然と呟く。

「あ、あの……ま、まったく状況が飲み込めないんですが……」

「今までの犯行から考えて犯人Xはかなり訓練されたプロ中のプロだ。隙を突かなければ奴を無力化することは難しかっただろう。そのために一芝居打たせてもらったってわけだ」

　その池田の言葉にリールは苦笑する。

「私が拘束された時は面食らったがな。作戦を耳打ちされてすべて合点がいった。芝居を打った後、緩めに縛られた縄をほどいて、背後からこいつを押さえ込む……。どうやら上手く行ったようだ」

　その一連の流れから取り残されたねね子は、床にぺたりと座り込んだまま、半泣きの声を上げた。

「そ、そ、そういうことは事前にボクにも言っておいてほしかったのだが……。こ、腰が抜けた……」

「だが池田、私が潜入捜査官だということまでバラしたのは余計だ」

「まあそう言うな。あれくらいのネタをかまさないと犯人Xは騙せなかっただろう。あすれば、自然とリールの拘束に対しては意識が向かなくなる。そして、その賭けは当たった」

　ジゼルはそれまで無言のままジッと辺りの状況を見つめていたが、やがて落ちついた様子で口を開いた。

「……これは何かの間違いではありませんか？　私は犯人Xではありませんし、誰も殺していません」

　リールは冷笑を向ける。

「随分と冷静じゃないか？　ジゼル・リード。いくら訓練された従者でも、こんな状況になれば多少は取り乱すものだ。この冷静さ。やはりこいつは臭いな……。だが、池田。こいつを犯人Xだと確信したちゃんとした証拠はあるんだろうな？　まさか、行き当たりでこんな真似をやったわけではあるまい？」

「勿論だ、今からそれを説明する。レイモンド卿、トマス殺害、そしてジゼルを犯人だと確信したその理由についてな」

池田は皆の前に進み出た。

「まず、レイモンド卿殺害についてだ。レイモンド卿の死亡推定時刻は皆がこの島に訪れた一日目の深夜二時頃だ。だが、食事会場にレイモンド卿が現れなかったこと。そして、部屋に案内された後、俺とアレックスが聞いた謎の呻き声から推測すると、レイモンド卿は一日目の正午前に客室棟で拘束された可能性が高いと考えた」

池田はポケットの中らポケットチーフを取り出し、皆の前に掲げる。

「それを裏付けるように、隣の空き部屋からレイモンド卿のポケットチーフが見つかった。つまり、犯人Xは隣の部屋を密会場所に指定し、そしてそこでレイモンド卿を拘束したということになる」

アレックスが口を挟む。

「ちょ、ちょっと待ってください。わざわざ池田さんや僕の部屋に近い方の空き部屋で密会したってことですか？　それってておかしくないですか？」

池田は頷く。

「そこだ。俺はずっとその点が引っかかっていた。妙な場所への呼び出し、そして用心深いレイモンド卿の拘束。犯人はレイモンド卿の不意を突くなんらかの方法を用いたはずだ。そこで俺は一度、皆の部屋割りについて考え直すことにした。この部屋割りの指定、どうもチグハグな感じが拭えない。犯人Ｘがこの部屋割りを指定したのなら、この形にはなんらかの意味があるはずだ」

ねね子は首をかしげる。

「へ、部屋割りに意味……？　そんなものがあるのか？」

「以前も話したように、客室の窓は外側からも開くようになっている。防犯上、外からの侵入者を想定する必要がない立地だからだ。犯人はそれを利用した。犯人はレイモンド卿が部屋に入るよりも早く、窓から忍び込んだんだ。レイモンド卿が油断した理由の一つは、鍵を配り終えたアビーに部屋の前を監視させていたためだろう。アビーから『部屋には誰も入っていない』と報告を受けたレイモンド卿は、油断したまま部屋に入り、先に忍び込んでいた犯人Ｘに拘束された……」

リールが口を開く。

「待て……。だが、この島は常に強風が吹き荒れる場所だ。外からはそう簡単に忍び込むことは出来ないはずだ。可能性があるとしたら、ロープを使っての懸垂下降だが……。本当にこいつがそんな真似をしたというのか？」

「ふむ……この件に関してはねね子の力を借りる必要があるだろう」

ねね子はその身体を跳ね上げた。

「は、はぁ！　ボ、ボクぅ!?」

「ねね子はレイモンド卿が拘束された時間帯、窓から落ちかけていたよな？　その時の光景をもう一度思い出してほしい。客室棟の外にロープのような物が垂れていなかったか？」

「ボ、ボ、ボクにあの恐怖の光景を思い出せというのか。鬼畜過ぎる……。き、気が乗らないけど、仕方ないちょっとだけだぞ……」

ねね子は渋々目をつむり、落ちそうになっていた当時の状況を再現するかのように片手を前に突き出し、不安定なポーズをとる。

「あ、うう……た、確かに壁に沿ってロープみたいな物が垂れているような……でもロープが壁と同じ色っぽくてよく見えない……。うわっ！　落ちる！　落ちる！」

そのままねね子は前のめりに倒れそうになったが、池田がその襟首を摑んで持ち上げる。

「大丈夫だ、ちゃんと床に足は付いている」

「ふー……ふー……ふー……。も、もう二度とこんな真似しないからなぁ！」

リールは頷く。

「なるほど、確かにロープを使って忍び込んだ可能性はありそうだな……。待て……だとすると、犯人はレイモンド卿が拘束された空き部屋の真上の客ということになる。だが、そこはジェイコブの部屋だ。ジゼルが犯人であることと整合性が取れない」

池田は頷く。

「ジェイコブは犯人の有力候補……確かにそう思える。だが、俺はその後、ある一つの要素に思い当たった」

「ある要素?」

外で強い風が吹き、窓を揺らし音を立てた。

「風だよ。僅かにでも窓を開ければ、落ちてしまいそうになる程の強風。この島の風は向かって右から左に強い風が吹いている。懸垂下降を行っても身体は左に大きく流されることになるだろう。犯人はそれを経験で知っていた。そのため、真上の部屋ではなくその一つ右にズレた部屋を指定したんだ」

リールは部屋の窓にチラリと視線を向ける。

外に降っている雨が左の方向に強く流されているのが見えた。

「逆にあの風を利用した? 確かに……常にあれほどの強い風が吹いていたのでは真下に降りるのは難しいかもしれない。あの風の強さから考えると、そうだな……浴室の窓から降りて、一つ横の客室、右側の窓にたどり着く形が距離的には理想か……」

ねね子が慌てて口を挟む。

「ちょ、ちょっと待て……。だ、だけどその理屈なら、やりよう次第では真上の部屋からもたどり着くことが可能なんじゃないか？」

「確かにその可能性は残る。だが、これで犯人像が絞られた。ジェイコブかジゼルか。そもそもこれ程の危険な行為を実際のテストもなしで行うのは相当に無謀な行為だ。いや、自殺行為と言っていいだろう。そこで俺は、ひょっとしたら犯人は過去の経験で浴室の窓から降りて右の窓にたどり着く形がベストであると知っていたのではないか？そう考えた」

「か、過去の経験……？」

池田はねね子のその言葉には答えず、話を進める。

「ともかく、今は次の事件、トマス殺害について考えることにしよう。ねね子とアレックスの証言から、橋の上になんらかの熱を持った物体があったことまではわかった。では一体、そこには何があったのか？　そして、ジェイコブが俺に伝えた、透明な殺意というキーワード。犯行時刻は正午。そして、トマス自身はその異変に気づかなかったという状況……。それらから導き出される答えは……」

池田は一呼吸置いた後、言った。

「エタノールの燃焼だ」

ねね子が目を見開く。

「エ、エタノール？」

「ああ、犯人はエタノールを橋に撒き、それに火を付けたんだよ」

「あ……エ、エタノールといえば、確か貯蔵室には大量のスピリタスがあったな。スピリタスの度数は95度から96度、ほぼ純粋なエタノールと言えるだろうけど……」

アレックスが慌てて遮る。

「で、でもちょっと待ってください。橋にそのお酒が撒かれて火が付けられていたとしても、僕が橋を通った時にはなんの異変もありませんでしたよ？　ジゼルさんが犯人だとするとおかしなことになりませんか？　僕にはジゼルさんには火を付けるチャンスはなかったように思えるんですが……」

「火はジゼルが手帳を取りに戻ると言って引き返した時につけられ、そしてそれからずっと燃え続けていたんだよ。アレックスが橋を渡った時もずっとな……」

アレックスはビクリと身体を震わせた。

「ぼ、僕が橋を渡った時も……？」

「このトリックで重要な要素は、犯行が行われたのが太陽が真上に来る正午であるという点だ。そして、俺はこの可能性を考えた時、以前、ジェイコブが頼んだカフェロワイヤルの光景を思い出した。熟成されたブランデーでさえ燃焼する際は視認性の低い青い炎を生じる。ねね子が言ったように、純粋なエタノールならばその視認性は更に悪くなるだろう。正午の日光下ならばなおさらだ。まさしくそれこそ、透明な殺意だ。そのため、アレックスも炎の存在に気づかなかったんだろう」

ねね子はハッと何かに気づき、思わず手を打つ。

「た、確かに、過去にアルコール燃料を使用していたインディカーレースで、見えない炎による火災事故があった。まったく火が見えないのに、実際はドライバーは火に包まれているって事故……」

「ああ、それに、皆も知っての通り、あの橋は水はけも悪い。スピリタスを撒かれていても、それは単なる水たまりのようにしか思わなかったことだろう。撒かれたスピリタスの量にもよるが、スピリタスの度数が約96度だとして、あの水たまりで薄められると、ハンドル付近の地面に広がったアルコール度数は40度から50度程度に薄められたはずだ。これならゆっくりと長時間炎は燃え続けていたはずだ」

だがアレックスはなおも困惑の表情を浮かべ、問いかける。

「だ、だとしても、何故トマスさんだけがあんな火傷を負うことになったんですか？　僕もトマスさんも同じようにして橋の上を通ったんですよ？」

「トマスが焼死まで及んだ要因はいくつかある。まず一つ目はトマスの着ていた服が引火しやすい麻地のスーツであったことだ。だがそれよりも、この殺害方法が上手く考えられていた点は他にある」

「う、上手く考えられている点？」

「それがあの鉄の扉だ。何故、犯人Xは犯行が露呈する危険を冒してまであの扉を閉めることに執着していたのか？　つまり逆に言えば、あの扉を閉めることがトマス殺害に必要不可欠な要素だったということだ」

「あ、あれが必要って……。あ！　もしかしてあのハンドル？」

池田は頷く。

「正解だ。扉のハンドルを回すトマスは必然的に炎の上に立ち止まることになり、炎はトマスのスーツへと引火した。トマスは数分の間、炎の上にいただろうが、アレックスの方は一秒にも満たない時間だっただろう」

「あ……そ、そうか、僕は客室棟の方から鉄の扉を開けて、一瞬、その透明な炎の上を通っただけだったから服に燃え移らなかったんですね。で、でも下手をすれば僕もトマスさんと同じように……」

リールが話に割って入る。

「待て、その話だけでは納得出来ない。エタノールの炎がスーツに引火しただけでは、あれほどの大火傷を負うとはどうにも考えづらい。その点はどう説明する？」

「それはトマスになって想像してみればわかることだ。扉のハンドルを回していたトマスは不意に足下に高熱を感じる。炎がスーツに引火してることに驚いたトマスは、慌ててその火を消そうと行動する。その時、扉の先にあの花瓶が見えた」

リールはその池田の言葉を聞いて、しばらく考え込み、

「花瓶？　待てよ……」

サッと目を見開いた。

「まさか犯人Xはトマスの行動を予想して、花瓶の中にもスピリタスを仕込んでいたと

いうことか？　随分とえぐい真似をする……」

「ああ。俺達が食事会場に向かおうとした時、ねね子が、回廊に生けられていた花がしおれていると言っていたことを思い出してね。恐らくあの時点で花瓶の中にスピリタスが仕込まれていたんだろう」

「なるほど……。確かにそれならあれほどの火傷を負ったのも頷けるな。トマスは花瓶の水で火を消すつもりだったが、その行動は逆に犯人Xによって、焼身自殺へと変わってしまった……」

その仕組まれた残酷な罠に、皆は動揺した面持ちを浮かべる。

その緊張の中、池田はジゼルに視線を向け、問いかけた。

「さて、ここまでの推理には間違いはないかな？　ジゼル」

だが、それでも尚、ジゼルは冷静沈着な視線を返す。

「興味深い話ではあります。ですが、それらはいずれも推測の域を出ない話のように思えます。確かにそのように行動すれば私にも犯行は可能でしょう。ですが、それだけで私が犯人だと断定するには、根拠が弱いのではないでしょうか？　客室棟の外に垂らされたというロープの証言は曖昧ですし、ハリントン様殺害に関してのトリックは、私以外の方々にも実行可能なように思えます」

リールは苦い表情を浮かべる。

「確かにな。ロープに関しての証言は頼りないし、トマス殺害のトリックが判明したとしても、それをジゼルが実行したと断定することまでは出来ない……」

　ねね子は所在なさげに身を縮める。

「う、うう……面目ない……」

「それにジゼルが犯人だとすると、同時に、共犯の可能性という大きな問題が生じるぞ。従者であるジゼルが犯人なら、その主のアキラも共犯の可能性がある。この問題をどう解決する？」

　それまでただ呆然と言葉を失っていたアキラはハッと目を見開き、声を張り上げる。

「な、何よ！　さっきから勝手に話を進めて！　だから私もジゼルも犯人じゃないって言ってるでしょ！　犯人は間違いなく別の人間だってば！」

「……と、言っているが、どうする？　池田。何か決め手はあるのか？」

「そう、そこで俺はもう一度、原点に立ち戻る。そもそも何故、犯人はこんな奇妙な殺害方法を思いついたのか？　思えば妙な話だ。殺害するだけならもっと別なスマートな方法がありそうなものなのに、何故犯人はこんな殺害方法に固執したのか？　それが重要だ」

　池田は僅かに間を置いた後、ゆっくりとした言葉で続けた。

「考えられる可能性は一つ……。犯人は以前よりこの方法を知っていた」

　アレックスは怪訝な表情を浮かべた。

「知っていた……って、この奇妙な殺害方法を見たことがあるってことですか？」

「そうだ。ジェイコブは以前、俺に向かって、トマス殺害の方法には覚えがある。犯人は女という奇妙な断定を伝えていた。だが、何故かその癖に奴は具体的な方法は語ろうとはしない。そこで俺は考えた……。もしかすると犯人は過去にトマス殺害方法と同様のリンチを目撃した……あるいは体験した人物なのではないか？　そして、これはその過去の復讐……いや、過去の再現なのではないか？　……そうであるのならば、こんな奇妙な殺害方法を選んだことも、ジェイコブが犯人を女と断定し、その話を語りたがらなかったこともすべての辻褄が合う」

リールは拘束したその手に力を込め、ジッとジゼルを見下ろす。

「なるほど……。だが、こいつが島の生き残りだとして、それを証明する方法なんてあるのか？　また、アキラが共犯でないという証拠は？」

「ジゼルが犯人か、そしてアキラが共犯であるか否かは、アキラの話を検証すれば自ずと答えが見えてくる」

アキラがビクリとその身を震わせる中、池田は続ける。

「まず、気にかかったのは、ジゼルはアキラと一緒に風呂に入りたがらないというという話だ。この話は、従者としてのジゼルが遠慮しているだけの、なんでもない話のように思える。だが先の話を思い返すと、これには別の意味が隠されているように思えた。つまり、ジゼルがアキラと一緒に風呂に入りたがらないのは、その身体に火傷の痕があるから、ではないか？」

「な、何、馬鹿みたいなこと言ってるのよ……。そんなこと……」

動揺するアキラを前にして、池田はその言葉を遮るように一本指を立てた。

「それと、俺はジゼルに聞き取りをする中で、僅かに違和感を覚えたフレーズがあった。それは、扉からアキラを遠ざけた、という証言だ」

「そ、それのどこにおかしいところがあるっていうのよ……？」

「些細なことだが、少し妙だ。あの状況の中で本来、アキラを遠ざけるべき対象は扉ではなくトマスであるべきだろう。実際、アキラも、ジゼルが、トマスから私を遠ざけた、と証言している。扉から遠ざける……では、その主体が扉になってしまっている。ならば何故、ジゼルは、扉からアキラを遠ざけた、と言ってしまったのか？　そして何故、そうする必要があったのか？　その言葉、そしてジゼルの行動は、何気ないことのようにも思えるが、すべてのロジックが積み上がった後ではまったく違う意味を持つ。アキラ達が橋にたどり着いた時、まだ橋の上には炎が残っていたんだ」

皆は思わず息を飲む。

「鉄の扉を開ける時、そのことに気づいたジゼルは、とっさにアキラを扉から遠ざけた……。俺の予想が正しければ、きっとジゼルの足には古い火傷の痕。そして、それとは別に新しい火傷の痕があるはずだ」

ねね子は怯えた視線をジゼルに向け、呟く。

「も、も、もしも……そ、そこに火傷の痕があったのなら、アキラが共犯者である可能性も消える……。仮にアキラが共犯者なら、そんな不利になるような話をするはずない」

リールはしばらく無言でいた後、アレックスに向かって声をかけた。

「私は今、手がふさがっている。アレックス、ジゼルのストッキングを破いて、足を見てくれないか？」

アレックスは一瞬、躊躇する様子を見せながらも、

「ぼ、僕がですか？　わ、わかりました……。ジゼルさん……ごめんなさい」

ジゼルのストッキングに手を伸ばし、それを摑んだ手に力を込める。

静寂が支配する中、ビリッと鋭い音が響き、そのジゼルの足下が露わとなる。

それを見たアレックスは思わずその目を見開き、声を上げた。

「……ッ！　あ、あります。確かに古い火傷の痕と真新しい火傷の痕が……」

リールもそれを確認する。

「今、私も確認した。かなり古い熱傷痕と真新しい火傷の二つ。こいつで……決まりだ！」

極度の緊張感がその場を包み込む中、池田は静かな口調でジゼルに向かって問いかける。

「ジゼル……いや、犯人X。これでもまだ、自分が犯人じゃないとシラを切るつもりか？」

ジゼルは何も言わずに池田のその視線をジッと見つめ返す。

その中、アキラは思わずジゼルに駆け寄り震える声を上げた。

「そ、そんな……！　ねぇ！　嘘だと言って！　ジゼル！」

それまで無表情だったそのジゼルの瞳に炎が灯った。

「まさか………それ程に薄い証拠の積み重ねでこの真実にまでたどり着くとはな……。池田戦、どうやら私はお前を見くびりすぎていたようだ」

一変したそのジゼルの口調に、皆は息を飲む。

「ジゼル、お前は本当にこの島の生き残りなのか？　どうして連中を殺した？　やはり、それは復讐だったのか？」

「お前に説明したところで、事の本質は理解出来ないだろう。私はこの島……シロナガス島にすべてを奪われた。私が殺した連中は皆、万死に値する最低の男達だ。奴らを殺したことに一切の後悔はない。心残りがあるとすれば、それはジェイコブ・ラトランドを私の手で殺せなかったことだけだ」

リールはジゼルの身体を強く押さえつけ、怒声を上げた。

「ジゼル！　屋敷の連中は何を欲しがっている！　お前が持っている交渉材料はなんだ！」

ジゼルは淡々と語り始める。

「それは、私がすべてを賭けて残した唯一の希望。復讐のための最後の切り札。だが、連中にとってはこの世界を支配しうる道具にもなるだろう」

リールはジゼルの身体を更に押さえつけ叫んだ。

「そいつを渡せ！　ジゼル！」

「断る。私の復讐は私だけで完結させる。お前達には邪魔をさせない」

「貴様！　自分が置かれている状況がわかっているのか!?　私はそう甘くないぞ！　どんな手を使ってでも……」

直後、ジゼルの目が見開かれた。

「それは私の台詞だ！」

一瞬の間を置き、

「アウロラッ!!」

その名前を叫んだ。

雷の閃光が走り、明かりが点滅する。

直後、その場に不気味な鳴き声が響き渡る。

女性の絶叫を更にワントーン上げたかのようなあの鳴き声。

ねね子は、その聞き覚えのある声を聞いてビクリとその身を硬直させ、顔を真っ青にして、震える視線を窓の外へと向けた。

「……ッ！　え？　い、今の声って！」

リールがその窓の外へと視線を向けようとした直後、

「……グッ！」

部屋のガラスが破られ、リールは強烈な力で突き飛ばされる。

部屋に強風が舞い込み、部屋の明かりが明滅する。

再びその部屋に明かりが灯った時、そこにシロナガス島の悪魔が屹立していた。

異様に長い手足を揺らめかせ、大きすぎるその黒目でその場にいる皆に視線を向ける。

ジゼルはそれをまるでしもべのように背後に従わせ、皆に向き直った。

池田は銃を引き抜き、叫ぶ。

「なんだと！　何故こいつがここに！」

リールも僅かなうちに体勢を立て直し、銃を構えた。

「こ、こいつが、シロナガス島の悪魔……」

二つの銃口が向けられた直後、その場に再びあの鳴き声が響いた。

第九話

約束

」1「

破られた窓から強風が吹き込む。

池田、リール両者の銃口が向けられる中、ジゼルは僅かな動揺すら浮かべず、皆に冷たい視線を向けた。

ジゼルの背後にいる化け物から唸り声が響く。

ジゼルはそれをなだめるように手で抑え、まるで子供に言い聞かせるかのような口調で言った。

「駄目、アウロラ。今はこいつらを食べてる暇はないの。私を外に連れ出して」

化け物はそれに反応し、その長い手をゆっくりとジゼルへ伸ばす。

「行かせるか！」

リールは威圧するように銃口を上げ、叫ぶ。

ジゼルはキッと鋭い視線を向け、

「動くな！」

黒いバッグを机の上に置いた。

「あまり無茶な真似はしない方がいい。さもなければ皆、この場で死ぬことになるぞ」

攻撃のタイミングを計っていた池田とリールの二人はその動きを止める。

池田は銃の照準越しにジゼルを睨み付けた。

「どういう意味だ……？」

「お前達への手土産だ。慎重に扱えよ。奇跡のような知識と強運があれば、生き残ることが出来るかもな」

直後、アキラがジゼルの前に飛び出し、叫んだ。

「ジゼル！　ねぇ！　あなたが本当に殺人犯だったの!?　わ、私とあなたとの関係は全部嘘だったの!?　ジゼルッ！」

ジゼルは無言のままアキラをジッと見つめた後、その手を伸ばす。

「ああ……全部嘘さ。全部、嘘。私には嘘しかないんだ」

「きゃッ！」

ジゼルの手がアキラを掴んだかに見えた直後、化け物は二人の身体を抱え、窓の外の闇の中へと飛び退く。

「あッ！　待てッ！」

リールが咄嗟に駆け寄るが、遅い。

池田が窓の外の様子を窺うと、遙か遠くに化け物の後ろ姿だけが見えた。

「駄目だな、逃げた……。もう既に本館の方まで行ってしまったようだ」

「馬鹿な……。人間二人を抱えて手掛かりもないこの断崖絶壁を渡ったのか？　あれがこの島で開発されていたという化け物……シロナガス島の悪魔か」

「だが……何故ジゼルはあの名前を……」

池田はジゼルが発した『アウロラ』の名を思い返す。

何故、ジゼルはあの化け物のことをアウロラと呼んだのか？　本来、記憶の中にあるその名前は彼女のものであったはずだ。存在しないはずの人間の名を何故ジゼルが知っている？

「クソ……どうなってやがる……」

池田が思わず呟いた時、アレックスは全身を震わせながら机の上のバッグを指さした。

「あ、あ、あの……。お、お取り込み中失礼します。ジ、ジゼルさんが残したあのバッグなんですが……。な、なんかものすごく嫌な予感がするんですけど、あれはあのまま放っておいていいんですか？」

リールはジッと目を細めてそのバッグに視線を向ける。

「奴は随分と大層な捨て台詞を吐いて、あれを置いていったようだが……。あの中身は……爆弾か？」

池田は頷く。

「その可能性は高そうだ。だが、この状況で馬鹿正直に爆弾を解体するような奴はいない。アレックス、ねね子、すぐにこの場を離れるぞ」

だが、ねね子は地面に四つん這いになったまま反応しない。

側に寄り添うアレックスが声を上げた。

「そ、それが、ねね子さん、さっきので完全に腰が抜けちゃったみたいで動けないみたいです。ぼ、僕の方もちょっと気分が悪くて足が震えてて……」

「あ、あの……こ、これは本当に冗談じゃなくて足に全然力が入らなくて、立てない……。あの化け物だけは本当に無理で……ご、ごめんなさいごめんなさいぃ……」

「クソ、仕方ない。俺がおぶって……」

池田がねね子に身を寄せた直後、部屋の電話が鳴り響く。

池田はその電話に視線を向けたが、リールはそれを一瞥し、すぐに視線を外した。

「池田、放っておけ、今はこの場を離れる方が先決だ。恐らくこれは奴の足止めだろう」

「いや……このままここを離れるのは嫌な予感がする。この電話は取った方がいい」

池田は受話器を手に取る。

「誰だ」

『い、池田！　外に出ちゃ駄目！』

荒い呼吸の声が響く。

「……ッ！　アキラか！　無事だったのか？」

『そ、外には爆弾が……仕掛けてある……だから出ちゃ駄目！』

「落ち着け。ジゼルはどうした？　爆弾ってのはなんだ？」

『ジ、ジゼルは……私を置いていった……。でも今はそんなことよりも、爆弾の方が大変なのよ！　ジゼルはあの鉄の扉に爆弾を仕掛けたの！　だからあの扉を開けちゃ駄目！』

「扉に……？　そいつは確かなのか!?」

『四角い箱みたいなやつだったと思うわ……ジゼルが『この扉を開ければ爆発する』って……そう言ってた』

「アキラ、今どこにいる？」

『食事会場、そこの内線からかけてる。ねえ、池田……私、怖い……。一体これからどうしたらいいの？　もう、何もわからない……』

「大丈夫だ、心配するな。すぐにこの問題を解決して、そっちに向かう。それまで明かりを消して、物陰に身を隠していろ」

『待って、切らないで！　お願い！　怖い！』

すがりつくような声を上げたアキラに対し、池田はそれを手で抑えるジェスチャーをして言った。

「これ以上、電話で話をするのは危険だ。身を隠すんだ、いいな？」

電話を切ると、リールが緊張した様子で声をかける。

「池田、あまりいい話ではなさそうだな……」

「ああ、アキラの話だと、どうやら鉄の扉の外に爆弾が仕掛けられているらしい。ジゼルの大見得と合わせて考えると、どうやらこいつを処理するしか生き残る方法はないようだ。リール、爆弾処理の経験は？」

リールは僅かに顔をうつむかせつつ頷く。

「……一応、一通りの知識はある。私の知識は爆弾を設置する方だが、対応は可能だろう。解体に使える工具も持っているが、これは本来、破壊工作用の物だ。過度な期待はしないでくれ」

「ああ、十分だ」

池田はそう言った後、足下のねね子に向かって声をかける。

「ねね子。お前はアレックスと一緒にアキラの部屋に行け。この爆弾が爆発しても、一番距離が離れているその部屋ならなんとか助かるかもしれない」

「ううう……い、い、いや……ボ、ボクもここに残って手伝う……」

ねね子はぎこちなくその身体を起こし、池田を見上げる。

「化け物を見て腰が抜けるような奴がか？　無理をするな。大人しく、この爆弾から一番離れた場所に移動しろ」

「い、一緒じゃないか……。い、池田達が死んだら、ボク達だけが生き残ってもどうしようもないんだし……」

僅かに間を置いて、

「そ、それに……ボ、ボクは……あ、相棒だからな」

ねね子は引きつった笑みを浮かべてそう言った。

「こいつ……なかなか言うようになったな。いいだろう、なら手伝ってもらおうか」

　その場の流れがまとまろうとした時、アレックスは真っ青な顔でその身を縮め、池田に怯えた視線を向ける。

「う……。あ、あの……僕は離れた部屋の方に行ってもいいですか……？」

　端からそれを聞いたリールは、眉間に皺を寄せ、アレックスを睨みつけた。

「苛つく奴だな、アレックス。お前、男だろ。こんな小娘のねね子が残るんだからお前も意地を見せろよ。残って、手伝え」

「あ、あの、実は僕、女なんですけど……」

　アレックスはビクビクと身体を震わせ、気弱な少女のようにその両手を縮める。

　その様子を見たリールはムッと顔を歪めて、

「つまらん冗談を言うな！　ほら！　ナヨナヨするな！」

　アレックスの尻を強く叩いた。

「いだいっ！　ほ、本当なのにぃ…」

　池田は小さく息を吐き出し、皮肉げな笑みを浮かべる。

「どうやら、一蓮托生ってことになりそうだな……。いいだろう、役者は揃った。爆弾処理を開始する！」

」2「

爆弾が入っていると思われるそれは、まったく飾り気のない四角い形の黒のバッグだ。

池田とリールの二人はそのバッグの前後を挟む形で向き合う。

リールがそのバッグを見下ろし、呟いた。

「流石に緊張するな……。こいつを目の前にしただけで嫌な感じが猛烈に伝わってくる」

「リール、一応、聞いておきたいんだが……このままこいつを外に放り投げるって手はないのか？」

リールは顔をしかめて、その首を振る。

「馬鹿なことを言うな。ジゼルはこの爆弾を設置した瞬間に起動スイッチを作動させたはずだ。恐らく、一分以内ならその手も使えただろうが、今では既にありとあらゆるセンサー類が稼働している。これを僅かにでも動かすのは自殺行為だ」

「なるほど……。つまり、このバッグを開けないと始まらないわけか……。それで、どうする？　素直にこのままこいつを開けても問題ないのか？」

「問題大ありだ。最初の難関が爆弾を開く時なんだよ。仮に光センサーの類いが設置されていれば、外光が入り込んだ瞬間にドカンだし、他にも色々なセンサーが設置されている危険性がある」

「……と言っても、このままポカンと眺めているわけにもいくまい。まずはこのバッグを開けないとどうしようもないだろ」

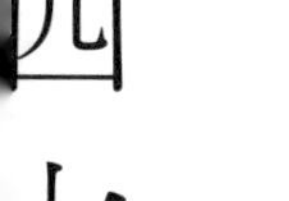

そう言いつつ、池田はそのバッグを見つめる。

「それにしてもこのバッグ少し変わった形状だな。普通の荷物入れとはだいぶ違うように見えるが……」

「確かに……。四角い形状でデザイン性もないし、普通の手提げ鞄とは様子が違うようだな……」

遠目から二人の様子を窺っていたねね子が声を上げた。

「あ、あの……。そのバッグ、スーパーサーモス社製の保冷バッグだと思う。が、外気を遮断して、ずっとひんやりー……なので、評判が良い」

池田はふむと顎に手をやる。

「保冷バッグか、そいつは臭いな……。わざわざ保冷バッグを選んだことには何か意味がありそうだ。例えば、内部に温度センサーが設置されているとか……」

「その可能性はありそうだ。温度センサーだとすると、急激な温度変化があった場合に爆発するタイプか……。今はあいつらが窓を破ったせいで、室温がかなり下がっている。このままバッグを開けたら爆発する可能性は高い」

「だとするとどうする？　エアコンをガンガンに回して、室温を上げるか？」

リールは首を振る。

「いや……そもそも、この保冷バッグの中がどれくらいの温度なのかがわからない以上、センサー自体を殺した方が確実だ。温度センサーは恐らく、金属製の長い棒状の装置のはず……。そこから伸びている配線を切るんだ」

「切るんだ……って俺がやるのか？」

リールは池田に向かって自分の手の平を見せつけた。

「正直、私は爆弾解体の実践は初めてだ。恥ずかしい話だが、ご覧のように手に震えが来ている。見たところ池田の方が的確に処理出来そうだ……頼む」

池田は小さく息を吐き出し覚悟を決めた後、バッグへと向き直る。

「いいだろう……。では、まずこのバッグのジッパーを開けるぞ……」

ゆっくりとジッパーに手を伸ばす。

「外気が入り込まないように慎重にな……」

池田はジッパーの金具を摑んだ直後、素早く動かしてそれを開けた。

その意外な早さにその場にいた皆は一瞬、顔を青ざめさせたが、池田の手の動きは正確だ。

「開けたぞ……」

バッグは少しも動いていない。

唖然としていたねね子がハッと我に返り、声を荒げた。

「い、池田！　お前、慎重って意味わかってるか!?　死ぬかと思った！」

リールは汗を拭いつつ口を開く。

「まあ、生きてるのなら問題無い。次は温度センサーだ。いいか？　もしも本当に温度センサーがあるのなら、猶予は鞄の上部を開けてから五秒程度だ。センサーの配線以外の場所は絶対に触れるなよ？　振動センサーが反応する可能性がある」

池田は右手にニッパーを握り、もう一方の手でバッグの蓋に手をかけ、頷く。

「いいだろう……。こっちの準備は大丈夫だ」

「よし……行くぞ！」

池田は一瞬で蓋を開け、そのバッグの中身を確認する。

様々な配線や装置の中から、真っ先に対処すべき銀色の棒状のセンサーを探る。

一瞬のうちにそれを見つけ出すと、池田は素早くバッグの中にニッパーを差し入れ、そこに繋がる配線を切断した。

僅かにでもバッグを振動させれば起爆する状況下でも、池田の動作は正確だった。

「……やったか」

リールは滲んだ額の汗を、手の甲で拭い、その銀色の棒状センサーを確認すると、安堵の息を吐いた。

「危なかったな……。やはり温度センサーが設置されていたようだ。事前に予想していなかったら間違いなく死んでいた」

ねね子は尻餅をついたままその場から後ずさり、十分過ぎる程の距離をとった後、床の上に仰向けになって駄駄を捏ねる子供のようにジタバタと手足をばたつかせた。

「ひ、ひい……もうやだやだやだー！　や、や、やっぱり怖くなってきたんでどっかいっていい?」

「ついさっき、大見得切った癖に志の低い奴だな……。いい加減、覚悟を決めろ」

「う、上と下から内容物が漏れ出しそうなんだけどどど……」

アレックスも気弱な少女のように腕を縮め、今にも泣き出しそうな表情を浮かべる。

「ぼ、僕も……もういっそのこと気絶してしまいたい……」

「しっかりしろ、ここからが本番だぞ」

リールはそう言った後、バッグ内部の爆弾装置に視線を向ける。

「左の温度センサーは今、殺した。中央のボックスにはカウンターと電光板とテンキー……。右のボックスは四方がネジ止めされていて、中央と右のボックスは赤、青、黄のラインで接続されているようだ。こいつはかなり高度な爆弾だ。とても一筋縄ではいきそうにないぞ……」

鋭いブザー音が鳴り響き、中央ボックスの電光板に文字が表示される。

『Let's the game begin』

池田はその文字を睨み付けた。

「ゲームを始めようってか……。クソ、随分と舐められたもんだな。これも連中をなぶり殺すために用意されていた物なのか」

「ジゼルめ……なんて酷い性格だ。あいつ、猫被ってたな」

「それをお前が言うかね……」

リールは一瞬、ポカンとした表情を浮かべたもののすぐにそれを消して、中央ボックスの電光板に表示された時間に視線を戻す。

「ともかく、残り時間は10分。それまでにこの爆弾を解体しないとドカン……だ」

「次はどうすればいい？」

リールは顎を上げ、バッグ中央ボックス上の装置を示す。

「振動感知器を無効化する。上の方に円柱型の装置が見えるだろ？」

「ああ、見える」

円柱状の装置の中には、ゆらゆらと不安定な感じで十字の金属棒が揺らめいている。

「それが振動感知器だ。このバッグが僅かにでも揺れれば、金属棒が円柱の内側に接触し、爆発する寸法だ。単純な構造の装置だが、油断は出来ない。こいつを無効化するには、円柱の中を硬化剤で固めてしまえば良いんだが、あいにくとそんな都合の良い物を持っていない」

「なら、どうすればいい？」

「硬化剤じゃなくても粘度の高い液体なら流用は可能だ」

「粘度の高い液体ね……。例えば蜂蜜のような物か？　アレックス、ねね子、何か思い当たる物はあるか？」

突然呼びかけられた二人は、気の毒になるほどの驚きの反応を示した後、辺りをキョロキョロ見回す。

アレックスは池田のスーツケースに視線を向けた。

「え？　え？　え、えっと……そのスーツケースの中には……」

「ないな」

次にアレックスは、隣で涙と鼻水を垂らすがままになっているねね子に視線を向けて言った。

「じゃ、じゃあ、ねね子さんの鼻水とかどうです？」

「ふ、ふぇぇ……？」

池田とリールの二人が同時に声を荒げた。

「「そんなもの使い物になるか！」」

ねね子は垂れていた鼻水を摑み取ろうとしていた手を引っ込め、ずびりと鼻水を吸い込む。そうした後、ねね子は何かを思いついたらしく、トコトコと小走りで浴室の方に向かっていき、しばらくの後、ハンドソープを片手に戻ってきた。

「じゃ、じゃあこのハンドソープとかはどう？」

それを見たリールは頷く。

「なるほど、ハンドソープか。確かにその粘度なら上手く行きそうだ」

リールは針を外した注射器にそのハンドソープを入れ、池田に手渡した。

「慎重に頼むぞ」

「了解」

池田が慎重にそのハンドソープを注入すると、やがて円柱の中はハンドソープで満たされ、金属棒の揺らめきが収まる。

リールはそれを確認した後、声を上げた。

「よし！　上手くいったぞ！　これで、多少の振動なら爆発することはなくなった」

「なかなか肝が冷えるな……。しかし、もう振動を感知しないのなら、このまま窓から投げ捨てればいいんじゃないのか？」

「それはお勧めしないな。この振動センサーとは別に、大きな動きに反応するサブの加速度センサーが組み込まれている可能性もある。一か八かにかけるのは得策じゃない。私達に残された可能性はこいつを完全に解体することだけだ」

「覚悟を決めて最後まで取りかからないといけないってわけか。途中棄権はなし」

リールは苦笑を浮かべて答える。

「そういうことだ。さあ、次に取りかかるぞ。今のところ中央のボックスは得体が知れない。まずは右のボックスからだ。内側に四つのネジが見えるだろう？　そいつを外すんだ」

「よかった。今回は簡単そうだ」

池田はドライバーを手に取り、その言葉とともに安堵の息を吐き出したが、一方のリールは緊張した表情を浮かべたままだ。

「ところがそうとも言えない。ネジを外す順番を間違えたらドカンって可能性もある」

「なんだと？　じゃあどうすればいい？」

「そうだな……左下、右上、左上、右下の順でネジを外せ」

「おい、まさかとは思うがそいつは勘か？」

「こいつは爆弾設置のスペシャリストとしての勘だ。もしも、お前自身に強運があると思うのなら、お前の考える順に外してもいい。決断は任せる」

「俺に任せるか……責任重大だな。いいだろう、ネジを外すぞ！」

池田はジッとそのネジ穴に視線を向け、ドライバーをバッグの中に差し入れる。

そうして、池田は右上のネジを回し始める。

リールはその池田の行動にビクリと硬直し、言葉を失う。そのまま池田がそのネジを取り外し、机の上にコトリとネジを置いた時、リールはやっと我に返り声を上げた。

「あ！」

「ふう……なんとか助かったようだな」

「お前、私の言うこと聞いていたか？」

池田はぽかんと口を開く。

「……？　自分の強運に賭けてもいいって言ってたじゃないか？」

「それはそうだが……。信じられん奴だな……」

この状況下で専門家を前にして普通そんなことするか……？

リールはそうブツブツ呟いた後、顔をしかめて、ふてくされたようにプイと視線を逸らし、投げやりな調子で言葉を続けた。

「まあいい、その大層な強運に身を任せられるっていうのなら、せいぜいそいつを試してみればいいさ。私はもう知らん」

遠目からその様子を見ていたねね子とアレックスの二人が慌ててなだめに入る。

「ど、どうどうどう……。ふ、二人とも仲良く仲良く……」

「そ、そうですよ。こんなところで喧嘩しても何にもなりませんよ。二人でちゃんと協力しましょうよ」

「ふん……別に怒ってなんかいない……。さあ池田、さっさと次のネジを外せ。どうせ私の予想は当てにならないだろうからな」

「次のネジか……」

不機嫌な様子のリールを横目に池田は再びドライバーを握り直す。

次に、左下のネジを外し、起爆しないことを確認した後、安堵の息を吐く。

「よし、上手く行ったぞ」

「大層な強運だな。その調子で好き勝手にやってくれ」

未だに不機嫌な様子のリールを見て、流石の池田も眉間に皺を寄せた。

「なあ、いい加減、機嫌直せよ……。お前の協力がないとやっていけない。頼むぜ」

リールはそれで多少機嫌を良くしたのか「フン……」と、鼻を鳴らした後、爆弾に向き直った。

「まあ頼りにされたのならしょうがない。じゃあ、次のネジだ。左上のネジを外せ」

「了解」

指定通りに左上のネジを外す。

残り7分。

「よし……大丈夫だ。頼りになるぜ、リール」

「……おだてても何も出ないぞ」

「ネジはあと一つだ。こいつは問題無いな」

池田は最後のネジへとドライバーを向けるが、それをリールが止めた。

「いや、待て……このネジだけはどうにも気に掛かる」

僅かに考え込む様子を見せた後、

「このネジは……時計回りにはずせ」

その言葉に池田は怪訝な視線を返す。

「時計回り？　つまり、逆方向にネジを回せってことか？　なんでそんなことをする必要がある？」

「ネジの回す方向によって起爆するトラップがある。このネジにはそれが仕掛けられている。そんな気配がある……」

「それもお得意の勘か？　それとも何か根拠があってのことか？」

リールは右下のネジを指さす。

「右下のネジの頭だけが僅かに摩耗の度合いが強い。これはネジの回転による起爆をテストするために削られた可能性が高い。だが、これも勘だ……信じるか信じないかはお前に任せる」

「なるほど……。いいだろう、リール、お前を信じる」

「だ、大丈夫なのかなぁ……。ううう……神様……」

遠くからその様子を見つめて不安げな声を上げたねね子をよそに、池田はネジを反対方向に回していく。

「かなり固いな……」

僅かに手間取った後、ネジの抵抗は突然カクンと弱まり、外れた。

「よし！　上手くいったぞ！」

リールは汗を拭いつつ、頷く。

「よし、慎重にプレートを外せ……。ゆっくりとな……」

取り外したプレートの下から内部の装置が露わになる。

リールは思わず息を飲んだ。

「……ッ!!　た、助かった……やはり逆方向で正解だったようだ。順方向に回すと配線が切断されて起爆するトラップが仕掛けられている」

「間一髪か……」

流石の池田にも汗が滲み、それを手で拭う。

本来ならこの場は凍える程の寒さのはずだが、二人はまったくその寒さを感じていない。

残り5分30秒。

リールは上に羽織っていたジャケットを脱ぎ、タンクトップ一枚になり、ジッと内部装置に視線を向ける。

透明なアクリル板の下の左上にボックスがあり、それに繋がる複数の配線がもつれるように伸びている。

「恐らく、左上のアクリル板の下にあるボックスがこの起爆装置の大本だ。あれに繋がっている配線を切断するんだ」

「なるほど……。だが、それを妨害するためにこれ程までに配線がこんがらがっているのか……」

「ああ、正解の配線以外を切ればドカンだ」

「正解の線か……」

アクリル板の下のボックスに伸びている正解の線は二本、それとは別に右側から伸びているダミーの線三本が絡み合った後、まとめて五本の配線が下のボックスまで伸びている。

五本のうち、二本だけが正解で他はダミー。

池田はそれをジッと見つめるが、配線はまるででたらめに混ぜ合わせたスパゲッティーのようだ。

しばらく線をたどった後、池田は思わず目がくらみ、眉間を指で押さえた。

「クラクラしてくる……。リール、お前の方は正解の配線はわかったか？」

リールはジッと配線に視線を向けていたが、そこから視線を外し、ムスッと顔を歪める。

「……今、話しかけられたのでわからなくなった」

「クソ……」

池田は再び視線を向けようとするのを止めて、ねね子の方を振り返って言った。

「ねね子、頼む」

ねね子は自分に声がかかることを予期していたのか、池田が視線を向ける前から手をぶんぶんと左右に振って、それを拒絶し続けている。

「む、無理無理無理無理無理……」

「わがまま言ってる場合じゃないだろ」

池田はねね子の元まで近づき、それを脇から持ち上げる。

「あうー……」

されるがまま猫のようにぶら下がったねね子は強制的に爆弾の近くまで移動させられ、爆弾の配線を見せつけられた。

そうした後、ベッドの上に戻されたねね子は、茫然自失の様子で仰向けに倒れて、青い顔で天井を見つめる。

涎と鼻水と涙を流し、しばらく弱々しい唸り声を上げた後、

「み、右から二番目と三番目……」

そう言った。

「よし」

池田は頷き、躊躇せずニッパーを動かす。

リールはその池田の行動を見て、思わず身体を硬直させる。

「お、おい……待て」

だが、その言葉が終わるよりも早く、二つの配線は切断された。

「ひっ……」

リールは柄にもなく小さな悲鳴を上げて、その身を縮める。

切断を終えた池田は、そんなリールの様子にも気づかないまま小さく息を吐いた。

「よし……正解のコードを切ったようだ」

リールはジトッと冷たい視線を向けた。

「次やるときは、何か言ってからにしてくれ……」

「だが、上手くいっただろ?」

「そんなにあいつのことを信用しているのか?」

池田は微笑を浮かべる。

「そうじゃなかったら、この島に連れてこない」

リールは、ベッドの上のねね子に視線を向ける。

「あびゃびゃびゃびゃびゃ……」

奇妙な言葉を発しながら、クネクネと身体をよじらせているねね子の姿を見ると、とても信用出来るような類いの存在には思えなかった。

残り4分。

その場に再びブザー音が鳴り響き、二人はハッと装置の中の電光板に視線を向けた。

「なんだこれは？　……リール、どうなってる？」

電光板には1＋1＝？　という文字列が表示されている。

「わからんが……奴の悪趣味な嗜好の一つなのかもしれん。答えをテンキーで打ち込む形か……。実に馬鹿げているな。馬鹿正直に正解を打ち込んだらドカンという可能性もある」

「いや、これまでに見てきた殺害方法から考えて、奴は苦しむだけ苦しませて殺すというやり方を好んでいる。恐らく、正解を打ち込まなければ解除出来ないだろう」

「確かにその可能性は高いかもな。テンキーで数字を打ち込み、エンターで確定すればいいようだ。1＋1＝？　か……。流石の池田もこんな問題は楽勝だよな？」

「当たり前だ。答えは3だろ」

凍り付いたような静寂が訪れる。

リールは池田を睨み付けて、他の二人は啞然とした視線を向けた。

「冗談だ。そんなに怖い顔をするなよ」

ねね子がベッドの上で立ち上がり、声を荒げる。

「じょ、冗談言っていい時と悪い時があるわ！」

アレックスも顔を真っ青にして叫んだ。

「ほ、本当に間違えないでくださいよ!? 答えは2ですからね！」

「わかってる……。冗談の通じない連中だな。じゃあ数字を打ち込むぞ……」

池田がテンキーで2を打ち込み、エンターキーを叩くと、僅かに間を置いて再びのブザー音が鳴り響く。

リールはしたたる汗を拭った。

「助かったようだな……」

「だが、一体いつまでこんな真似を続けないといけないんだ。これじゃキリがない」

「確かに現状だと奴にもてあそばれてる感が強いな。このますべてが徒労に終わって、時間切れ……なんてことがなければいいんだが……」

再びブザー音が鳴り、電光板に数式が表示される。

$\int[0 \to \pi]\sin(x)dX = ?$

池田はそれを真剣な表情でジッと見つめ、深々と頷いた。

「また次の問題か……。ほう……そうきたか、なるほどな……。リール、ビシッと答えてやれ」

リールはムスッと顔を歪めて、池田を睨む。

「……私に振るな」

「リール、お前、元医者だろ？　お前だって探偵だろ？　頭いいだろ？　頭いいだろ？」

「……お前が解け。お前だって探偵だろ？　頭が良いのかはしらんが」

二人が会話を交わす中、アレックスは遠目にバッグを覗き込んだ後、申し訳なさそうにその身を縮めた。

「こ、これってもしかして三角関数の積分問題ですか？　ごめんなさい。僕、数学はあまり得意じゃなくて……」

「まあそうだろう、アレックスの年齢だとこの問題は難しいのも当然だ。リール、大人のお前がいいところ見せてやれ」

リールは歯をむき出しにして、叫んだ。

「……だから！　私に！　振るな！　というか、お前もわからないんだろ？　お前が答えてみろよ、池田戦！」

「はー、俺は答えはわかっているんだが、お前に花を持たせようとするこの親切心がわからんとはね」

不毛な言い争いを始めた二人をよそに、ねね子はトコトコと爆弾の近くに駆け寄り、見たか見てないのかわからない程の一瞬それを覗き込み、再びその場を離れる。

そうして二人にジトッと冷めた視線を向けて、言った。

「み、醜い争い過ぎる……。ど、どう考えても答えは2だろ。頭悩ますような問題じゃないぞ！　さ、さっさと打ち込んでくれ！　こんなアホな理由で死にたくない！」

池田は頷き、爆弾に向き直る。

「よし、2だな。でかしたぞ、ねね子」

「やっぱりわかってなかったんじゃないか……。まあいい、打ち込め。この馬鹿」

池田がテンキーに2を打ち込むと、エンターキーを叩いた直後に再びブザー音が鳴り響く。

「正解か……。良かったまだ生きてる……。ねね子がいて助かった……」

残り2分。

リールは短く安堵の息を吐きつつも、苦い表情を浮かべた。

「しかしこれじゃ本当に堂々巡りだ……。中央と右のボックスを繋ぐ三つのコードのどれかを切れば解除出来るのかもしれないが……なんのヒントも無い状況じゃ博打過ぎる」

中央から右のボックスに伸びる配線の色はそれぞれ、上から赤、黄、青の三本。

「だが、どうやらその博打をしないといけない状況に近づきつつあるようだがな……。

だが……この手の定番と言えば赤と青のコードだろ？　黄色を含めた三色になっているのは何かの意味があるんだろうか？

「別に意味なんてないだろ、意味があるとすれば単に成功確率を低くする程度のことだ。それとも信号機か何かでもイメージしてるとかか？」

「いや……赤、黄、青。以前、何かこの色に関する話を聞いた覚えがあるのだが……」

誰かの証言、過去の記憶、この島に関わる何か。赤、黄、青、何かを示す色。

電光板は、もう新たな文字を表示しない。

次の行動を決めあぐねている中、不意にその数字が停止する。

それを見たリールは思わず声を上げた。

「ん？　待て！　カウンターがストップしたぞ⁉」

「これで解体完了ってことか？　いや、そんな馬鹿な……」

「ああ、そんな馬鹿なことはあり得ない。嫌な予感がする……」

直後、連続するブザー音と共にカウンターが再始動したが、それは今までの動作とは全く違う。

カウンターは比較にならない程の速さで時間を刻み、加速する時間は既に残り1分を切っている。

リールが叫ぶ。

「……ッ‼　クソッ！　思った通りだ！　カウンターが加速している！」

「なんだと！　どうすればいい！」

「ボックス同士を繋ぐ三本のコードのどれかを切るんだ！　早く！」

池田はニッパーを配線の中に差し入れる。

残り30秒。

赤か、黄か、青か。

確率は3分の1。

「……ッ！」

池田は一か八かで切ろうとしたその動きを直前で止めた。

電光板に表示されている『AURORA』の文字に気づいたからだ。

アウロラ？

アウロラの色？

「そこに答えが……」

残り10秒。

池田の脳裏にあの記憶がフラッシュバックする。

この部屋でアウロラと会話したあの記憶。

リボンの色。

池田は配線に差し入れたニッパーに力を込めた。

「…………！」

配線を切断した鋭い音が鳴り、その場は恐ろしいまでの静寂に包まれる。

切ったのは青。

皆は思わず息を飲み、その身を硬直させる。

だがやがて、カウンターに表示された時間は停止し、電光板の文字もその電源を失い乱れ、そして消失した。

僅かな時が経過した中、リールはしたたり落ちる汗をそのままに、ジッとそれを見つめ、ただ呆然と呟いた。

「ほ、本当に止まったのか……」

池田は頷く。

「ああ、どうやら、今度こそ本当に止まったようだ。……やったぞ」

一瞬の間を置き、ねね子とアレックスの二人はその場にへたり込む。

ねね子は涙と鼻水を流し、嗚咽を吐き出し、アレックスもねね子と抱き合い、涙ながらに声を上げた。

「う、うえええぇぇ、ヒックッ……。よ、よかったぁ……よがっだあぁ……」

「ううう……。ほ、本当に……よ、よかったあぁ……」

リールは大きなため息を吐き出した後、そっぽを向いてその顔をムスッと歪ませた。

「この仕事を本気で辞めたくなった……」

池田は苦笑する。

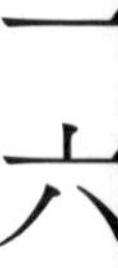

「同感だな……」

「それにしても何故青を選んだんだ？　何か理由があったのか？」

「いやなに……理由なんて大したもんはないさ。ただ……一人の少女に助けられたな」

「……？」

アキラの証言の中にあった少女達を識別するための赤、黄、青のリボン。

そして、池田の記憶の中にあったアウロラとの思い出。

池田はそこからあの青のリボンのことを連想した。

その読みは当たったが、何故ジゼルは最終解除にアウロラの名前を使ったのだろうか？

ジゼルとアウロラの関係。そしてあの化け物の名前。

犯人が判明しても、謎は深まるばかりだ。

「ひっひ……ひいい……」

地面にへたり込んでいたねね子が、生まれたての子鹿のようにおぼつかない様子で立ち上がる。

「ふ、ふひひひ……。ひ、膝が笑ってまともに立てない……。あと、す、少し漏らした……」

リールはそのねね子をめんどくさそうに持ち上げた後、ジャケットを羽織った。

池田は停止した爆弾に視線を向け、リールに問いかける。

「なあ、リール。この爆弾だが、こいつはもう起爆することはないのか？」

「……？　ああ……最後の配線を切った後、もう爆弾は完全に無力化されているはずだ。切った配線を繋ぎ直しでもしない限り、まず起爆することはないだろう」

「意図的に操作しない限り起爆はしない……。いいだろう。なら、この爆弾は持って行く」

「は、はあぁ!?　い、池田、おま、何言ってんだ!?　こ、こんな物持って歩くなんて正気か？」

　ねね子が呆然とした様子で声を上げる中、リールは頷く。

「なるほど……確かに道理かもな……。私達の武装は心許ない。少しでも隠し球があった方がいいのは確かだ。状況が上手くはまれば、ブービートラップの類いに利用できる可能性もあるしな」

　ねね子は青ざめた顔を両手で抱えた。

「で、でで、でも、こんな物持って歩いたらストレスで胃に穴が開いて死んでしまう……」

「頭に穴が開くよりはマシだろ？　まあ、安心しろ、はじめからこいつを持ち運ぶのにお前は期待してない。アレックス、悪いが爆弾はお前に任せる。お前が爆弾運び担当、俺とリールは銃撃担当だ」

「え、ええ!?　い、嫌な予感してたけど、僕がですかぁ……？　うう……わかりました。

なんかもう断れそうにない雰囲気なんで……。でも怖いなぁ……。リールさん、これ本当に爆発しないんですよね？」

「物事に絶対はない。……が、たぶん大丈夫だ」

「え…？　あ、あの…た、たぶん……？」

池田は眉を寄せた。

「そこは嘘でも大丈夫だと言ってやれよ……」

横のねね子がツンツンと池田をつついた。

「あ、あの……そ、それでボクは何担当なんだ？」

「……？　担当か？　そうだな、まあ悲鳴担当だな。悲鳴を上げて皆を不安にさせる担当だ。頑張れ」

ねね子は眉間に皺を寄せて湿った視線を向ける。

「……い、池田、あまりボクをおちょくると後で痛い目見るぞ……」

池田は苦笑を浮かべた。

「冗談だ。ねね子、お前の能力には引き続き期待してる。その知識と記憶力が役に立つ時が必ず来るはずだ。その時は頼むぞ」

「あ……ま、ま、まあ、そういう時になったらボクに任せろ。お、お、大船に乗った気でいるがいい。せいぜい、ボクの足を引っ張らないようにな」

偉そうに胸を張るねね子を見て、池田は何か嫌味を言いたくなったがそれを飲み込む。

「期待している」

直後。

その場に大きな爆発音が響いた。

突然の轟音に、皆はビクリとその身を震わせ、音の方向に視線を向ける。

「ピィアアアァッ！」

その中でねね子が皆よりも大きく跳ね上がり、絶叫を上げた。

「早速の活躍だな……」

池田が嫌味を言う中、リールは真剣な様子で声を上げる。

「おい！　冗談言っている場合か！　今の音はかなり近くから聞こえたぞ！」

「ああ、ひょっとするとこいつは鉄の扉に仕掛けられていたっていう例の爆弾かもな。アキラが心配だ。現場に向かうぞ」

」2「

回廊の鉄の扉は原形も留めない程に破壊されていた。

扉だけではなく壁の半分も吹き飛び、向かい側の本館が丸見えになっている。

リールはそれらを見渡し、口を開く。

「どうやら鉄の扉に爆弾が仕掛けられていたというのは本当だったようだな。私達が開けていれば即死だった。恐らく、こいつは部屋の爆弾と定期的に通信でリンクされていたんだろう。リンクが途切れたことを検知し、起爆した、といったところだと思う」

「なるほどな」

頷きつつ、池田はその先の本館へと視線を向ける。

「アキラも無事だといいんだが……」

食事会場の中は明かりも消え、深い暗闇の中にある。

「……アキラ、いるか？ 俺だ、池田だ。助けに来た」

池田が小声で呼びかけるが、辺りはなおもシンと静まりかえっている。

ねね子がしびれを切らし口を開いた。

「は、反応ないな……」

「シッ……今、声が聞こえた。バーカウンターの方からだ……」

リールは銃を構える。

「用心しろ……。それがアキラの声だとは限らないぞ。例の化け物が潜んでいる可能性もある……」

「……わかってる」

池田は静かにバーカウンターの奥へと回り込みその中を覗き込む。

そこに身体を縮め全身を震わせているアキラの姿があった。

「アキラ！　無事だったか！」

だが池田が呼びかけてもなお、アキラは呆然と宙を見つめてうわごとを繰り返している。

「ごめんなさいごめんなさいごめんなさいごめんなさい……。いい子にしますからだから私を置いていかないで……」

池田はアキラの肩を揺さぶる。

「アキラ、もう大丈夫だ。俺達はお前を置き去りにしない。だから安心しろ」

その時になってやっとアキラは池田の存在に気づき、怯えた視線を向けた。

「ヒッ……。い、池田？　ほ、本当に池田なの……？」

「ああ、助けに来た」

アキラは池田の身体にすがりつく。

「お、お願い。もう私を一人にしないで……一人は怖いの、一人はもう嫌なの……」

「ああ、もう絶対に一人にはしない、大丈夫だ」

「ほ、本当に？　もう、私を置いていかない……？」

「ああ、勿論だ」

「い、池田……私、本当に怖かったの……。ジゼルが私を裏切るなんて信じられなくて……もうどうしたらいいのかもわからなくなって……」

「ジゼルは確かに殺人犯だったが、奴はきっと、あの土壇場でもアキラのことを助けようとしたんだ……。だからそう落ち込むな」

リールはチラリとアキラに視線を向け、呟く。

「ああ、確かにあの状況下でアキラを助けることにはなんのメリットもないからな。奴は冷徹な殺人鬼だが、長年、アキラと行動を共にすることで情が移ったんだろう」

「でも、ジゼルは私を置いていった……。それにジゼル、とても冷たい目をしていた。もう私のことなんか見えていないみたいに……」

視線を落とし目を潤ませるアキラに向かって池田は静かに語りかける。

「アキラを見捨てるか、それとも助けるか、ジゼルにはまだその葛藤があるってことなんだろう」

リールはそんな二人の様子を見つつ、フンと鼻を鳴らした。

「水を差して悪いが、アキラを助けたあの行動は奴の最後の情だと考えた方がいい。私達が死んだら、この場所に残されていたアキラも同様に死ぬことになったはずだ。奴はもうアキラに対する情は捨てたんだ。これ以上はジゼルに期待するな、奴は冷酷な殺人犯だ。それを理解しろ。だから、アキラ。お前はこれから先、一人で立ち上がらないといけない。さもないと死ぬだけだ」

「ジゼルは私も殺すの……？　そんな、酷すぎるわ……」

「随分とキツい言い方だが、まあ状況はリールの言ったとおりかもな……。だが、一人で立ち上がる必要はない。立ち上がるための腕ならいくらでも貸してやる。さあ立ってくれ、アキラ。今は行動する時だ。お前は強い女のはずだ。こんなところでへこたれるな」

アキラは無言のままジッと宙を見つめていたが、やがて池田に視線を向けてコクリと頷いた。

「わかったわ……。立ち上がる。立って、皆と一緒に行動する。それに、私は知りたい。なんでジゼルがこんなことをしたのか。その理由を……」

「いいだろう。共にそれを探ろう」

池田はアキラに手を伸ばし、アキラはその手を取って立ち上がる。

リールはその場が一段落したのを確認した後、口を開いた。

「さて池田。無事、アキラを救出出来たのはいいがこれからどうするつもりだ？　まさか悠長に帰りの船を待つ……なんてことを言うつもりじゃないだろうな？」

「いや、恐らく帰りの船は奴らの息がかかっているはずだ。すんなり乗船となる可能性は低い」

「ならどうするつもりだ？」

「以前、リールが話していた、例の装置を使うしかない。敵が多すぎる今の状況だと、それくらいの手しか思いつかないからな」

リールは小さく鼻を鳴らす。

「……だと思った。だが、以前にも言った通り、私の組織も完全な一枚岩じゃない。複雑な利害が絡み合っている今の状況下では、すんなりと救出されるかどうかは未知数だ。その上、数少ない通信チャンスをものにしないといけない。相当に分の悪い賭けだということを理解してくれ」

「十分だ」

「よし。なら後はどこかに身を隠しつつ、このまま籠城ってところか。長期戦になりそうだな。常に天候を注視して、条件が揃い次第通信を……」

リールのその言葉を突如鳴り響いた電話の音が遮る。

池田は会場備えの電話に灯った着信を示す明かりを見つめ、呟く。

「こんな時に電話か、ろくな相手ではなさそうだが……」

「どうする？　これは私達の居場所を特定するための罠かもしれないぞ。この電話を取るのは得策だとは思えないが……」

「かといってこのまま放っておくというのも気になる話だな。どのみちこちらの居場所が知られようが、俺達は既に袋のネズミだ。この挑発、乗ってやろうじゃないか」

「……いいだろう、池田に任せる」

池田は受話器を取る。

「……誰だ」

『そこにいたのか、探偵』

池田は電話口から響いたその聞き覚えのある声を聞いて、ジッと宙を睨み付けた。

「その声……ヴィンセントか」

『直々に私が相手をしてやろうと思っていたが、少々予定が変わった。お前達には似合いの相手を用意してやろう』

「似合いの相手だと？　ふざけやがって……ヴィンセント、お前の目的はなんだ？　解除コードとやらを手に入れて、一体お前は何をするつもりなんだ？」

ヴィンセントから僅かな笑い声が漏れる。

『いいだろう、少しだけ教えてやる。これほどの甘美な成功を誰にも語らずに終わるというのは実に味気ないことだからな。もうじき、人類は次の段階へと到達する。新たな世界が始まり、古き世界は終焉を迎える。そして、お前達はもっとも早くその終焉を体験することになるだろう。この新世界の爆心地たるシロナガス島で、自らの最後を迎えられたことに感謝するがいい』

「次の段階？　爆心地？　待て、そいつは一体……」

『お喋りはここまでだ。別れの挨拶としては十分だろう。これから忙しくなる。これ以上、お前達に関わっている暇はない。さらばだ、探偵……いや、池田戦』

電話は一方的に切られ、池田は舌打ちをする。

「クソ……」

「電話の相手はヴィンセントか？　一体、何を話したんだ？」

「それが俺にもよくわからん。人類が新しい段階に到達するだの、古い世界が終わるだの、この場所が爆心地になるだの……いまいち内容が摑めない話だった」

　ねね子はジトッと目を細める。

「な、なんだそりゃ……。説明するの下手くそか……」

「仕方ないだろ。ヴィンセントの話は酷く抽象的だったんだからな」

「次の段階に進む？　爆心地？　どういう意味だろうか？」

「ともかく……奴は俺達に対しても何か手を打つ様子だった。こちらも早いところ動き出した方がいいだろう」

「確かにな、早く身を隠した方がよさそうだ」

　だが、

「……シッ！」

　池田は皆に向かい、その場から動かないように合図する。

「待て。何か物音がする……」

　やがて会場の扉が開かれ、廊下の明かりが射し込む。

　扉を開けたその何者かの影は、会場の中へと歩を進める。中肉中背、恐らく男性のように見えるが、その姿は廊下から射し込む明かりで逆光となり判別出来ない。足取りは非常にゆったりとしており敵対的な様子はないが、一言も言葉を発しないのは妙だ。

　池田は銃を構えた。

「動くな！　そのまま両手を頭の上に上げ、ゆっくりと膝をつくんだ！　少しでもおかしな動きをしたら容赦なく撃つ！」

だが、それでもその影は足取りを止めない。

リールも同様に銃を向けたまま、池田に耳打ちする。

「こちらの声が聞こえていないのか？　足を止めるつもりはないようだな。どうする、池田。このままだと奴の攻撃範囲に入るぞ」

池田は大声を張り上げる。

「おい止まれ！　聞こえないのか！　これ以上の警告はしない！　それ以上近づけば撃つ！」

それでもなお、その人影は足を止めようとしない。

池田は狙いを定めた。

「警告はした……！」

だがその引き金が引かれようとした時、影は跳躍した。

それまでの緩慢な動きから一変した凄まじい速度。

影は一瞬のうちに池田へと迫る。

その影が池田に到達するかに見えた瞬間、銃口が火を噴く。

二連射。

第一射は胸。第二射は発砲と同時に跳ね上がった銃口の動きを利用し、間髪入れず頭へと打ち込む。

その影はその五十口径の二連撃をもろに受け、吹き飛ばされるように地面へ崩れ落ちた。

リールは、思わず声を上げた。

「おいッ！　今のはなんだ！」

アレックスもその場から後ずさり、震える声を上げる。

「な、な、なんか、普通の様子じゃなかったんですけどぉッ！」

「確かに尋常ではないな……いや待て、こいつは……」

池田は用心しつつ影に近づき、横倒しになったその影を足で蹴り仰向けにする。

そこから現れたその男の顔を見て、池田は思わず叫んだ。

「……ジェイコブ！」

リールも驚愕の声を上げる。

「ジェ、ジェイコブだとッ!?　そんな馬鹿な！　こいつはさっき死んだはずだ！」

「確かに、それは俺も確認した。ヴィンセントが放った銃弾は確実にジェイコブの頭を捉えたはずだ」

ねね子は真っ青な表情で呟く。

「た、確かに橋の上にジェイコブの死体がなかったのは変に思ったけど、てっきりそれはヴィンセント達が運んだもんだと思ってた……。じゃあもしかして瀕死のジェイコブが一人で歩き出したってこと？　そ、それとも橋の上での出来事は全部演技だったとか？」

池田は首を振る。

「そいつはないだろう。ジェイコブがハリウッドレベルの名優だったとは思えないし、そもそもそんな真似をする必要性がない。ん……？　この額の傷は……」

池田はジェイコブの額に刻まれている二つの銃創に視線を向け、リールもそれを確認する。

「額に二つの銃創か……。一つは今、池田がダブルタップした際のものだろう。もう一つの銃創の方は、周囲にある血が既に固まりきっていることからみて、恐らく数十分前、橋の上で受けた傷だ」

アレックスが震える声を上げた。

「え……ちょっと待ってください。ということは数十分前に頭を撃たれたジェイコブさんが今、僕たちを襲ってきたってことですか？」

あまりの不可解な状況に池田は首をかしげる。

「……リール。額に受けたこの傷で動けると思うか？」

「馬鹿を言うな。どう考えても即死だ、あり得ない。いや、まあかなり低い確率だが、銃の口径が小さければ一命を取り留める可能性はあるが……。それでも間違いなく集中治療室行きだ。今みたいに私達を襲うことなんて不可能だ」

「その所見に関しては俺も同感だ。だが実際、ジェイコブはこうやって俺達を襲ってきたわけなんだがね……」

その時、ねね子がブルブルと震えながら呟いた。

「ま、まさか……ゾ、ゾンビ……」

「何を馬鹿な。ねね子、冗談も休み休み言え」

ねね子は組んだ手を離し、ブンブンと振り回す。

「あ……い、い、いや、ゾンビってそのままの意味じゃなくて、あの地下で見た資料のことだよ！　し、資料ではシロナガス島の悪魔、N―131は不死って記述があったけど、これもその関連なんじゃ……。ボ、ボクもそんなの完全に世迷い言だと思ってたんだけど、これを見たら嘘だとも思えなくなってきた……」

「不死の生物だと？」

池田が唖然と聞き返した直後、完全に息絶えていると思われたジェイコブの身体がビクリと跳ね上がった。

突然のことに一瞬皆の行動が遅れた。ジェイコブはリールの足首を摑み、それを全身を使って引き寄せる。

「……ッ!!　なんだとッ!!」

リールは銃を連射するが、遅い。

「……ぐッ！」

リールはもう一方の足でジェイコブを蹴り上げ、その場から後ずさる。

「リールッ！」

二人の間に僅かな距離が生じた瞬間、池田は再び銃弾を放ち、リールに駆け寄る。

リールは体勢を立て直そうとするがバランスを崩し、思わず片膝をつく。右足首に手を伸ばすと、べっとりと血がこびりつく。足首の腱の部分が深々とえぐられている。

鋭い痛みが走り、リールは思わず顔を歪めた。

「ク、クソ……右足の腱を噛まれた……。まさかあんな状態で動けるなんて！」

「気をつけろ！　まだ動いている！」

ジェイコブの頭部はもはやその半ばが吹き飛んでいたが、それをもろともせずその身をうねらせ、身体を起こす。

それを見たねね子は大きな叫び声を上げた。

「も、もう嫌だぁー！　ゆ、夢なら覚めて!!」

リールはジェイコブに銃を向け叫んだ。

「こいつ……！　本当に不死身か！」

「リール！　動けるか!?　肩を貸す！」

「止せ！　手がふさがる！　池田は辺りの様子に集中しろ！　アキラ！　悪いが肩を貸してくれ！」

アキラはそれまでただ呆然と動きを止めていたが、ハッと我に返り、リールへと駆け寄った。

「わ、わかったわ！」

アレックスは蠢くジェイコブを指さす。

「ま、まだ動いてますよ！　あれ！　どうするんです！　池田さん！」

ジェイコブの動きは、人間的なものではなく、まるで全身の部位が思うがままに意思を持ち、蠢いているかのようだ。それらに秩序はなく、誤作動を起こした機械のようにすら見える。

「この場所から離れる！　一度、安全な場所まで逃げるぞ！　ついてこい！」

だが、その場から駆け出そうとした池田をねね子が呼び止める。

「ま、待って！」

「どうした！　また腰が抜けたとでも言うんじゃあるまいな、ねね子！」

「そ、そうじゃない！　ち、地下には大量の血があった……。もしもあれが屋敷の人間を殺した跡だったのなら、死んだそいつらもみんな同じようになって蘇ってるんじゃないか!?　そ、外も危ないと思う！」

池田はハッと目を見開く。

「あり得るな。外も敵だらけってことか……」

「かといってこのままここに残るわけにもいかないだろ！　一旦、外に出るぞ！」

「……ッ！」

薄暗い廊下の先にいくつかの人影がある。

何もない方向に身体を向けたまま硬直した人影、その様子は異常そのものだ。

やがて、それらは池田達の存在に気づくと一斉に動き出した。

向き直った瞬間、それがもう人ではないことに気づく。廊下の奥に灯る照明に照らし出された影は皆欠損し、えぐり取られたかのような半身を晒している。

「屋敷の連中!?　こいつらもジェイコブと同じように……ッ！」

ねね子が必死の様子で池田のスーツを摑んだ。

「は、早く逃げないと！」

アレックスは怯えた様子で辺りを見渡す。

「で、でも……！　逃げるってどこに……!?」

銃弾を放ち、彼らを床へと倒してもそれは一時的なものだ。彼らは皆、ジェイコブと同じようにその身を蠢くように起こし、執拗に進み続ける。

「こいつらも不死身なのか!?　いや、そんなことはあり得ないはずだ。どこかに弱点が……」

「池田！　そいつを探すのは後だ！　今はこの場から離れるのが先決だ！　どうする!?」

この島自体が巨大な檻である以上、どこに向かおうとも最終的には彼らの餌食となる。

池田はその可能性を感じながらも、僅かな後、答えた。

「客室棟へ向かう！」

ねね子が驚きの声を上げる。

「きゃ、客室棟⁉　客室棟は完全な行き止まりじゃないか！　ゾンビが迫ってきたらボク達逃げようがなくなっちゃうじゃん！」

なおも迫る一体を倒し、池田は歩きだす。

「だが、あそこは見晴らしのいい通路が一つだけだ、籠城戦をするには都合がいい」


回廊には、彼らの姿はなく静寂に包まれていた。

ねね子は辺りを見渡す。

「こ、こっちにはあのゾンビ達はいないみたいだけど……」

だがリールはなおも緊張を緩ませていない。

「いや、屋敷にあれだけ溢れているっていうのに、ここだけ静かなのは妙だ……。まるで罠が張られているみたいじゃないか」

アレックスが声を上げる。

「で、でもこっちにはあのゾンビもいないわけですし、隠れることくらいはできるんじゃないですか？　早くしないと！」

この場所はあまりにも静かすぎる。まるでその先に誘い込む罠があるかのようだ。

アキラはジッとその先の鉄の扉を見つめた。

「でも、本当にいないのかしら……。もしかするともう……」

「あ、あの見るからに知能指数が低そうなゾンビは鉄の扉を開けられないと信じたい……。それにカロリー摂取せずに永遠に動き続けることなんて不可能だし……。しばらくしたら動けなくなるんじゃないか……?」

池田はそのねね子の言葉に頷きつつも、眉間に皺を寄せる。

「そうなればいいんだが、何か嫌な予感がするな……」

池田はそう呟いた後、そのハンドルに伸ばそうとした手を止めて、鉄の扉を叩いた。

その音に応じるかのように、扉の向こう側から重い音が響いた。次第にその音は数を増し、扉を歪ませるのではないかと思うほどに増幅する。

その激しさは一人や二人のものではない。

そのあまりの凄まじさに、皆は思わずその場から後ずさり、ねね子は叫び声を上げた。

「う、うわあぁッ!」

池田は舌打ちする。

「四……いや、五か。既に橋の上に連中がたむろしているようだ。やはり、罠か……」

「これでは客室棟に向かうのは無理だな……」

アレックスはビクビクと辺りを見渡した後、皆をせき立てる。

「は、早く、戻りましょう!　ここにも彼らが迫ってくるかもしれないですよ!」

「ああ、そうだな。戻るぞ」

だが同時に、池田の脳裏に疑問が浮かぶ。

何かがおかしい。奴らは一体何を目的として動いているのか？

廊下へと戻った時、ねね子は池田が食事会場の扉を開けてその中の様子を窺っているのを見て、ギョッと目を丸くした。

「な、なにやってるんだ！　その中にはジェイコブがいるだろ！」

池田はそれに答えないまま、扉の隙間から目をこらす。

薄暗い中、会場の奥にジェイコブの姿が見えた。既に立ち上がれるまでに回復していた彼は、まるでその目的を消失したかのようにその場に静止している。

「やはり、妙だな……」

「な、なにが……？」

その声はリールの銃声によって遮られる。

「池田！　この場所に留まるのは無理だ！　どこかに移動した方がいい！」

池田は一端思考を止め、奥の通路へと視線を向ける。

「……出口はどうだ？　この先に裏口がある。頭を撃てば連中の動きは少しは止められるはずだ」

「……悪いが、その方法だと高確率でねね子が犠牲になるだろう。片足の私よりも動きが鈍そうだからな」

「あ、あり得そう！　い、池田、そのプランは無しにして……お願い……」

「クソ……確かにこのプランは問題ありか……」

リールはジッと池田を見つめて口を開く。

「池田、一つ忠告しておく。今後、妙な情は捨てろ。いざという時、誰かを見捨ててもベストな方法を選べ。目先の情に左右されると致命傷になりかねない」

「情なんてかけてないさ。もう少しマシなプランがあると思ったまでだ」

「最善の選択のために、誰かを切り捨てる勇気を持て。その甘さが命取りになるぞ」

「その時が来れば覚悟を決める。だが、今はその時じゃない。今は他の最善の方法を探す時だ」

ねね子はわたわたと手を振り回して叫んだ。

「と、とりあえずボクが生き残るプランを探して！　早急に！」

だが、既に通路には数多くの死体達が蠢いている。見た限り逃げ場所はない。

他の見知らぬ場所に逃げ込む方法もあるかもしれないが、かなりの賭けになるだろう。

その中、アキラはその通路の先を指さした。

「もう、こうなったら一か八かで突き抜けるしかないってことでしょ……。誰かが犠牲になっても構わずに駆け抜ける……」

「え……や、やだやだ！　それだとボクが死んじゃう！」

アレックスは冷や汗を浮かべて呟く。

「でも……このままじゃ……」

だが池田はこの状況の中にあっても一人ジッと動きを止め、思考を巡らせ続けていた。

「しかし、やはり妙だな……」

ねね子はその悠長な池田の様子を見て、苛立ちながら地団駄を踏んだ。

「さ、さっきからなにブツブツ言ってんだよぉ！　もうみんな死んじゃいそうだっていうのに！」

「奴らに理性が……。いや、これは違う……。この行動は……」

通路の先にいる彼らはゆっくりと動き出す。

その動きは緩慢だが、確実にこちらへと迫ってきている。

「うわああッ！　こっちに来た！　に、逃げないと！　早く！　池田ぁッ！」

「そうか……わかったぞ！」

一人声を上げた池田をよそに、リールは目前に迫る彼らに銃を構え、叫んだ。

「池田ッ！　何をしている！　覚悟を決めて動け！」

だが池田はリールの構えていた銃に手を伸ばし、それを下ろさせる。

「いや、俺は動かない。皆もこの場所から動くな！　俺に考えがある……」

「なんだと！　血迷ったか！　池田！」

「ほ、ほんと何わけのわからないこと言ってんだ！　うわッ！　も、もう駄目だ！」

ねね子は壁に張り付くように後ずさり、アキラも目をつむり、叫ぶ。

「……ママッ！」

「い、嫌だぁ！　こ、こっちに来るなぁ！　し、死にたくない！　神様助けて！　た、食べられるなんて嫌だぁ！　ボクなんか食べてもおいしくないぞ！　ガ、ガリガリだからな！　食べるならもっと脂肪ついてる奴にしろぉ！」

だが、ねね子が長々と命乞いをする中、彼らはそれ以上の動きを止めた。

それまで極度の緊張の中にあった皆も、いつまで経っても襲いかかってこない彼らの姿を見て、疑問の表情を浮かべた。

リールは冷や汗を拭う。

「……妙だな」

アキラも壁にその身を寄せたまま半目を開け、呟く。

「襲ってこない？　いえ、まるで見えない壁があるみたいにゾンビ達が止まったみたいだわ……」

「やはりそうか……」

池田はそう呟きすぐ足下にある、本館会場前と回廊通路の繋ぎ目に視線を向けた。

後ろのねね子はなおも延々と命乞いを繰り返していたが、いつまで経っても襲われないことに気づくと、やっとその目を開いた。

「た、食べ……え？」

「どういうことだ、池田。説明してもらおうか？」

リールの問いかけに、池田は頷く。

「俺はまず、ジェイコブと遭遇した時のことを思い返した……。その中で奇妙に感じた点が二点ほどある」

通路の先に立ち尽くす彼らを指さす。

「ジェイコブの襲撃から逃れた時、外の通路は他のゾンビ達で溢れかえっていたはずだ。それであるのに何故、連中は会場の中には入ってこなかったのか？　そして、何故ジェイコブは通路に出てくることもなく、未だに会場の中に居続けているのか？」

ねね子は目を丸くする。

「……？？？　ど、ど、どういうこと？」

「脳無しのゾンビにしては妙に動きが統制されていないか？ってことだよ。奴らがただ俺達を餌と認識しているのなら、皆一斉に会場に殺到したはずだ。だが、連中はそうせず、守る場所を決められているかのように分散している。思えば、客室棟のゾンビだってそうだ。俺達が目当てならわざわざあの複雑な鉄の扉を開いて客室棟に向かったりするだろうか？」

「つ、つまりこいつらは何かの命令によってその動きを制御されてるってこと？」

「そうだ、俺はその可能性を考えた。そして、地下にあったあの脳の情報を読み取る装置。もしかするとヴィンセントはあの装置を使ってこいつらになんらかの行動をインプットしたんじゃないだろうか？となﾞ」

「あ……そ、そういえば、地下で見た資料にＮ—１３１は知能が低いとか書いてあった。それで、それを解消するために計画されたのが『ＢＨ計画』だって……」

リールは顎に手をやり、考え込む。

「知能の低さを解消？　ＢＨ計画？　Ｂ……Ｈ？　ブレインハッキング……。その装置で連中の行動をインプットしたってことか？」

「ああ、恐らく、連中はプログラミングされた行動を忠実にトレースしている。これはもはやゾンビと言うより、生体ロボットと言った方が適切かもな」

「そ、そうか、あいつらはあらかじめ決められた場所を守って、その範囲に入った獲物だけを狙うようにプログラミングされていたってわけか……。た、確かにあんな連中がみんな適当に動き出したんじゃヴィンセント達だって危ないもんな……」

「そうだ。こんな危険な連中を生み出すのならば、必ずそれを制御する方法が付随しているはずだ。それがなければ欠陥兵器だ。有利な状況にあるヴィンセントがそんな自滅するような手を打つわけがない」

ねね子はビクビクと震えながら彼らに視線を向け、引きつった笑みを浮かべた。

「じゃ、じゃあ良かった……。こ、怖いけど、この安全地帯にいればずっと大丈夫ってことか……」

「そう願いたいところだが、そう簡単にいくかね？　ヴィンセントだってこうなる可能性くらい考えているはずだ」

「そ、そんなぁ……。じゃあ、この後はどうなるっていうんだよ……」

「そうだな、俺ならきっと……」

その池田の僅かな呟きの直後、辺りに地鳴りのような音が響いた。

やがてそれは揺れも伴い増幅していく。

「ヒッ……な、な、なんの音だ、これ……。こ、怖い怖い怖い！」

池田は再び銃を構える。

「地下で何かが起きたのか？　何か嫌な予感がするな……」

辺りの揺れと地鳴りは次第にその強さを増し、もはや地震でないかと錯覚する程だ。

「ほ、ほんとに嫌な予感がする！　な、何かとてつもなく怖いものがこっちに来るような……」

直後、奥に何かの影が見えたかと思った瞬間、死体の群れが宙を舞った。

グチャリと鈍い音が鳴り、それらの身体は空中で四散する。

「……ッ！」

通路の奥から現れたのは、まるで巨大な蜘蛛のような生物だ。

あまりにも理解から離れた姿のそれは、赤い肌で長い手は針のように鋭く尖り、人一人程度の身体に六本の足が連結している。顔面は異様に大きく、丸く不気味な黒目が三つこちらを見つめていた。

化け物は通路に溢れていた死体達の身体をなぎ倒しながら池田達の元へと迫る。

ねね子はその場で飛び上がった。

「な、何！　何あれッ!!」

池田はねね子の腕を掴み、それを強引に引き寄せる。

「逃げるぞッ！　会場の中に飛び込め！」

皆が会場に逃げ込んだ後、池田は会場のテーブルを扉へと放り投げ、バリケードを作り上げる。

アキラとアレックスも協力してテーブルを動かし、その扉を塞ぐ。

直後、鋭い衝撃と共に化け物の足が扉を貫き、アキラとアレックスの二人は共に悲鳴を上げてその場から離れた。

「なんなのあれ！」

「も、もう嫌ぁッ！」

再び鋭い足が扉を貫き、廊下の明かりが線となって射し込む。

今にも崩れそうなその扉を見てリールは叫ぶ。

「こんな木製扉じゃ、長くは持たないぞ！　どうする、池田！」

「こいつも開発されてた兵器の一つか！　どうする、どうすればいい……」

池田が考えを巡らせる中、ねね子はハッと会場の奥に視線を向けた。

「い、池田！　ここにはジェイコブが！」

「ああ、そうだったな！」

叫び声と共に襲いかかるジェイコブの頭蓋に向け、再びの銃弾を放つ。

そのジェイコブの身体が地面へと落ちた頃、既に会場の扉には数々の穴が穿たれ、バリケードのテーブルもその大半が壊されてしまっていた。

残り時間は少ない。

ねね子は恐怖の視線を向け、叫んだ。

「ド、ドアが壊れる！　嫌だ嫌だ嫌だ!!」

僅かな間を置き、池田は小さく息を吐き出す。

なるほど、誰かが犠牲になる覚悟か……。

池田は心の中で呟き、その場から一歩前に出た。

そして、

「俺が囮になる。俺が奴らを引きつけている隙に逃げろ」

固い笑みを浮かべて、言った。

リールは池田を睨み付ける。

「馬鹿な。お前が囮になったとして、私たちだけが生き残ってどうなる？　手負いの私と残りの三人でヴィンセントと戦えとでもいうのか？　それにどこに逃げるというんだ？」

「地下だ。もう進むべき場所は地下しかない。地上のどの場所に逃げ込もうとも、結局、追い詰められ、死ぬことになる。残された可能性は地下だけだ。地下に行き、すべての元凶のヴィンセントを倒す。それしか生き残る術はない」

ねね子は呆然と目を見開いた後、池田にしがみつく。

「い、嫌だ！　池田！　馬鹿なことを言うな！　死んじゃ嫌だ！　ボ、ボクを置いていかないでくれ！」

「ねね子、わかってくれ。もうこれしか手は残っていないんだ……」

「う、ううう……い、嫌だぁ……ぜ、絶対に、離さない……」

ねね子は池田の服を固く握りしめる。

アキラはねね子に気まずそうな視線を向けた。

「ねね子……。気持ちはわかるけど、このままじゃ私達……」

アレックスは苦い表情を浮かべ、視線を床へ落とす。

「みんな死んじゃうことになりますね……」

だが、ねね子は池田の服を摑んだまま、決して離そうとしない。涙を流し、声を絞り出す。

「い、嫌だぁ……」

僅かな静寂が辺りを支配する中、その場から一つの人影が歩み出る。

その人影は今にも崩れそうなその扉まで近づいた後、皆に向かって向き直った。

「全員動くなッ！」

リールは皆に向かって銃を構え、叫んだ。

「リール、なんの真似だ？　こんな時に冗談はよせ」

「これは冗談なんかじゃない。動くと本当に撃つぞ」

強い口調でそう言った後、リールはねね子へと視線を向ける。

「出雲崎ねね子。今から私が言うことをしっかり聞いておけ」

ねね子は涙でぐちゃぐちゃになった顔をリールへと向けた。

「え……う、うん……」

リールは抱えていた装置をねね子に向かって放り投げる。

それは四角い形状の黒い装置だ。

「この通信装置には既に座標コードが入力してある。衛星との通信条件が整えば、自動的にレーザーによる通信が行われる。送信するコードはCB411DF362、同じコードを繰り返すが、二回目のコードはCB411DF3622とわざと間違えて送信しろ。それが私の信用するチームへの隠された合図になる」

池田は向けられた銃口越しに、ジッとリールを見つめる。

「リール……よせ、銃を下ろすんだ」

リールはジッとその池田の目を見返し、しばらく無言でいた後、

「池田……あの約束を覚えているか？」

そう小さく呟いた。

池田は頷く。

「ああ。ニューヨークで夜景見ながら酒を飲むんだろう?」

リールはハッとその目を見開く。

「ああ……。そうか、そうだったな……」

そうして、その顔に笑みを浮かべて言った。

「それを楽しみにしている」

リールはゆっくりと後ろに後ずさり、扉のノブに手をかける。

池田は声を張り上げる。

「リール! 馬鹿な真似はよせ!」

「何を言っている、池田。お前だって、もうこうするしかないことくらいわかっているだろう? これが生き残る唯一の可能性なんだ……」

その呟きの直後、リールは扉を開け、

「さあ行けッ!!」

その身を外へと投げ出した。

やがて外から二発の銃声が響いた。

池田はその顔を歪めて声を絞り出す。

「……リールッ!!」

ねね子が池田の袖を引いた。

「い、池田……」

「ああ……わかっている」

池田は一瞬のうちに意識を切り替え、この場から脱出することに集中する。

池田は声を張り上げた。

「ねね子は通信装置を拾って俺の後ろにつけ！　他の二人もだ！　扉を蹴破り、目の前のエレベーターに飛び乗る！　少しも遅れるな！」

「……わかったわ！」

アキラは悲壮な表情を浮かべ、頷き、アレックスはその目を潤ませ、固くその拳を握りしめた。

「リ、リールさん……！」

「行くぞッ！」

皆は駆け出す。

池田が扉を蹴破り、廊下へと躍り出る。

皆は死体が散乱する廊下を駆け抜け、そのままエレベーターの中へと飛び込む。

「ねね子！　地下に向かうコードを打ち込め！　早く！」

「わ、わかった！」

池田はエレベーターの陰から、廊下の先へと視線を向ける。

その先にリールの姿があった。

リールはその胸を貫かれ大量の血を流しながらも、その化け物の足を掴んだまま、ジッとそれを睨み付けていた。

やがて、リールは池田の視線に気づくと自らが手にしていた銃を池田に向かって投げ渡した。

そうして、その血にまみれた口を動かす。

『せめて……最後は……その手で……』

池田はその言葉を読み取り、ジッとリールの目を見つめ、頷く。

「ああ……わかった」

池田はリールに向かって銃を構えた。


リールは、薄れゆく意識の中、かつての記憶を思い出していた。

ずっと答えを探し続けていた。

医者になったのも誰かを助けたいという思いがあったからだが、そうした後もずっと満たされない焦燥感にさいなまれていた。

私はもっと人のために生きることが出来るのではないか？

医者の道を外れ、諜報の世界に入っても、それは常につきまとう。

唯一の肉親の父が亡くなる時、最後に遺された言葉が脳裏で繰り返される。

『自己犠牲の精神こそが、人間を人間たらしめている。それこそが人間が得た最も尊いものだ』
そう言った後、父は私を見て言った。
『人を愛しなさい』
父が亡くなり、半ば自暴自棄となった私はこの危険な任務へと志願した。
その先にきっと答えがあるのだと信じて。
私は本当に誰かを助けることが出来ただろうか？
かすむ視線の先に、エレベーターが見える。
悲しげな視線を向ける少女達と、銃を構える男。
ああ、私の思いはきっと彼が継いでくれる。
これが答えだったのだ。この答えをずっと求め続けていた。
私はきっとこの瞬間のために生まれてきたのだろう。
ならば、せめて最後は笑顔で終えよう。
ああ、父さん。
私は――――

「3」

エレベーターは降下する。

エレベーターの中には強い硝煙の香りが漂っていた。

降下音だけが響く中、池田はポツリと呟く。

「最後は笑みか……」

ねね子はその顔を歪め、池田にジッと不安げな視線を向ける。

「い、池田……。リ、リール……リール、置いていったけど……どうするんだ？　あ、後で助けに行くのか？　そ、そうなんだろ？　なあ……？」

アキラはそんなねね子に視線も向けずただ自らの腕を摑む手に力を込める。

「ねね子……。あんた、さっきのを見てなかったの？　リールはもう……死んだのよ……」

「リールさんは僕達のために……。でも……こんなの酷すぎる……」

アレックスは固くその目をつむり、涙を拭う。

ねね子はぎこちなく視線を漂わせ、自らに言い聞かせるようにして呟いた。

「ま、まだ死んだって決まったわけじゃないだろ……。どこかに隠れて……いるのかもしれないし……」

「……」

池田の脳裏に最後の瞬間の光景が繰り返される。

池田はそれに抗うかのようにエレベーターの窓に流れる光景をジッと睨み付けた。

「リールは死んだ。俺が殺した……。だから、もう助けに戻ることはない……」

「え……そ、そんな……。じょ、冗談だろ……池田……」

アキラはその視線を落とし、怒ったような口調で言った。

「池田……リールを殺しただなんて、そんなこと言ってなんの意味があるの？　自分一人で罪を被ればそれで満足？　リールはもう助けようがなかったんだし……。それに、あれは彼女自身が望んだことでしょ……。だからお願い。そんなこと言わないで……。罪があるとすれば、私達全員……。みんながリールを見捨てたのよ」

池田はそのアキラの言葉に何も答えず、ただジッと目の前の光景を見つめる。

たまらずアレックスが震える声を上げた。

「僕からもお願いします……。気を落とさないでください。池田さんは誰にも出来ない選択をしたんです。僕らではとても出来ない、とても難しい選択を……。だから……」

「…………」

「リ、リール……本当に死んじゃったのか……なんで……どうして」

皆の言葉を聞いてやっとその現実を受け入れたねね子はその瞳から涙をこぼした。

一度、流れ出した涙は止まらない。

ねね子は嗚咽を漏らし、慟哭する。

「そ、そんなの……酷すぎる……。ううう……」

「ねね子……もういいのよ……。もういいの……」

アキラは震える手を伸ばし、ねね子の肩を抱きしめる。

静寂が辺りを包み、その場にはエレベーターが降下する音と嗚咽のみが響いていた。

大切な仲間を失なった強い喪失感が皆の心を深く沈み込ませる。

だが、直後その場に凄まじい衝撃が走った。

何かがエレベーターの上に落下したのだ。

同時に、エレベーターの電源は喪失し、エレベーター内部は僅かな非常灯だけで照らし出される。

歪んだ天井から不気味な音が鳴り響く。

既にその場にいる皆は、それがなんであるのかに気づいている。

メリメリと天井の鉄板がめくり上げられ、それは姿を現す。

池田は無言のまま銃を構える。

直後、その場所に凄まじい咆哮が響いた。

第十話

完全なる不死

「1」


池田は咄嗟にねね子達を払いのけ、叫ぶ。

「伏せろ！」

皆が倒れ込んだすぐ真上を足の先端がかすめる。

その凄まじい一閃（いっせん）はねね子のすぐ側を走り数本の髪が切断され、散った。

「……ヒッ！」

寸前で逃れた皆は、絶望の表情を頭上へと向ける。

アキラは顔を真っ青にして叫んだ。

「嫌ッ！　嘘でしょ！」

「あ、あいつだ……！　あいつが追ってきたんだ!!」

天井を切り裂いたその隙間から、あの蜘蛛の化け物が姿を現す。

大きすぎる三つの黒目が不気味に蠢き、皆に視線を向ける。

「ついにご対面か」

池田は間髪入れず銃弾を放ったが蜘蛛はその衝撃によって身体をのけぞらせたものの、僅かな後に体勢を立て直した。大きく損傷した顔面の傷は間もなく、蠢く瘤となって塞がれる。

池田は舌打ちをした。

「……相変わらず銃は利かないか。ねね子！　何かこいつを倒すいいアイデアはないか!?　出来るだけ早くひらめいてもらうと有り難い！」

ねね子はアキラとアレックスの二人と身を寄せながら、震える口を開く。

「ヒッ……い、いくら生物的に不死身だとしても、身体と運動中枢を切断したらまともに動けなくなると思う！　ご、ごめん、このくらいしか思いつかないけど。池田！　どうにかして助けてぇッ！」

「クソッ！　結局、どうにかして首を切り落とすしかないってことかッ！」

再び、エレベーターが揺れる。

遙か上階から蜘蛛の化け物が飛び降りた衝撃によってエレベーターのワイヤーは半壊してしまっている。ワイヤーの一部が切れ、空気を切り裂くような鋭い金属音を響かせた。

池田が再び銃の引き金を絞ろうとした矢先、鋭い一閃が池田の肩をかすめた。

「グッ……！」

スーツを切り裂き皮膚が裂け、血がしたたり落ちる。

ねね子は床に伏せたまま、池田に向かって這い寄り、震える声を上げた。

「あっ……い、池田ぁッ！　大丈夫かッ!?」

「心配するな！」

「そ、そんなところに立ってるの危ないって！　床に伏せないと！」

「クソッ！　確かにそのようだ！」

池田はその身を伏せるが、なおも足の攻撃は止まらない。蜘蛛は足を振り上げ、それを鋭く突き刺す。

その一撃がねね子達の間近くに突き刺さった直後、

「いや！　このまま相手をしてやる！」

池田は何を思ったのかその場から立ち上がり仁王立ちとなった。

間近くを足が貫こうとも、池田はその姿勢を変えず、ジッと頭上の蜘蛛を睨み付ける。

ねね子は驚愕の表情と共に叫んだ。

「あ、危ないッ！」

「ここだ！　化け物！　俺はここにいる！　かかってこい！」

更に挑発を繰り返す池田に向かって鋭い一閃が走る。

一閃は池田の左肩から二の腕をえぐるように貫通し、鮮血を散らせる。

池田はその攻撃を受けつつも、同時に三発の銃弾を連射したが、その弾丸はことごとく蜘蛛から外れた。

「な、何、馬鹿なことしてんだ！　池田、本当に死んじゃう！」

池田はその身を僅かによろめかせつつも、ジッと天井を睨み付けた。その視線は蜘蛛には向けられてはいない。池田はその先の何かを見ている。

「いや、これでいい……。既に布石は打った……ッ！」

なおも攻撃は止まらない。攻撃が池田を貫き、再びの鮮血が散る。

ねね子は思わず池田の足にしがみつき叫ぶ。

「だ、駄目ッ！　池田、死んじゃう！」

「もう止めて！　それ以上は無理よ！」

アキラが絶叫した直後、その場に鋭い金属音が鳴り響いた。

まるで強烈に引き絞られた弦が切れるかのような鋭い音。それが一回、二回、三回と繰り返される。

その音と共にエレベーターがグラリと揺れ、ねね子達はその音がする方向に怯えた視線を向けた。

「な、なんの音……？」

直後、ひときわ大きい音と共にエレベーターが揺れた。

「う、うわッ！」

フッと一瞬、身体が浮いたかと思った直後、強い衝撃が走る。

なおも鋭い風切り音は鳴り響き、そして次第にその大きさは増していく。何かが猛烈な速度で落下する、鋭い降下音。

アレックスは頭上を見上げ、叫ぶ。

「なにかが迫ってきてる!?」

その音が鳴り響く中、池田は全身の力を失なったかのようにその身を壁際にもたれかけさせ、その身体を頭上の蜘蛛へと晒した。

蜘蛛はそれに気づき池田を狙うべく、その顔面を動かす。

腕を振り上げとどめを刺そうとしたその瞬間、その場に凄まじい衝撃が走った。

轟音と共に肉が潰れる鈍い音が響き、鮮血が洪水のように流れ落ちる。血は壁を伝い、エレベーターの内部を真っ赤に染め上げる。

その状況を見ていた三人は、わけがわからず硬直する。

やがて、アキラは呆然とした様子で声を絞り出した。

「え……ッ！　な、なに？　なにが起きたの!?」

その身を縮めていたねね子も恐る恐る頭上を見上げる。

「と、止まった……ッ？」

池田は間近に振り下ろされた足がだらりと力を失ったことを確認した後、それを手で払いのけた。

「どうやら上手くいったようだな……。間一髪といったところか……」

アキラは未だに動揺が抜けきらない様子で問いかける。

「池田、これはどういうこと？　私にはあなたが何かをしたようには見えなかったんだけど……」

「さっき俺が銃で狙ったのは奴じゃない。エレベーターのワイヤーを狙ったんだよ」

そう言って池田は頭上を指さす。

ねね子は思わずその身を乗り出した。

「あっ……そ、そうか……カウンターウェイト！」

「カウンターウェイト？　……なによそれ」

「カ、カウンターウェイトってのは、このエレベーターの重量と釣り合いを持たせるためにワイヤーの反対側につけられている重りのこと……」

池田は頷く。

「そうだ。幸い、奴が降りてきた衝撃でワイヤーが切れかかっていたようだからな。俺はそのワイヤーを狙ってカウンターウェイトを落下させた。そして、奴の頭がカウンターウェイトの真下に来るようにわざと立っておびき寄せたってわけだ。……とっさの思いつきにしては上出来だったな」

アキラは小さく鼻を鳴らした。

「ふうん……。つまり池田は、あいつに強烈なカウンターパンチをぶちかましたってわけね……」

池田は首が切断された蜘蛛の死骸をジッと見上げた。

「だが……これもすべてリールのおかげだ。あいつがいなかったらこうやって奴を倒すことも出来なかっただろう……」

アレックスが目を潤ませ呟く。

「リールさん……」

「それと、どうやら奴らも首を切り落とせば動きを止められるようだ。これが窮地を脱するヒントになればいいんだが……。……ッ！」

不意に池田はその腕に強い痛みを感じ、思わず呻く。

今もその腕からは血が滴り落ちている。

アレックスが慌てて駆け寄った。

「あッ！　池田さん、大丈夫ですか！　血が……ッ！」

「大丈夫だ。深手は負ってない。それよりも早く外に出よう。幸い、既にエレベーターは地下に到着している。扉をこじ開ければ外に出られるだろう」

アキラは伏し目がちに呟く。

「ええ……。私達はもう進むしかないものね……」

」2「

「ふう、なんとか進入できたようだな……」

エレベーターの扉をこじ開け、皆は地下空間へと降り立った。

その地下通路はねね子が進入した時から変わらず暗く、不気味に静まり返っている。

アキラは青ざめた顔で辺りを見回す。

「……って、なんなのよここ。ホラー映画の撮影会場かなにか？　不気味すぎでしょ」

「ちょ、超絶トラウマになってる場所に戻るなんて……。最悪すぎる……」

ねね子も同じような表情を浮かべ、

「ここがあの例の地下……。うう……怖いなぁ……」

アレックスもブルッとその身を縮めた。

「どうやら敵の気配はないようだ。だが当然ながら、平穏といった感じではないな。恐らく、さっきの音はヴィンセントにも聞こえたはずだ。何か手を打たれる前に動いた方がいいだろう。それと……」

池田は通路の壁にこびりついた赤いシミにジッと視線を向け、それを指先で拭う。

薄く引き伸ばされてはいたが、それはまだ完全には固まりきっていない血だ。

アレックスがそれを覗き込み、問いかけた。

「妙な汚れがありますね……。血でしょうか……？」

「ああ、壁に残った血痕から推測すると身長はそこまで高くない。……女だな。左側の血痕の方はまだ固まりきっていないことから考えて、どうやらこの血痕の主は通路の奥に向かったようだ。壁側の血痕、歩調に乱れがある上に、間隔が短い。恐らく、右半身にかなりの深手を負っているな」

アキラは不安げな視線を向ける。

「深手を負った女って……もしかしてジゼル!?」

「そこまでは判断出来んが、可能性はあるだろう……。だがアキラ、仮にジゼルと再会したとしても不用意な行動はするなよ？　リールも言っていただろ？」

「それはわかってるけど……。でも……」

アレックスが慌てて割って入る。

「と、ともかく今は奥に向かってみるしかないんじゃないですか？　ここも安全ってわけじゃなさそうですし……」

「そうだな、ぐずぐずしている暇はない。奥に向かうとしよう」

ねね子は顔を歪めた。

「ま、またあそこに向かうのかぁ……。い、嫌だぁ……」


その血痕は通路の突き当たり、複数の扉がある場所まで続いていた。そしてそれは手前側右の扉で途切れている。

ねね子はその痕跡を目で追い、呟く。

「あ、あの部屋は資料室だな……」

「部屋に誘い込む罠かもしれんが、どうもそれだけの余裕があるようには思えない動きだ。恐らく、この中に血痕の主がいるはずだ……」

アキラは不安げな視線を向けた。

「その誰かを見つけた後、池田はどうするつもりなの……？」

「さあな、俺にもハッキリとした答えはないが、あるいはこの何者かから今の状況を打開するヒントを得られるかもしれない。このまま、ただ闇雲にヴィンセントの元に向かっても返り討ちに遭うだけだ。俺達は何か手を考えないといけない」

アレックスが口を開く。

「でも……中にいるのが敵で、僕達を襲ってくる可能性もありますよね……」

「それは当然だ。だから、離れていろ。まずは俺が中の様子を探る……。ねね子、カードを」

「あ、うん……。い、池田……。き、気をつけて……」

池田はねね子からカードを受けとり、それを読み取り装置に近づける。

間を置かず扉が開き、池田は部屋の中に半身を入れ、銃を向けた。

部屋の片隅、壁に身体をもたれかけさせた人影がある。それを見た池田は思わずその名を口にした。

「……ッ！　アビゲイルッ！」

池田は部屋の中に他の危険がないことを確認した後、部屋の中へと進みアビーに向き直る。

他の三人もそれに続いた。

アビーは虚ろな眼差しでそれを見つめ、感情のこもっていない声で呟いた。

「なんだ、探偵か……。よく……生きていたな……」

アビーの右腹部からは大量の血液が流れ出し、その服を真っ赤に染めている。右目も怪我をしているのか、固く閉じられた目からも血が流れ落ちていた。

「随分と酷いことになっているようだな。アビー」

身を寄せようとした池田に対し、アビーはナイフを突き出し、牽制する。

「……止まれ。それ以上近づくと、殺す……」

池田はそのアビーの様子を見て鼻を鳴らす。

「とてもそんな元気があるようには見えんがね……。それに、ろくな手当てもしていないじゃないか、応急手当てくらいならしてやってもいいぜ」

アビーが構えるナイフはその切っ先が震えており、保持するのもやっとといった様子だ。

やがてアビーは諦めたかのように息を吐き出し、ナイフを持った手を床へと落とした。

「放っておけ……自分の身の振り方は自分で決める。誰の手も借りない……」

「ふむ……」

アビーの腹部から流れる血には濃い色が混じっている。恐らく、肝臓にかなりのダメージを負っているのだろう。この状態なら、確かに応急手当て程度ではどうしようもないかもしれない。

「探偵……私に聞きたいことがあるんだろう？　私の知っていることをすべて教えてやってもいい……。だが、一つだけ交換条件がある……」

「交換条件？」

「ヴィンセントを殺せ。奴は組織を裏切った。奴が何を考えているのか、もう私にもわからん。このまま野放しにするとこの世界に破滅をもたらす。だからお前が始末するんだ」

池田は眉を寄せる。

どうやら仲間内でなにか大きな問題が起きたのは確からしい。

「そいつは元からそのつもりだ。アビー。俺達の前から消えた後、一体何があったんだ？」

「大まかなことはお前達も把握しているはずだ。我々はお前達を殺すために、ジェイコブと屋敷の連中の死体を使って追っ手に仕立て上げた……」

「ああ、それはよく知っている。随分と世話になったからな。それに続いて、あの蜘蛛の化け物を差し向けたってことか」

「そうだな。お前達がどうやってあれから逃げおおせたのか、興味深いところではあるが……。まあ、もうそんなことはどうでもいいことだ……」

「だが何故、お前はこんな羽目になっているんだ？　さっきヴィンセントがどうとか言っていたようだが……」

アビーは顔を歪める。

「奴は私に、お前達の始末がついたかどうかを確認するように仕向けた。万が一、生き残っていたのならそれを始末しろと言い含めてな。だが、それが奴の罠だった。ヴィンセントはあの死体共の頭の中に私を襲うようにプログラムを仕込んでいたんだ……」

「つまり、ヴィンセントにはめられたと？」

「死体程度に後れをとるつもりはなかったが、奴は用意周到だった。逃れられない状況、数を用意し、完全に私の不意を突いた。ヴィンセントは腹の底が見えない男だ。もっと注意を向けておくべきだったな……」

「ヴィンセントの目的は何だ？　奴は何をしようとしている？」

「さあな、この島の研究を奪おうとしていることは確かだが、その行動原理がどこにあるのかまではわからん……」

「ヴィンセントは俺に『新たな世界が始まる。この島がその爆心地になる』……そんなことを言っていた。この意味がなんだかわかるか？」

アビーはその目を見開く。

「それは本当か？　どうやら奴は思いもよらない程の野心家だったらしいな……。私とヴィンセントは同じ組織の人間だが、今までそのような危険な兆候を感じたことはなかった。奴はすべて自分のものにするつもりか、馬鹿め…」

「裏切りか……」

大きな利益が絡む場合、裏切り行為はそう珍しいことでもない。だが通常、その場合はすべてのことが済んだ後に行われるものだ。状況が流動的な時に、自らの手駒を減らすような行為は得策ではない。それでもなおそれを行ったとすれば、ヴィンセントには一人でこの状況を切り抜けるだけの自信があるということなのだろう。

「そうだ、ジゼルはどうなった？　奴は俺達と対峙した後、お前達のところに向かったと思っていたんだが……」

「奴なら死んだ……」

そのアビーの言葉を聞いたアキラは卒倒しそうな表情を浮かべるが、アビーは僅かに間を置いて言葉を続ける。

「いや、既に死んだに等しいと言ったところだな……。奴も素人というわけではなかったようだが、所詮は多勢に無勢だ。既に捕らえられ、今は我々の目的のために利用されている。用が済めばすぐにでも殺されるだろう」

「目的のためね……。待て、そもそもお前達が反乱を企て、俺達を殺さなかった理由は、犯人X、ジゼルが持っていた解除コードとやらにあったんだろう？　そいつの正体はなんだ？」

「解除コードとは、ある研究者が設定したロックを解除するものだ。それを使えば、この島に眠る、完全な不死を復活させることが出来る。そのため、我々はそれを欲していた」

「つまりお前達はそいつのためにジゼルに手を貸したと？」

「我々は手を貸していたわけではない。ただ傍観していただけだ。確かに奴は己の正体を隠し、交渉材料として解除コードを提示した。だが、確証も無しにそれを真に受けるほど、我々は馬鹿ではない。そのため、我々は表向き協力しつつ、奴の正体を探ることにしたのだ」

アビーは苦しげに息を吸った後、続ける。

「そして、どうやら奴は、レイモンド卿に対しては、島の内情をバラすと脅しをかけたようだな。そのため、レイモンド卿は不穏分子のあぶり出しに躍起となった」

池田はそのアビーの話を聞いて、この事件の発端となったロイ・ヒギンズの招待状のことを思い起こす。

「その結果が例の招待状か……」

「ああ……レイモンド卿は情報の漏洩を恐れ、自らの手によって裏切り者の正体を暴こうとしたのだ。そしてジゼルは当初の目論見通り、招待客の中に紛れ込むことに成功した。脅し、挑発によって相手をコントロールする……なかなかの手さばきだ」

「すべて承知の上でジゼルを見過ごしたってことか？　奴がレイモンド卿の命を狙っていることは十分考えられたはずだ」

「我々にとってレイモンド卿は別の組織の息がかかった邪魔な存在に過ぎない。消されるとしても、それはむしろ好都合だった。だが、表立って協力するのはまずい。解除コードの件が嘘だった場合、次に消されるのは我々だからな。レイモンド卿が殺されるとしても、あくまでもそれは、奴に殺される必要があったのだ。我々が手を貸したのは、せいぜい招待客の部屋割りの調整と通信装置の破壊程度のことだけだ」

「なるほど……」

その話によって、池田の中にあった一つの疑問が氷解した。招待客にあの通信装置を壊せるだけの時間的なゆとりはなかったはずだからだ。

「そして、レイモンド卿の遺体が発見された頃、奴は我々に解除コードの存在を裏付ける決定的な情報を伝えたのだ。それで我々の行動は決定した。目撃者を消し、この島の研究を我々のものにする……とな」

「そのコードとやらが本当に手に入るかどうかもわからないってのに、随分と思い切った行動をしたもんだな。それにお前達だって命を狙われることになる……」

「それを遙かに上回る魅力が解除コードにはあったということだ。あれはこの島に残された最後のキー……。この世界の理を激変させる程の力を持つものだ」

「ひょっとして、その魅力ってのは、あの化け物達のことか？　あれが完全な不死だとでも？」

「馬鹿を言うな……。お前はあんなものになりたいのか？」

池田は肩をすくめる。

「ごめんだね」

「あれは研究の副産物に過ぎない。不死に至る研究の途上で生まれた出来損ないだ。島の不死研究は後一歩のところまで迫ったが、その途上で頓挫した。そして、不死研究は別のアプローチで進められることになった……」

池田は自分の頭に手を置き、顔をしかめる。

「なるほど……それが例の脳ハッキング装置か……」

「そうだ。我々は人間の意識をデジタル化することによって不死に到達する可能性を模索した。その技術は、ある一人の天才によって半ば完成に至った。人間の脳の情報を別の媒体に移し替え、完全なエミュレートに成功したのだ。だが、それだけでは、単にPC上に脳をコピーしたに過ぎない。生身の本人には全く関係のない話だ。結局、最終的に計画は破綻し、後には脳ハッキングと意識をデジタル化する技術だけが残ることになった」

「なるほど……。そして、この島の不死研究は頓挫した……」

アビーは力なく首を横に振った後、池田に強い視線を向けた。

「いや、違う……。完全な不死は既に完成していた」

池田は思わず目を見開く。

「待て、完成していたってのはどういうことだ?」

「完全な不死の影響力を恐れた研究者は、わざと不完全な生物を作りだし、その存在を隠していたのだ。研究者は自らの研究に基づいたデータを特別のセキュリティシステムに組み込み、それに厳重なロックをかけた。その研究者の死と研究データの凍結によって、それ以後、この島の研究は停滞することになった」

「停滞……」

池田は以前聞いたリールとの会話のことを思い起こす。

十年前、島の研究が滞った原因は恐らくその研究員の死に関連していたのだろう。

「そしてそのロックを外すのが、例の解除コードというわけか……」

アビーはコクリと頷く。

それほどのものならばヴィンセントがすべてを犠牲にしてでも手に入れたくなるのは理解出来る話だ。これで屋敷側の行動の原理はすべて理解出来た。

だが、依然として大きな疑問が一つ残っている。

池田はアビーに問いかける。

「アビー。アウロラという名前に覚えはないか？」

「誰だそれは……。そんな名前、覚えはないが……」

「ジゼルはあの化け物……シロナガス島の悪魔のことをその名前で呼んでいた。それに心当たりはないか？」

「ないな……。ただ、あのN—131は元は人間の娘から作られた化け物だと聞いている。もしかするとその娘の名前なのかもしれないが……。あるいは、秘密の名前ということなのかもしれない……。この島の少女達の間では、そのような秘密の名前を名付け合うことがよくあったと聞いている」

「秘密の名前か……。だがだとすると、やはりジゼルはこの島の生き残りなのか？」

「この島から逃れられた人間は一人もいなかったはずだ……」

そう答えた後、アビーは虚ろな視線を宙に向け、言葉を続ける。

「いや……。そういえば、かつて一人だけ島から逃げ出した娘がいたと聞いたことがある。だが結局、その娘も死体で見つかったはずだが……」

「その娘は死体を偽装して生き延びていた。それがジゼル……」

「あり得るかもな……。そうか……だからN―131は奴を襲わなかったのか……」

そこまで言った直後、アビーは激しく咳き込み、吐血した。

池田はアビーの肩に手を伸ばす。

「おい、大丈夫か？　しっかりしろ！」

「どうやら……もう限界のようだ……。た、頼んだぞ……池田戦……。ヴィンセントを……必ず止めろ……」

池田はジッとアビーの目を見つめ、語りかける。

「……アビー。何か言い残すことはあるか？」

「言い残すことなど……何もない。ただ……」

アビーは池田の目を見返し、言葉を詰まらせた後、言った。

「わ、私は組織の犬となって生き続けてきた……。だが今は……自分のために生きる……そんな人生があっても良かったと思っている……」

「……ああ、そうだな」

池田がそう答えた直後、アビーは薄い笑みを口元に浮かべ、その目を閉じた。

池田は無言のままそれをジッと見つめる。

後ろから二人の会話を覗き込んできたねね子がたまらず声をかけた。

「し、死んだのか……？」

「いや……気を失っただけだ。だが、どのみちこの傷だと長くはないだろう」

池田はそう言った後、手近にあった布を破り、応急手当てを始める。

アキラはそんな池田の行動に眉を寄せた。

「何をするつもり？　今更手当てなんてしたって……」

「どうにも放っておけなくてな。本来なら止めを刺してやるのがこいつのためなんだろうが……」

アレックスは横たわるアビーに視線を向け、苦い表情を浮かべる。

「こんなことを言ったら怒られるかもしれませんが、彼女もこの島の犠牲者のように思えます。気の毒ですよ……」

「こいつもすべて覚悟の上でのことだ」

池田はすべての処置を終えた後、立ち上がり、

「少し状況を整理しようか」

そう言って、語り始めた。

「この島で研究されていたのは『不死の技術』。そしてそれらの技術の転用によって生

まれたのが、動く死体とあの化け物……」

アキラは顔をしかめた。

「あんな光景を見ていなければとても信じられない話ね……。まあ、今となっては、とても信用出来るわけだけど……」

「そして、脳ハッキングの装置だ。それで人間の脳のコピーを作り出したり、逆に人間の脳内にアクセスすることも可能にした」

ねね子が呆れたように呟く。

「そ、それだけでも相当に凄い技術だな。こんな孤島の研究施設にあるのがもったいないくらいだ……」

「不死研究は頓挫したかに思えたが、『完全な不死』はある研究者によって既に完成していた。だが、研究者はその力を恐れ、作り出したデータに厳重なロックをかけ闇に葬った。そのロックを解除するのが『解除コード』」

「か、完成した『完全な不死』っていうのは、具体的にどういうものなんだろ？」

「詳細は不明だが、人間の知性を維持したまま不死化できることは間違いなさそうだ。ヴィンセントがその解除コードを狙い、それを知っているジゼルは捕らえられている。ひょっとすると、その脳ハッキングを使ってコードの情報を引き出すつもりなのかもな」

アキラは視線を床に落とす。

「ジゼル……」

「だとすると時間がない。ヴィンセントがその完全な不死とやらを手にしたら厄介だ。そいつを阻止することだけが俺達が生き残る唯一の方法だろう」

　ねね子はぶるりとその身を震わせた。

「あ、あんな奴がそんな力を手に入れたら、確かにとんでもないことになる。自分の思いのままに動く不死身の兵隊をどんどん増やして、そのうち世界を支配しちゃうかも……」

「あり得ないと言えないところが恐ろしいな……。さあグズグズしている暇はない。ヴィンセントの元に向かうぞ」

　池田は皆にそう呼びかけ、その場を後にする。

　扉が閉まり、アビーの姿が見えなくなる直前、池田は自分にしか聞こえないほどの小さな声で呟いた。

「アビー……またな」

「3」

　血の海を越え、奥の扉にたどり着く。

その扉の下から流れ出した大量の血は半ば固まっており、よりその粘度を高めている。鉄錆の匂いと共に足の裏にまとわりつく。

「ヴィンセントはこの奥の部屋にいるはずだ……。ねね子、この扉を開けられるか？」

ねね子は端末を開き、頷く。

「ちょ、ちょっと時間かかるかもだけど、大丈夫……。だけど、危なくない？」

「そいつは当然、危ないだろう。だが、何か起こってもなるべく俺が対応する。お前達は扉を開ける準備が終わったら、俺の後ろに隠れていろ。状況によってはさっきの資料室の中に飛び込め、いいな？」

「わ、わかった……」

「……わかりました」

アレックスも頷く。

アキラは手を大きく横に払いながら、言った。

「こうなったらなんでも来なさいよ。もう、ちょっとやそっとじゃ驚かないんだから！」

「ううう……みょ、妙なフラグを立てないでくれ……。じゃ、じゃあ、開けるから……。ちょっと待って……」

ふと池田はその場から振り返り、背後の廊下を見つめた。

少しの時間が経った後、その先にある何かを見つめしばらく無言のまま何かを考えた後、ねね子に声をかける。

「……まだか？」

ねね子はあからさまにムスッとした表情を浮かべた
「も、もう、横からうるさいなぁ……。今やってるところだろー……」

ねね子のキーボードの連打音が響く中、遠くから不気味な声が響く。

人が苦しみ、唸るような声。

アレックスはビクリと身体を震わせ、振り向くことすら出来ず硬直する。

「ヒッ！　な、何か今、後ろの方から声が……」

「ううう……き、聞こえない……。何も聞こえない……」

「ああ、何か聞こえたのならそいつはたぶん気のせいだ。だが、ねね子。なんとなくだが……少しだけ急いでもらうとありがたい」

「ううう……わ、わかってる……」

再び唸り声が響く。

今度は先ほどよりも近く。

アキラは顔を真っ青にして、油の切れたロボットのようにぎこちなく首を動かし、声を絞り出す。

「ね、ねぇ……あ、あの……」

「アキラ！　後ろを見るな……暇ならねね子の髪の毛の本数でも数えとけ」

アキラは青い顔を浮かべたまま、馬鹿正直にそれに従い、ねね子の髪に視線を向ける。

「一本二本三本……って、こんなの数えられるわけないじゃない！　馬鹿にしないでよ！」

再びの唸り声。

その声はすぐ近くまで迫っている。

アレックスがたまらず叫んだ。

「ね、ねね子さん、早く！」

「が、頑張ってる！　凄い頑張ってるんだってばぁ！」

ねね子が半泣きの様子でそう叫び、エンターキーを押した直後、

「ひ、開いた！」

鉄の扉は鋭い音と共に開いた。

「飛び込め!!」

皆は一斉にその扉の先へと飛び込んだ。


皆が中に入りその扉が閉まった直後、絶叫と共にその扉が叩かれた。

「……ッ！」

ドンドンと強烈な音が鳴り響く。しばらくその音は続いていたが、やがてそれは収まり、その場に静寂が訪れた。今はただブクブクと奇妙な気泡の音だけが鳴り響いている

だけだ。

ねね子はその部屋の惨状を見て、小さく叫び声を上げた。

「ひッ……」

「なによ！　これ！　うえッ……」

アキラが卒倒しそうな様子で嘔吐き、アレックスも泣きそうな声を上げる。

「こ、これ……なんですか！　なんなんですかぁ……。ううう……」

辺りの床には足の踏み場もない程に死体が散乱し、赤い血を広げていた。

いや、正確にはそれは死体であったもののなれの果てだ。人の身体であることの判別がつかない程にそれは破壊され、散乱している。

「床一面に死体の山か……」

部屋の左右には巨大な培養槽があり、そこから漏れ出す青い明かりが辺りを照らしている。中にはなにか人型らしきものが入っている。

培養槽の中にいる彼らは、皆の方向に一斉に顔を向けた。

「……ッ！」

ねね子とアキラとアレックスの三人は声にならない叫び声を上げて、互いに抱き合う。

池田はジッと培養槽に視線を向け、呟く。

「どうやら中にいる連中は俺達に興味があるらしいな……」

部屋の奥には次の部屋へと繋がる扉が見える。

どうやらここは部屋と言うより通路に近い場所のようだ。

「それにしてもこの中に入っているのはなんだ？」

絶え間なく発生する気泡によって、その中にいる何かの姿は半ば隠されている。

「あ、あの化け物と似たやつらに思えるけど、中の様子はよく見えないな……」

アキラはねね子を抱きかかえながら、呟く。

「ま、まさかここにあるのがいきなり割れて、中からこいつらが飛び出してくる……なんてこと、ないでしょうね？」

当然ながら、絶対に割れないとは断言出来ないが、素直にそれを伝えればパニックになってしまうだろう。ここは無理にでも安心させた方がいい。

池田はそう思いつつ微笑を浮かべて言った。

「大丈夫だ。中に化け物を閉じ込める構造なら、絶対に壊れないように作られているはずだ。それに、これだけの状況なのに、培養槽にはヒビ一つ入ってないだろ？　こいつは絶対に壊れないし、中の奴らも出てくる心配はない。安心しろ」

アキラは顔を引きつらせる。

「な、なんか、そんなに断言されると逆に不安になってくるわ……」

「ボ、ボク知ってる！　これ安心しきった頃に割れるパターンだ！　絶対に割れる！　これ、割れる！」

「え……わ、割れるんですか！　嫌ッ、怖い！」

アレックスもわけもわからないまま二人の言葉に同調して叫ぶ。

池田は顔をしかめた。

状況が状況だけに皆はほんの僅かなことでも不安に感じ、パニック寸前になっているらしい。この調子では、先に進むことを優先した方がいいかもしれない。

だが、歩を進めようにも、あまりの床の惨状のためにそれもままならない。足を一歩踏み出すごとに、肉をつぶし、血が溢れ出す不気味な感触が伝わってくる。僅かにでも足を滑らせればその肉塊の中に倒れ込むことになるだろう。

「この床一面に散らばっているのは、恐らく屋敷の連中だろう。この場所に追い詰められて、化け物に殺されたんだろうな。しかし、これ程までに死体が損壊しているとは、酷いな。どうやら幼い遺体もあるようだ」

ねね子が口を開く。

「そ、それってもしかして……」

「ああ、恐らく、この屋敷の中にいたという少女達だろう。死体の数から推測すると、屋敷に生き残りがいる可能性は低いだろうな」

アキラは歯噛みした。

「これをやったのもヴィンセントってことなのね……」

「間違いない。このまま奴を野放しにしておけば大変なことになる……。奴を止めるぞ」

「……ええ」

真剣な表情を浮かべ頷いた三人だったが、歩を進める度にその足取りは重くなり、ほとんどその場で足踏みをするまでになった。

たまらずアキラがねね子の背中を小突いた。

「……ねね子、もうちょっと早く進みなさいよ」

「む、無理無理無理無理……。もうこんなの無理ぃ。一生のトラウマになる……」

「悪い夢でも見たと思って、忘れなさいな」

「わ、忘れられたらどんなに楽か……」

皆がやっと扉の前までたどり着いた時、アキラはジッと宙を睨み、ポツリと呟いた。

「生き残るために進んでいるというより、死に場所に追い詰められてるって気がするわ……」

「なあに……本当のチャンスは窮地になった時にこそ訪れるもんさ」

「何よそれ。今、思いついた言葉じゃないでしょうね？」

「いや……確かに今思いついた言葉だが……。多分、誰かが似たようなこと言ってるだろ。チャンスを物に出来るのは行動した者だけだ」

そう言って池田はねね子の肩を叩く。

「さあ、先に進むぞ。ねね子、扉のロック解除を頼む」

「う、うぇい……」

ねね子は渋々端末を取り出し、キーボードを打ち込み始める。

「つ、次は怖い物ないといいなぁ……」

「この流れで怖い物が出ないなんてあり得ないわよ」

アキラが呆れたように呟く中、池田は銃を引き抜いた。

「まあ平穏無事とはいかないだろう」

「も、もう嫌なことばっかり言って……。じゃあ開けるぞ」

ねね子はエンターキーを叩いた。


「4」


扉が開いた先には広大なドーム状の地下空間が広がっていた。数々のモニターと、入力装置、そしてその奥には巨大な水槽があり、そこに巨大な脳のようなものが浮かんでいる。室温は凍えるほどに寒い。

皆はその異様さに唖然と目を奪われたが、

「あ、ジゼルッ！」

アキラは地面に倒れているジゼルに気づき思わず声を上げた。

そのまま駆け寄ろうとしたアキラを池田が止める。

「待て、アキラ！　今は動くな」

その施設の中央にはヴィンセントの姿があった。

ヴィンセントはその顔に微笑を浮かべ、まるで皆の到着を歓迎するかのように両手を広げて見せた。

「おお……これはこれは……。まさか貴様らがここまで来るとは想像しなかったぞ」

池田は銃口を向ける。

「随分と余裕だなヴィンセント。その余裕がどこまで続くのか見物だな」

「イレギュラーな存在……池田戦、出雲崎ねね子……貴様ら二人がいなければ、決してこの場所までたどり着くことはなかっただろう。だがそれも些細なことだ。大勢に変わりはない。貴様らと私とでは存在している次元が違うのだ」

「もう既に神気取りってわけか、ヴィンセント。完全な不死とやらを手に入れてどうするつもりだ？　本当にこの世界を支配でもするつもりか？」

「世界か……それも面白い。だが、お前は勘違いをしている。完全な不死とは、人間が手に入れなければならない進化の必然なのだ」

「必然だと……」

池田は答えつつ、ジリジリと間合いを詰める。

「そうだ。人間が火を手にし文明を手に入れたように、人は必ず不死を手に入れなければならない。貴様もまだそのことを理解していないのか？」

ヴィンセントは更に声のトーンを上げる。

それはまるで大衆を前にして演説を行っているかのようだ。

「仮に、地球を壊滅させる隕石の存在が判明したとしよう。そうなれば、人類は、ありとあらゆる手段、すべての力を用いてそれを阻止するだろう。それであるのに、何故人類は数十年後、必ず訪れる死の闇を阻止しようとしない？　人類の抵抗はあまりにも愚鈍極まりないものではないか！」

池田はジリジリと距離を詰めるが、そのあまりにも平然とするヴィンセントに不気味さを覚えた。

何かがおかしい。

「この世界とは個々の観測者によって認識されている現象だ。観測者の消滅は、すなわち世界の終焉だ。我々は、ただ怠惰をむさぼる愚かな人類に変わり、破滅を回避する崇高なる使命を全うしたに過ぎない」

池田はピタリと歩を止めて、ヴィンセントの眉間に照準を合わせる。

既に、池田にとっての必中の間合いに入っている。

「大層な演説だな……。それが正しいとしても、肉体を切り売りされ化け物になりはてた少女達の犠牲はどうなる？　死がこの世界の終焉だとするなら、少女達にそれをもたらしたのはお前達だ！」

「人類が新たな段階に到達するためには、その程度の犠牲、些細なことに過ぎん。たかが数百人の少女を犠牲にして地球が救われるのならば皆、それを望むだろう。少女のために滅亡を共にするというのは愚か者だけだ」

「そいつはおかしいな。人類のためというのなら、何故、屋敷の連中まで殺す必要があった？　お前がその研究を自分一人のものにしようとしている今の状況と辻褄があわないぜ」

ヴィンセントは苦笑を浮かべる。

「ふふ……なるほど、確かにな。いいだろう、認めよう。不死の頂に立つべき人間は私一人で十分なのだ。他の人間共は、ただ破滅を待ち望む愚者に過ぎない。私はその愚者達に鉄槌を下す神となる！」

「神か……馬鹿馬鹿しい。残念だが、そのプランはなしだ！」

池田は引き金を引いた。

轟音と共に銃弾は放たれ、ヴィンセントの眉間へと正確に着弾する。

鮮血が散り、ヴィンセントの身体は仰向けに崩れ落ちた。

その場にドサリと重い音が響き、辺りは恐ろしいまでの静寂に包まれる。

ねね子は思わず声を上げた。

「や、やったのか……!?」

「あ、あれだけの大口叩いてた割には、随分あっけなかったわね……」

アキラも震えた声でそう言ったが、アレックスはなおも不安な表情を浮かべている。

「ほ、ほんとうにこれで終わりなんですか？」

「ああ、どうにも嫌な予感がする……。ヴィンセントはこの状況でも逃げるような素振りすら見せなかった。まるで何かの時間稼ぎをしていたかのような……」

池田は射撃体勢を維持したまま、その場から更に数歩前に出る。

直後、ヴィンセントの指先がピクリと動いたのを見て、池田はその歩を止めた。

それは肉体の痙攣の類いではない。池田の放った銃弾は確実にヴィンセントの頭蓋を貫いたはずだ。僅かにでも指先が動いた事実は明らかな異常事態を示めしていた。

やがてヴィンセントの口から乱れた口調の言葉が漏れ出す。

「……貴様のその読ミ……当たってイル……！」

痙攣するかのように歪に身体を動かし、ゆっくりと起き上がる。

「仮に私ガ本当に追い詰められていたのナラバ……コノような無駄話をスルことはなかったダロウ」

「……ッ！」

池田は即座に第二射を放つ。

だが、その銃弾はまるで何も無い空間を貫いたかのようにヴィンセントをすり抜けた。

いや、躱したのだ。

「ダガ……まだこの力……身体に馴染み切ってイナイ……」

池田はその揺れ動くヴィンセントの身体に照準を合わせようとするが、その狙いは残像となり定まらない。

池田は歯を食いしばり、叫ぶ。

「……ヴィンセントッ！　やはり貴様、既に……ッ！」

「N─131ッ！」

ヴィンセントが放った大声の後、その場に甲高い鳴き声が響いた。

ねね子は何度も聞いたその不気味な声に怯えた視線を向け、叫ぶ。

「こ、この声ッ！　あ、あいつだ！」

「……ッ！　マズい！　アキラ！　ジゼルを抱え起こせ！」

「……ッ、言われなくたって！　わかってるわ！」

アキラはすぐにジゼルの身体に身を寄せ、それを抱え上げる。

直後、シロナガス島の悪魔が天井から落下し轟音と共に降り立った。

だが、シロナガス島の悪魔、N─131は今にも池田達に襲いかかろうとする様子を見せたが、ジゼルの姿に気づくとその動きを止めた。

池田はそれに銃口を向けつつ、言い聞かせるようにして呟く。

「そうだ、止まるんだ。俺達は敵じゃない、そのまま動くなよ……」

N─131はジッとジゼルに視線を向け、無言のまま僅かにその顔を傾ける。

まるでそれは子供がどうしていいのかわからず悩んでいるかのような動きだ。

ヴィンセントはその身を間近の装置にもたれかけさせながら、苛立たしげに声を荒げた。

「ナゼ……殺さない！　N―131、そいつらを殺セ！」

N―131を牽制しつつ池田はアキラ達と共にジリジリと引き下がる。

「やはり以前、アキラとジゼルが初めてこいつに遭遇した時の状況と同じか。こいつはジゼルには攻撃しない……。いや、出来ないのか」

「で、でもこの状況がいつまでも続くとは思えないし、逃げる場所を探さないと……」

ねね子が呟き、アレックスも辺りを見渡す。

「でも逃げる場所なんて……。あ……ありました！　右の壁にドアがあります！」

アレックスが指さした先に、入り口と似た分厚い鉄の扉が見えた。

「よし、そこに逃げ込むぞ！　アキラ、ジゼルの様子はどうだ？」

「気を失っているみたい……それに凄い血が流れてる！　池田、ジゼルを助けて！」

「まずは逃げてからだ！　アレックスの手を借りろ！　ねね子は扉を頼む！　行け！走れ！」

池田は皆を先に行かせる。

アレックスはアキラと協力してジゼルを運び、ねね子は扉の解錠にかかる。

ヴィンセントはそれらに苛立たしげな視線を向けた後、N―131を睨み付けた。

「役立たずメ……。貴様は後で解体してヤル……」

直後、ヴィンセントの身体がぐらりと揺れた。

「ウッ……ウウウ……カ、身体ガ……。ググググ……」

苦しげな呻き声と共に、ヴィンセントの身体が震える。

だがやがて、その震えがピタリと止まった。

一瞬の静寂の後、

「…………イヤ……キタゾ」

ヴィンセントは小さな声で呟いた。

その僅かな声が不気味に反響する。

やがてヴィンセントはその場からすくりと立ち上がると、大仰にその両手を広げ、声を張り上げた。

「……キタゾ……ああ、来たぞ……ッ！　今この瞬間！　ついに人類は次の段階へと至ったッ!!」

絶叫が響いた直後、ヴィンセントは動く。

人とは思えぬ程の跳躍で池田の放った銃弾すらも軽々と躱し、皆の元へと迫る。

「クソッ！　ついに始まっちまったか！」

池田は鉄の扉を背にしてヴィンセントに対峙する。

「逃がさんッ！」

ヴィンセントが池田達に到達するかに見えた瞬間、すんでのところで扉が開く。

皆が扉の先へと逃れるのと同時に、池田は後ろに飛び退きつつ、銃弾を連射する。後転し、体勢を立て直し第二射を放とうとした時、両者を遮るように扉は閉まった。

閉じた扉から轟音が響く。

「ねね子ッ！　ロックッ！」

「ハ、ハイッ！」

既にパネルに飛びついていたねね子は手早くそれを操作し、扉にロックをかける。

扉の向こう側からヴィンセントの怒声が響いた。

「どこに逃げようと関係無い！　貴様らに待つのは死だけだ！」

その言葉の後、鋼鉄製の扉に強烈な衝撃が走った。

扉が衝撃によって歪んだのを目の当たりにしたアレックスは思わずその場から後ずさる。

「ヒッ……あんなに分厚い扉が歪んでる！」

「どうやらヴィンセントは、本格的に人間を止めちまったようだな」

アキラはジゼルを抱きかかえ叫ぶ。

「ねえ！　池田、ジゼルが……。ジゼルの血が止まらないの！」

「ああ、まずはジゼルの応急処置をしてからだ。アレックス！　悪いが他に出口がないか調べてくれないか？」

「はい！　わかりました！　あと何か武器になるような物もないか探してきます！」

「ああ、頼んだぞ。用心しろ」

白く無機質な通路には二つの扉があり、アレックスが入ったのと別の扉を開け中へと入ると、そこにはあの手術台のような脳ハッキングの装置が二つ備え付けてあるのが見えた。

池田はその中を進み、奥のベッドにジゼルを寝かせ、部屋の一角にあった簡易的な応急キットを手に取る。

「少々手荒な処置になるが致し方あるまい。だが、俺が出来ることは所詮、手術の真似事だ。こんな時にリールがいてくれればな……」

アキラはジッと池田の顔を覗き込む。

「無い物ねだりしてもしょうがないでしょ……。今は池田だけが頼りなんだから、お願い……」

「ああ、そうだな。処置を行うが、あまりこっちは見ない方がいい」

「ううう……は、初めから見てないってば……」

怪我の処置を進める池田に苦い表情が浮かぶ。

ジゼルの内臓にはかなりのダメージがある。出血も酷く、怪我の部分は一応縫合出来るが、ほとんど気休めだろう。仮にこの場にリールがいても同じことを思ったはずだ。

池田は、ジゼルの命がそう長くないことを確認した後、小さく息を吐き出す。

その場にカチリと手術器具を置いた鋭い音が響いた。

「……とりあえず、処置は終わった」

アキラはジゼルに不安げな視線を向けた後、池田に向かって口を開く。

「でも池田……あんなこと言ってた癖に、結局ジゼルを助けたのね……」

「成り行きだ……。あの時、ジゼルを助けないと俺達が死ぬことになっていた」

直後、その場に再びの轟音が響き、ねね子はその身を跳ね上げた。

「……ヒッ！　い、池田……そ、それでヴィンセントはどうするんだ？　このままだとあの扉破られちゃいそうだけど、そうなったら本当にみんな殺されちゃうぞ」

「確かに、ジゼルの怪我の程度がどうこうの前に、奴に殺されちゃ本末転倒だ。だが、向こうは五十口径のヘッドショットを食らっても向かってくる化け物だ。なにか余程の手がないと……」

「た、対抗策もなにも、まずはこの場所から逃げるのが先決だと思うけど……」

アキラは視線を落とす。

「そうね……あんな化け物、私達じゃどうにも出来なさそうだし……」

「出口に関してはアレックスに調べてもらっている。ただ……廊下自体は行き止まりだし、二つある扉の一つはこの処置室だ。向こうの扉に都合よく出口がある可能性は低そうだが……」

そうした直後、その場にアレックスが戻り、声を上げた。

「すいません、遅くなりました」

「アレックス、今、丁度お前の話をしていたところだ。出口は見つかったか？」

アレックスは首を振る。

「あ、いえ、残念ながら……。隣は保管庫と貯水タンクがある程度でそれらしい扉はなかったです。隠し扉でもないのかと思って壁まで叩いてみたんですが、ここは全部行き止まりみたいです……」

「え、え、え……じゃ、じゃあもう終わりじゃん！　もうすぐあの扉が破られて、ボク達みんなあいつに殺されちゃうじゃん！」

ねね子が半泣きで叫ぶ中、アレックスは手に持っていた巨大な注射器のようなものを皆の前に掲げた。それは銃型の器具で、巨大な針と薬液を入れるスロットが備わっているものだ。

「武器かどうかはよくわからないんですけど……こんな物を見つけました」

池田はそれを受けとり一瞥した後、小さく鼻を鳴らす。

「大方こいつはあの化け物用の鎮静剤か何かだろう。こいつがヴィンセントに通用するとも思えないし、注射すること自体困難だ」

「確かに……。これを使って簡単に倒せるくらいなら、全然不死って感じじゃないですもんね……」

再び轟音が響き、辺りを揺らす。

「ヒッ……！　と、扉が壊されたらボク達本当に……」

「こんなに苦労してここまで来たのに……これで終わりだなんて……」

アレックスは苦い表情を浮かべ、アキラは震える手で口元を押さえる。

「本当にもう手は残ってないのかしら……」

「ヴィンセントを倒す方法か……。何かないのか、何か手が……。完全な不死を殺す。その方法が……」

「……方法は……ある」

不意に、その場に小さな声が響いた。

「……ッ！　ジゼル！　意識が戻ったのか！」

池田は慌ててジゼルに駆け寄る。

ジゼルはその朧気な視線を宙に向け、言葉を続ける。

「不死を……殺す……方法……。それは……」

「ジゼル！　教えてくれ！　奴を殺す方法を！　今、そいつが必要なんだ！」

ジゼルはなんとか声を吐き出そうとするが、その声は言葉にならない。

「…………の中に……」

僅かにそれだけの言葉を吐き出した後、ジゼルはその顔を歪め再び意識を失った。

アレックスは首を振った。

「駄目です……ジゼルさんまた気を失ってしまったようです。でも本当に不死を殺す方法なんてあるんでしょうか？」

「ジゼルは確かに何かを知っている様子だった。だが、あれだけの内容ではどうしようもない……。どうにかして聞き出すことが出来ればいいんだが……」

アキラは真っ青な顔を浮かべ、ジゼルをかばうようにしてベッドにすがりつく。

「無理よ！　ジゼルはいつ死んでもおかしくない位の怪我なんだから！　無理矢理聞き出すことなんて……」

その中、ただ一人、会話の中にも入らずただ黙々とキーボードを打ち込んでいたねね子がポツリと呟いた。

「ほ、方法なら……ある……」

そのねね子の言葉に、皆は一斉に視線を向ける。

「なんだと……」

アレックスは思わず手を打った。

「あ、そうか！　ここにある例の装置を使って、ジゼルさんからその不死に関する情報を引き出すってわけですね！」

「なるほど……それなら確かにジゼルの言いかけたことが何かもわかるはずだ。ジゼルを装置に接続して、ここにあるモニターでその情報を見ればいいわけだな」

ねね子はなおも皆に視線を向けず、キーボードを打ち続ける。

「い、いや……たぶんそれだと不死を殺す情報までにはたどり着けない。ヴィンセントはこの装置を使って、完全な不死の解除コードを見つけ出したはず。でも、ヴィンセントはジゼルの言いかけてた不死を殺す方法には気づいていなかった。たぶん、普通では見られないような深い記憶領域内にその情報があるんだと思う。それにアクセスしないと……」

アキラが怪訝な視線を向ける。

「それにアクセスするってどういうことよ？　ここの装置を使って駄目ならもうどうしようもないじゃない」

「も、もう一人の人間を同時にこの装置に繋げて、その意識をジゼルの記憶の中にダイブさせる。それしか方法はないと思う……」

池田は頷き、その身をねね子の側へと寄せた。

「それなら、俺が適役だろう。俺は以前、この装置にかけられたし、そこから逃れる術も知っている。俺が行く」

アレックスは池田を遮るようにしてその身を前に出す。

「だ、誰でもいいのなら僕が行きます。池田さんはここに残ってもらわないと、僕達だけじゃ、もしも扉を破られたら、時間稼ぎすら出来ませんから……」

アキラもジゼルに潤んだ視線を向け、呟く。

「いえ……私が行くわ。私に行かせて。ジゼルの思い出の中に入って、必ずその方法を見つけ出してくるから」

皆の言葉が出揃った後、ねね子はやっとキーボードを打つ手を止め、チラリと視線を向けた。

「ぜ、全員駄目……。池田はヴィンセントのために残ってもらわないと困るし、他の二人は不死を殺す方法が複雑だった時、それを覚えきれない危険がある。で、でも……ボクなら全部覚えられる。だ、だからボクが行く……。というか、もうボクが行くようにプログラムを調整し終わった……から」

そう言いながら、パタリと端末を閉じた。

池田は一瞬、その目を伏せた後、ジッとねね子を見つめた。

「……いけるのか、ねね子」

ねね子はビクビクと震えながらもその目を見つめ返す。

「い、行くしかない……」

「俺が向こうの世界から戻ってきたのは、自分の頭を銃で撃ち抜いた衝撃で無理矢理覚醒を促すという荒っぽい方法だった。お前にそれが出来るのか？　下手をすれば、そのまま仮想現実の中に閉じ込められる危険だって……」

ねね子は目を潤ませる。

「こ、怖いけど……たぶんボクがやらないとみんな死んじゃうし……。や、やるしかない」

池田はそのねね子の姿を見て、感慨深げに頷いた。

「ねね子……。ああ、わかった……お前を信じる。お前に任せる。まったく、お前は最高のパートナーだよ」

ねね子は顔をしかめて、両手を左右に振った。

「こ、今生の別れみたいなノリで言わないでくれ……。こ、こんなことすぐに終わらせて帰ってくるから」

再びの轟音が響き、池田を除く三人は一斉にその身を跳ね上げる。

池田はホルスターから銃を引き抜いた。

「チッ……うるさい奴め……。ねね子、お前がこっちに戻ってくるまで、死んでも時間を稼いでやる。信じてるぞ」

ねね子はジッと池田を見つめ、コクリと頷いた。

「ボ、ボクも池田のことを信じてるから……。あ、あと……死ぬのは無しでお願い」

池田はニヤリと笑みを浮かべた。

「ああ」


廊下へと出た池田は、扉の前に立ち、向き直る。

既に鋼鉄製の扉は半ば壊され、その隙間から奥の空間の明かりが差し込むまでになっている。

再びの轟音。

池田は、ベルトにかませたリールの銃を取り出し、それを左手に構える。

「さて、そろそろ扉がマズそうだな……。頼んだぞ、ねね子……」

小さくそう呟いた後、両手に持った銃を構える。

ピタリとその照準が合わさった。

「さあ来いよヴィンセント。二丁持った俺は強いぜ」


「5」


アキラは、手に持った端末の画面とねね子の顔にせわしなく視線を向けながら口を開いた。

「後はこのパソコンのエンターキーを押せばいいのね？　ねね子、覚悟はいい？」

ヘッドギアを装着され、ベッドに寝かされているねね子は、両手を祈るように組んだ後、頷く。

「た、確かにそれを押せばいいようにしてあるけど……あっ、まだ押さないで」

アレックスはその身を乗り出す。

「戻ってくる時はどうするんです？　何かこっちでやることは？」

「の、脳の覚醒が高まったら自動でシステムが終了フェーズに入るように調整してあるから大丈夫だとは思う……」

アキラは顔をしかめた。

「とは思うって……本当に大丈夫なの？　戻ってこれなくなってもしらないわよ！」

「だ、だって……こんなことするの初めてなんだから……。流石のボクにもどうなるかわからない……」

ひときわ大きな轟音が鳴った。

今までとは質の違う音。

アレックスは顔を青ざめ、その音の方向に視線を向けて呟く。

「……ッ！　どうやらもう悩んでいる暇はないようですね……」

アキラはねね子の肩を強く叩き、声を張り上げる。

「ねね子！　戻ってこなかったら、あんたの身体にいたずらするわよ！　それが嫌だったらちゃんと戻ってきなさい！」

「そ、それは止めて……ちゃ、ちゃんと戻ってくるように頑張るから。ううう……。は、始めるなら早くして……。覚悟が鈍って逃げたくなっちゃう……」

アキラは頷き、

「いくわよ！　ねね子！」

エンターキーを押した。

『ＮＩＲＳスキャン開始、スティモシーバー作動。記憶領域へアクセス、スキャン開始。被験体Ａに対するダイブを開始します』

機械的な音声が再生された後、ねね子の意識は闇の中へと落ちた。

第十一話

過ぎ去りし赤

」1「

……………………………………………。

私は…………。

どこに向かっているのだろうか……。

船に乗った時から目隠しをされているため、何も見ることが出来ない。

固く結びすぎた目隠しが目に食い込み、酷く痛む。

車に乗り換える時の刺すような寒さから考えて、この場所は相当に北の方なのだろう。

目隠しを車のドアに押しつけると少しだけ食い込みが緩み、外の光景が見えるようになった。窓の外には何もない殺風景な光景が広がっている。

ここは木も生えないような場所なのだろうか？

車はかなりの高級車といった感じだ。奴隷を運ぶのにはおよそ似つかわしくない。恐らく、普段は客か何かを乗せているのだろう。

不意に、助手席の男が声を上げた。

「なあ、知ってるか？　これで三度目だぜ？　今月に入ってから三度目」

「運びの業務をしている時の私語は厳禁ですよ……」

運転手がそう素っ気なく答える。

「固いこと言うなよ、こっちもいい加減、愚痴の一つや二つも言わないとやってられないんだよ。どうせ後ろにいる奴は赤色だ。何を聞かれようが問題ないさ」

「そうかもしれませんが……」

奴らの会話は何を意味しているのだろう？

運びの業務は私を運ぶことだとして赤色とはなんだ？

「レイモンド卿も、もう少し資源の大切さを知ってほしいもんだね。いつも割りを食うのは俺達なんだぜ？」

「そうは言っても、数を用意すること自体は難しくないでしょう？」

「何を言ってやがる。わかってないな。元の数が多かろうが、こっちには選定作業ってもんがあるんだ。適当に選んでハイ終わりってわけじゃない。万が一足が付けば、俺はベーリング海の藻屑だ。このストレスがわかるか？」

運転手は苦笑する。

「ああ……まあ危ない仕事だってことは理解してますよ」

「ケッ……どうかね……」

ベーリング海……。

ここはアリューシャン列島のどこかにある島ということか。どうやら島の人間の規律は相当に緩み始めているらしい。隙を探れば逃げ出すチャンスはあるかもしれない。

やがて車は停止し、扉を開く音が聞こえた。

「さあ、着きましたよ。既に旦那様がお待ちのはずです」

「ああ……やれやれ、また言い訳を考えなきゃならん……」

後部座席の扉が乱暴に開かれ、扉に身体を預けていた私は思わず倒れそうになる。

「おい！　お前！　さっさと出るんだ！」

男は無遠慮な様子で私の手を摑み、車から引きずり出す。

痛いな……。こっちは目隠しされているんだぞ、無茶を言うなよ。

目隠しに手がかけられたと思った直後、

「……痛ッ」

それが数十本の髪の毛ごと乱暴に外された。

痛みに顔をしかめた私の視界に、殺風景な光景が広がる。

丘のような場所に灰色の大きな屋敷が建っている。

深く沈んだ空に深く沈んだ建物。

今の私にはそれは何かの墓標のように見えた。

「こっちだ、ついてこい……」

男は再び私の手を乱暴に摑んだ。


屋敷の中にはダブルのスーツに蝶ネクタイを付け、口髭を生やした男が待ち構えていた。男は満面の笑みと共に声を上げる。

「いやいやいやいや、待っていたよ。長旅大変だったね！」

その笑みと小太りの容姿はいかにも人が良さそうな感じに見える。

私は反抗するように視線を外し、無言のまま押し黙る。

間を置かず、隣の男が私の背中を殴りつけた。

「おい！　お前！　何とか言ったらどうだ！　口がきけないのか！　レイモンド卿に失礼だろ！」

私はその痛みに顔をしかめながら、渋々口を開く。

「……どうも」

「いやいや、いいんだよ。彼女は長旅で疲れているだろうからね」

レイモンド卿と呼ばれたその男は、そう言って大仰な様子で頷いた後、男の方に視線を向ける。

「ところで……予定ではあと二人来るはずだったと思うが、どうなっているのかね？」

「いや……それが仕入れ先の教会で問題が起きまして……。今回、用意出来たのはこいつだけなんです。申し訳ありません」

レイモンド卿の顔から笑みが消えた。

「教会の件は聞いている。だが、その埋め合わせをするのが君達の仕事ではないのかね？　それに見合うだけの金は十分すぎるくらい渡しているはずだ」

男の顔色がサッと青くなる。

「おっしゃる通りです。この穴埋めは近日中に必ず……」

「期待している」

レイモンド卿は再びの笑みを浮かべて言った後、私の手を取った。

「さあ君はこちらに来たまえ。私が案内してあげよう」

私はそれに従いながらも、先ほどの顔を思い返す。

第一印象は人の良さそうな感じだったが、あの男に向けた視線は冷徹そのものだ。やはり、この男も相当な悪人らしい。いや、この屋敷にいる人間。私と同じ境遇の者も含めて、すべてを信用してはいけない。それを心に刻みつけなければならない。

絶対に他人を信じるな。

信用出来るのは自分だけだ。


案内された食事会場には、既に一人分の食器が用意されていた。

「お腹がすいただろう。そこに座りたまえ。今から君に美味しい料理をごちそうしよう」

「……どうも」

私は勧められるがままに席につく。

嫌な感じだ……。目隠しが必要な程の隠された場所、そんなところで本当に旨い料理が出されるのか？　これが最後の晩餐にならなければいいが……。

窓の外には一面の海が広がっている。

やはりここはアリューシャンのどこかにある島なのだろう。

会場の壁にはおよそ食事をする場には似つかわしくない、レンブラントの『目をえぐられるサムソン』の複製画が飾られていた。この絵のモチーフは、力の源である長髪の秘密を漏らしてしまったサムソンが愛人に裏切られ、謀殺された話に基づいている。

………。

不意に頭痛がする。

私は絵は好きだが、ここまで詳しかっただろうか？

何かがおかしい。混乱している……。

私は曖昧な記憶を振り払う。

ともかく……場違いなこの絵を飾る理由は『秘密を漏らせばお前もこうなる』という脅しだ。それは私のような存在ではなく、ここに来た他の誰かに警告するために飾られているのだろう。

「絵をじっと見てどうしたのかね？　あの絵に興味でもあるのかね？」

私はその視線を慌てて外し、そっけなく答える。

「いえ……ただ珍しかったので……」

下手に知識があると思われるとまずい。今後のためにも馬鹿である方がなにかと役に立つ。反抗などしない、従順な役を演じきる。

やがて私の目の前にスープが運ばれてきた。

「さあ、遠慮なく食べたまえ」

「……いただきます」

口をつけたそのスープは飲んだことがない程に上品な味わいがした。

もっとも、丸一日以上、ろくに食事どころか水さえも飲んでいないのだ。今の私はこの皿に毒が盛られていたとしても食べるしかない。

だが何故だろう、さっきから身体の震えが止まらない。

全身を漠然とした不安感が覆っている。

これはこの後に訪れるであろう未知の出来事に対する恐怖なのだろうか？

いやこれは、こんなことをしている場合ではないという焦りの感情だ。私はこんなことを悠長にしている暇はなかったはずなのだ。

だが、何故だ？　何故、私は急がなければならない？

それがわからない。だから……怖い。

「さあ食事が終わったのなら、次は君の部屋に案内してあげよう」

石造りで寒々とした回廊に入ると、その奥に椅子とテーブルがあり、そこに男が腰掛けていた。

「これはレイモンド卿、お疲れ様です。この娘の案内ですか？」

「ああ、この子を部屋まで案内してやってくれ」

レイモンド卿は、私の方に向き直る。

「君はこれからこの屋敷をどこでも自由に歩き回っていいのだよ。……それではお嬢さん、私はこれで失礼するよ」

そう言った後、何かを思い出し、

「ああ、そうだ……危うく忘れるところだった。君にこの赤いリボンをあげよう。これはこの屋敷で君の身分を保障する大事な物だ。決してなくさないようにしなさい」

手慣れた手つきで私の髪にリボンを結びつけた。

「……ありがとう」

何気なくそのリボンに触れた瞬間、何故かぞくりと強烈な寒気が走った。

「それでは失礼」

レイモンド卿がその場を去った後、男が乱暴に私の腕を摑む。

「さあお前！　こっちに来い！」

男は壁に備え付けられたハンドルを回し始める。

やがて扉が開き、外からの風が吹き込んだ。

この扉にも覚えがある。何故だろう？

こんな奇妙な扉、知っているはずはないのに……。

「今から一人そちらに向かう。解錠してくれ。……さあ行け」

先の回廊にいた男は私のリボンを見て、頷いた。

「赤色か……お前の部屋はこっちだ。着いてこい」

まったく飾り気のないコンクリートの廊下を進み、男は錆が浮いた扉を開ける。

「この部屋だ。入れ」

「……これから私はどうなるんだ？」

「質問は許可されていない！　入れ！」

部屋の中へと突き飛ばされた直後、扉に鍵がかかる音が響く。

「なんだ……。何が、自・由・に・出・歩・い・て・い・い・だ。全然話が違うじゃないか……」

部屋を見回すが誰の姿もない。

部屋には粗末な二段ベッドが二つ並んでおり、二つある縦長の窓から日の光が弱々しく差し込んでいる。壁はすべてコンクリートの打ちっ放しで酷く寒々しい。

「酷い場所だな。これじゃ本当に牢獄だ」

部屋はその見た目だけではなく、実際の室温も息が白くなるのではないかと思うほどに寒かった。

不意に、吐き気がこみ上げる。

船で長時間拘束された疲れと緊張が一気に吹き出してしまったのだろう。

「気持ちが悪い……。駄目だ……洗面台はあっちか……」

私は洗面台で顔を洗った後、目の前にある鏡を見つめた。

大きなヒビが走るその鏡には、粗末なワンピースに身を包んだ私の姿がある。

黒いくせ毛、褐色の肌。大きな目。

「私……？　これが私なのか？　なんだこの違和感は……。まるで自分の顔が自分のものでないように感じる」

指先で鏡に触れる。

まるで自分とは他の誰かがそこにいるかのような感覚。

「私は誰だ……」

私は、本当は私ではないのではないか？

なら今この鏡に映っている人間は誰だ？

「…………」

私は、きっと何かとても大切なことを忘れている。

……忘れる？

何故かそれはとてつもなくおかしなことだと思ってしまう。私は忘れることなど出来なかったはずなのに……。

「忘れることが出来ない？」

何故そんなことを考えてしまう？

頭に靄がかかったように思考がまとまらない。

私は……一体…………。

「……ッ！」

一瞬、視界が乱れた。

鏡にノイズのようなものが走り、目の前に見知らぬ少女の姿が見えた気がした。

「今、何かが……。いや、気のせいか？」

私は何かを探るかのようにジッとその鏡を見つめるが、不意に強いめまいを感じて思わず洗面台に手をついた。

「駄目だ、もう立っていられない。一度、ベッドの上で横になろう……」

ベッドへと倒れ込む。

身体をなんとか反転させ、ぼんやりと二段ベッドの裏側を見つめていると、そこに縦に走る傷が刻まれていることに気づく。

傷の数は六。

私はぼんやりとした意識のまま、その傷に触れる。

日数を刻んだものなのかと思ったが、その傷は一つおきにその傷の刻み方が異なっている。恐らくは別々の人間がそれを刻んだのだろう。

ならばこれはなにを意味するのか？

誰かの死か？

考えれば考える程、その思考は深く暗い場所へと沈んでいく。

私はそれに抗うように顔を背けた。

視線の先に映った空には、ただ黒い雲が蠢いていた。

きっと夜になっても星も見ることすら出来ないのだろう。そういえば、アリューシャン列島はかなり高い緯度にあったはずだ。冬の時期にはオーロラが見えたりするのだろうか？

私はそんなことを考えながら、ただぼうっとその雲を見つめる。

そうした時、不意に窓の外にオーロラが見えた気がした。

「……オーロラ？」

一瞬、そう思いつつもすぐにその考えを振り払う。

そんな馬鹿な。今は夜でもないし、そもそも雲の手前に見えるオーロラなんてあり得ない。だとしたら、あれはなんだ？

布……？

いや、スカート……？

考えを巡らす中、窓の外に人影が見えた。

「……ッ!?」

その人影は一瞬のうちに窓のノブに手を伸ばす。

開けた窓は強風によって全開となり、部屋の中へ風が吹き込む。

「な、なんだ……ッ！」

人影はそのまま勢いよく部屋の中へと転がり込むと、手早くその窓を閉めて、

「あいたた……。危なかったわ」

そう安堵の声を上げた。

その少女は私の方に向き直り、声を上げた。

「あ、驚かせてごめんなさい。疲れてるでしょ？　寝たままで大丈夫だから。ああ、私の名前はエリザベス。あなたのお名前は？」

エリザベスと名乗ったその少女は、長い金髪で青い目をしていた。白のワンピースに黒のストールを羽織り、ロングの髪の一部を編んで後ろに回し、それを大きな青いリボンで留めている。耳の前に垂れている横髪には黒色のリボンがクロスしてある。

私はその少女に視線を向けながらも唖然言葉を失う。

名前なんかよりも、まずは窓の外から入ってきたことを説明してほしい……。断崖絶壁でそれも強風が吹き荒れる中を下りてきたなんて無茶すぎる。

私の視線に気づいたのか、その少女はニコリと笑みを浮かべて、手で風に流れる様子を表した。

「ああ、外から来たことに驚いてるのね？　二階の一つ隣の部屋の浴室からだと、ロープでこの部屋の窓に下りられるの。風で身体が横に流されるから一つ隣の部屋が丁度いいのよ」

「危ないだろ……。聞いてるだけで怖くなってくる……」

なんとかそれだけの言葉を吐き出すと、少女はその表情をパッと明るくした。

「あ、やっと喋ってくれたわね。ねぇ、あなたのお名前はなんていうの？　教えて？」

「私の名前は……」

そこまで言ったところで、口ごもる。

記憶があやふやで乱れている。自分の名前だけではなく、自分が誰であるのかさえ自信が持てない。

「思い出せない……私の名前はなんだっただろうか……」

「自分の名前が思い出せないの？　もしかしてそんなに酷いことされたとか？」

「いや、今のところはそんな酷いことはされていないが……」

「でもわかるわ。ここでは昔の名前を忘れたがっている娘はほんと多いもの。皆、辛い過去を背負っている……」

「だろうな……」

「私も本当の名前は違うのよ？　このエリザベスっていう名前はここに来た時に勝手に名付けられただけの名前なの」

少女は私の手を取る。

「あ、そうだわ！　いいことを思いついた！　ねぇあなた、私に名前をつけてくれない？　ここでは互いにそういう秘密の名前をつけるの。ねえ、せっかくこうやってお近づきになったんだし、新しい名前をつけてくれるととても嬉しいわ!」

私は、妙に馴れ馴れしいその少女に戸惑う。まじまじと見つめるその瞳に気恥ずかしくなり、思わず視線を外して口ごもる。

「急にそんなことを言われてもな……」

僅かに間を置いて、

「ああ……。ならオーロラ……いや、アウロラはどうだ?」

そう答えると、少女は私の手を更に強く握りしめ、前のめりになった。

もう顔がくっつきそうな程だ。近すぎる……。

「アウロラ……オーロラの元になった女神の名前ね。素敵! 私、前にバレエでオーロラ姫を演じたこともあるの。ぴったりだわ! でも、どうしてその名前を思いついたの?」

「さっき、窓の外にたなびいたスカートがオーロラに見えたから……」

自分で言っておきながら、恥ずかしい……。

「ますます素敵だわ! じゃあ、私の名前は今からアウロラね。忘れないで。名字は適当に決めるわ。昔住んでた家の近くにあった料理屋さんかなにかから選ぶわ。あ、じゃあ次はあなたの名前を決めましょ?」

あまりにも熱っぽく迫ってくるので、私はアウロラの手を引き離して、少しだけ距離を取る。

「急にそんなことを言われてもな……。オーロラ……オーロラ姫、バレエ……。じゃあ……ジゼル……」

アウロラはまたキラキラとした視線を向けた。

「ジゼル……バレエの登場人物から取ったのね。一度死んじゃった後に精霊になって、男の人を助ける娘ね。素敵だわ！」

「まあ私は一度、死んだようなものだからな……」

「じゃあ、あなたの名前はジゼル！　ああ、そうだジゼル。今決めた名前は他の娘には伝えてもいいけど、屋敷の人たちには絶対教えちゃいけないの。それだけは守ってね」

アウロラはそう言って、シーと言いながら口の前に指を立てる。

「わかった」

そう答えた後、私は部屋の中に視線を向けた。

「……そういえば、この部屋は四人部屋のようだけど、なんで私しかいないんだ？」

それまでコロコロと明るい表情ばかり浮かべていたアウロラの顔がサッと曇った。

「それは……うう……」

私は慌てて遮る。

「あ……別にいい、あまり気にしていないから……」

アウロラの泣きそうな顔から察するに、ここにいた他の娘は死んだ。いや、殺されたのか。

『今月に入って三度目だぜ』

あの男の言葉が頭の中で木霊する。

冷や水を浴びせられたかのように身体がぞくりと震える。

あまりグズグズしていると、私もその後を追う羽目になるかもしれない。

「大丈夫？　顔、真っ青よ？」

「ああ……大丈夫だ。そうだ、アウロラ。上の階からロープを使って下りてきたのはわかったけど、どうやって元の部屋に戻るんだ？　この部屋の扉には鍵がかかっているし、まさかロープを使って上るなんて真似は出来ないだろ？」

「夜になれば、私の部屋の皆が食事の配膳を始めるの。それに紛れて部屋に戻るのよ。夜の配膳の時だけ監視が緩むのよ」

「なるほど……」

この牢獄内のセキュリティは思ったよりも緩そうだ……。あの橋だけしっかりと見張っていればここから逃げられることはないから、監視の目は相当に緩んでいるんだろう。

アウロラはまた私に近づいて、笑みを浮かべる。

相変わらず近い……。

「……というわけで、配膳が始まる夜まで暇なの！　お話ししましょ、ジゼル！　あなたが一人できっと寂しいと思ったから遊びに来ちゃったの！」

随分と騒がしい奴と一緒になってしまったようだ……。


アウロラと話し込んでいるうちにいつの間にか夜になった。

部屋には申し訳程度の小さな明かりが灯っており部屋を薄暗く照らしている。

やがて部屋の扉がノックされる無機質な音が響き、トレイを持った短い金髪の少女が姿を現した。

「食事を持ってきたわ。エリザベス……時間よ」

アウロラはわざとらしく手を口の前にやって驚いた表情を浮かべる。

「あ、いけないわ。つい話し込んじゃった。ごめんね。じゃあ私、もう行かなきゃ」

そう言った後、僅かに悲しみの交ざった表情を向けて言葉を続けた。

「ジゼル……これからとても辛いことがあるかもしれないけど、それでも希望を持ち続けて」

「ああ……」

「エリザベス、もういい？」

短髪の少女は私にトレイを手渡した後、アウロラに声をかける。

アウロラは腰に両手をやって胸を張った。

「ええ、行きましょ。あと私はエリザベスじゃないわ。今日からアウロラって名前になったんだから」

「なにそれ……でも、いい名前ね。この娘に名前をつけてもらったの？　いいわね……今度は私に名前をつけて。えーと、あなた名前は？」

「ジゼル……」

「じゃあジゼル、次は私の名前、お願いね。エリザベ……アウロラって名前つけるセンスが古いのよ」

少女は少し大人びた笑みを向けてそう言った。

アウロラはムスッと顔を膨らませる。

「酷いわ……」

「ふふ……考えておくよ」

アウロラは少し名残惜しい様子を見せながら、手を振って部屋を後にする。

「じゃあ、ジゼル。またね……」

扉が閉まり、部屋は元の静寂に戻った。

正直、話し疲れた気はするが、緊張は和らいだ気がする。変な奴だったけど、根はとても良さそうな娘だ。

でも、何故だろう……あの娘のことを考えると胸が締め付けられるように痛い。私は彼女に言いようのない懐かしさを感じている……。私はずっと彼女に会いたかった。そんな気持ちがずっと心の中に残ってもやもやしている……。

何故だろうか？

まあいい、食事をとったら、今日は休もう。

どうせ明日からはろくでもないことが始まるのだから……。

「

2

」


ノイズが走り、私の意識は分断される。

「なんだ……今、記憶が飛んだような……」

その鏡を前にした私は自分の顔に視線を向ける。

鏡に映る顔は酷い有様だ。片目の周りは皮下出血で青くなり腫れて開かない。血のかさぶたが所々に出来ていて、まるで交通通事故にでもあったかのようだ。

「そうか……私は昨日、あいつに乱暴されて……」

私は昨日出会った男のことを思い出す。

「あいつは今日、私を面白いゲームに参加させるとか言っていたな……。まだ、この島を脱出する手段も見つけ出していないのに、私はこのまま殺されるのか？　いや、どんなに見苦しくあがいてでも必ず生き残ってやる……」

不意に、部屋の方で窓が開く音が聞こえた。

「今の音は……？」

慌てて部屋に舞い戻った私はそこにいるアウロラを見て、思わず声を上げた。

「アウロラ！　なんでこんな時に来たんだ！　屋敷の連中に見つかるぞ！」

「ごめんなさい……。私、ジゼルのことが心配で……。ジゼル……酷い怪我……」

「こんな怪我、大したことじゃない。だけど、この後はどうなるかわからないけどな……。アウロラ、教えてくれ。ここにいた皆はどうやって殺されたんだ？　たぶん私も、それと同じように殺されようとしている」

「ジゼル……あなた知っていたの？　ここにいた娘達が殺されたことを……」

「薄々気づいてはいた……。だから私は知らないといけない。教えてくれアウロラ、彼女たちはどうやって殺されたんだ？」

アウロラは僅かに口ごもった後、呟く。

「ここにいた皆は、大火傷で死んでいったわ……。全身を焼かれて……本当に本当に酷い火傷で……」

「火傷か……。私もそれと同じように殺そうとしているのかもしれない……。あいつは私を特別なゲームに参加させると言っていた。恐らくそれが大火傷を負うようなことなんだろう」

その直後、乱暴なノックと共に男の声が響いた。

「時間だ！　出てこい！」

アウロラはその身を震わせ、不安げな視線を向ける。

私はアウロラの腕に手をやり、洗面所へと促す。

「アウロラ、隠れてろ」

「ジゼル、死んじゃ嫌！　お願いだから無事でいて！」

「ああ……大丈夫。そのつもりだ」


案内された橋の上には既に三人の男達の姿があった。

左右に立っているのは金髪の背の高い男で、それを従えている真ん中の男は、癖のあるブラウンの髪を整髪料で整えた、ギョロリと鋭い目つきの男だ。真ん中の男は相当な酒好きなのか空の酒瓶を持っているのが見えた。

右の金髪が大仰な様子で両手を広げ、口を開く。

「さあさあ！　お楽しみのゲームの始まりだ！　内容は簡単！　無事に生きたまま回廊を抜けられたらお前の勝ち、それ以外なら俺の勝ちだ！　だが注意しろ！　今お前が立っている場所よりも一歩でもこちらに近づけば問答無用でお前を殺す！　さあ、ゲームスタートだ！」

私は困惑しつつ、先ほど通過したばかりの回廊へ向き直る。

生きたまま回廊を抜けられたら私の勝ちだと……？　部屋からこの橋に来るまで、何もおかしなところはなかったはずだ。その回廊を抜けるだけで助かるだなんて、そんな簡単なことがあり得るのか？

私は鉄の扉を睨み付ける。

もしかして、あの扉の向こう側に誰かが潜んでいるのか？　いや、罠か。罠があるとしたらこの先、回廊の中に何かがあるのだろう。相当に用心しないと……。

「ほら！　どうした！　さっさと進め！　立ち止まっていても殺すぞ！」

男の声に追い立てられるようにして、私は鉄の扉まで進む。ハンドルを手に取り、それを回し始める。

直後、

「……ッ！」

私は足下に強烈な熱を感じ、その身をビクリと震わせた。

視線を向けた先、スカートには赤い炎が伝い始めている。

スカートが燃えている⁉　どうして⁉　確かに何も火の気なんてなかったはずなのに！

だが、手を止めるわけにはいかない。立ち止まれば殺されるだけだ。

「ほらほらどうした！　早く行かないと焼け死んじまうぞ！」

男が急き立てる中、私は半開きになった鉄の扉から潜り込むようにして回廊へ侵入する。

「……くっ！」

そのまま走り抜けようと思ったが炎の回りが早い。

既にスカートを伝う炎は服の上にまで伝っている。

「早く火を消さないと！」

その時、私は回廊の中にある花瓶に気づいた。

「あ……花瓶……水！　これで火を消せ……」

だが、私はその伸ばしかけた手をビクリと止める。

いや待て……こんなに簡単に助かる訳がない！　死んだ娘達も同じように火に焼かれたはずだ、水があったのなら、助かっているはず！　彼女たちは大火傷で死んだんだ！　普通の火傷じゃない。この程度の火が原因じゃないはずだ。確かあの男、空になった酒瓶を持っていた。これは罠だ！　この花瓶の中には引火する液体が入っている！　耐えろ！　地面に転がって服の火を消すんだ……！

私は地面に身体を倒す。

何度か地面を転がるうち、燃え移った火は弱まり、やがて消えた。

「う……」

私はその場から立ち上がることも出来ず、ただ、仰向けになって回廊の天井を見上げる。

金髪の男はそんな私の顔をジッと覗き込んだ後、醜悪な笑みを浮かべた。

「おいおい、ハハッ！　どうしたことだ！　こいつは助かったみたいだぜ！　残念だな、あとちょっとで面白い光景が見られたのにな！　だが賭けは俺の勝ちだぜ！　ジェイコブ！」

「ええい！　つまらん！　まあいい！　こういう日もある！　次は負けんぞ！　さあ酒の飲み直しだ！」

あの目つきの悪い男は眉間に皺を寄せ、ギョロリと私を睨み付けた後、皆を引き連れその場から去って行った。

私は這うようにしてその場から逃れた後、身体を壁にもたれかけさせながら、なんとかその身を起こす。

「た、助かったのか……」

心臓の鼓動と共に、刺すような痛みの波が襲ってくる。だが、逆に足の先は痛みを感じない。痛覚が駄目になるほど焼けてしまったのかもしれない。

私はもう誰もいなくなった回廊を睨みつけた。

「ジェイコブか……。あいつの名前は覚えたぞ」

ともかく今は、部屋に戻らないと……。私は奴らの気まぐれ一つで殺されるおもちゃだ。歩け……歩くんだ……。


部屋の扉を開け、ベッドの上に倒れ込むと、隠れていたアウロラが慌てて駆け寄り、声を上げた。

「ジゼル！　良かった！　無事だったのね！」

私は窮屈なうつ伏せのまま、アウロラに視線を向ける。

「アウロラ……まだ無事かどうかはわからない……。足首から先の感覚がないんだ。たぶん、かなり酷い火傷を負っていると思う……。悪いけど見てくれないか……？」

アウロラはチラッと私の足首へと視線を向けた後、一瞬泣きそうな表情を浮かべた。

「……うう。大丈夫、きっと良くなるわ！　これくらい全然平気よ、ジゼル！　待ってて！　今、水で冷やしてあげるから！」

あのアウロラの顔を見る限り、どうもあまり大丈夫な感じではなさそうだ。

ゆっくりと身体を反転させると、ベッドの裏側にあの傷跡が見えた。

私はそれを見ながら、ひょっとするとこれに一つの傷を書き足す必要があるのかもしれないと朧気に思う。

「これでしっかりと冷やした方がいいと思うわ」

アウロラが濡れたタオル片手に現れ、それを私の足へと当てた。

相変わらず痛みはなく、ただなにか触れた感触だけがある。

「ああ、少し楽になった気がする……」

「大丈夫よ。すぐにきっと良くなるから。フロリナもキトリもクララもみんなあなたのこと心配してたわ。だから早く良くなって……」

「みんな、私がつけた名前気に入ってくれたのか？　ちょっと適当過ぎるかなとか思ってたんだけど……」

アウロラはクスッと笑った。

「ええ、みんなとても気に入ってたわ。私の方の名付けは評判悪かったから……。ほんと失礼しちゃうわ」

私もつられて笑っていると、ふとアウロラは申し訳なさそうな表情を浮かべて言った。

「あ……。あと、こんな時にごめんなさい。本当はずっと看病してあげたいけど、明日は来られないの……」

「なんだそんなことか……別に構わない。これだけでも十分助かっている」

そう言った後、私は以前から気になっていたことをアウロラに問いかける。

「そうだ、アウロラ、一つ教えてくれないか？　赤色のリボンをつけた娘は殺してもかまわない娘……。なら、黄色と青色にはどんな意味があるんだ？」

アウロラは、少し困惑の表情を浮かべた後、答える。

「黄色は薬の実験をされる娘……。でも、今は黄色のリボンの娘は一人もいないわ」

それだけ言ってアウロラは言葉を止める。

「青は？　アウロラ、教えてくれ。青色は一体どんな意味があるんだ」

アウロラはジッと無言のまま私の目を見つめ、僅かな笑みを浮かべて答える。

「青色は……身体を捧げる娘……。臓器やありとあらゆる身体の部位を他の人に捧げるの」

「……ッ！　アウロラまさか明日来られないっていうのは……」

「そうよ。私、明日手術なの。でも、私の腎臓を移植する娘は私と同い年くらいみたいなの。病気のその娘が元気になるのなら、それはとても素敵なことだわ」

「何を馬鹿なことを言ってるんだ！　そんなの……素敵なわけないだろ！　アウロラ……どうにかならないのか……」

アウロラは私の手を取り、笑みを浮かべる。

「大丈夫よ、死にはしないから。だからジゼルはこの火傷をしっかりと治してね……。そうだ……私この前、地下でノーマンさんって研究者の人と知り合ったの。とてもシャイな人だけど、もしかするとジゼルの力になってくれるかもしれないわ」

「私はアウロラが無事でいればなんでもいい……」

「ねぇお願い、そんな顔しないで……。本当に大丈夫だから。だからジゼル、今はゆっくり休んで……」

「　3　」

ノイズが走り、意識が飛ぶ。

私はその感覚を振り払い、ジッと鏡の中の自分の姿を見つめて呟く。

「アウロラの手術は無事に終わっただろうか？」

アウロラは大丈夫と言ったが、やっぱり心配だ……。この屋敷の連中は、私達の命なんて紙くず程度にしか思っていないんだからな。手術を行うのは地下と言っていたな……。以前、男から地下に続く秘密の入り口のことを聞いたことがある。それを使えばアウロラの元にたどり着けるかもしれない。

私は、その場で軽く足踏みをする。

痛みは走るが、なんとか動かせる。見つかったって構わない。アウロラはきっと一人で怯えている。

地下に向かおう……。

「おい！　なんだ貴様！　橋を渡る許可は出ていないぞ！」

回廊にいる監視の男が椅子から立ち上がり、私を睨み付けた。

「通してくれ。ジェイコブさんに呼ばれたんだ。昨日のお礼とかなんとかで……」

「なんだと、またあの人か……。いいだろう、通れ」

完全なでまかせだったが、その男の様子を見る限り、過去にも似たことがあったのだろう。いかにもあの男が言いそうなことだ。

奴はきっと自分が殺した少女のことなど覚えてもいないのだろう。

私は貯蔵室の隠し扉からせん階段を抜け地下通路を進み、やがて四つの鉄の扉がある場所へとたどり着いた。

「随分と陰気な場所だな……」

その場は寒々とした明かりで照らされ、シンと静まりかえっている。

私は四つある扉の内の一つに耳を当て、その先の様子を窺う。扉を開けて中の様子を探ろうと思ったが、その時になって、その扉には取っ手すらついていないことに気づいた。

専用の鍵が必要なのだろうか？　これでは開けようがない……。

扉の前で呆然と立ちすくんでいると、

「……ッ！」

不意に扉が開き、そこから一人の人影が現れた。

しまった……ッ！

咄嗟にその場から逃れようとするが、通路には身を隠せるような場所はない。

中から現れたのは白衣を着た男だ。

黒髪を七三にわけ、酷い猫背で顔色が悪い。その姿はまるで地下に住むモグラの姿を連想させる。

男は私を見つけると、ハッとその目を見開いた。

「娘……侵入者!?」

「待ってくれ！　私はアウロラの見舞いに来ただけなんだ！」

男は怪訝な表情を浮かべて呟く。

「アウロラ……」

私は秘密の名前を喋ってしまったことに気づき、慌てて言葉を続ける。

「あ……違う……。ともかく今日、手術をした娘がいるはずだ。その娘のことだよ」

「アウロラなら……知ってる……」

その言葉を聞いて、私は思わず目を見開いた。

男のその様子から見て、私が口を滑らせたからアウロラの名前を知っているというわけではないらしい。だとするとアウロラ自身がこの男に名前を教えたということになる。ひょっとしてこの男がアウロラが言っていたあの……。

「……ッ！」

私はハッと廊下の奥に視線を向ける。

数人の声が近づいてくる。

その中、男はその身を扉の端に寄せて言った。

「入りなよ……。アウロラならこの中にいる……」

この男……本当に信用していいのか？

私がまごついている間も、声は大きくなる。

駄目だ……中に入るしかない。

私は扉の中へと足を踏み出した。

「アウロラ……ッ！」

私はベッドの上にいるアウロラの姿に気づくと思わず声を上げた。

薄暗い部屋には手術台のようなベッドが備え付けてあり、そこにアウロラが横たわってる。アウロラは意識を失い、弱々しい呼吸を繰り返していた。

「あまり大きな声を出さない方がいい……。今は薬で眠らされている」

「手術は上手くいったのか？　もしかして、あんたが、ノーマンって人なのか？」

「アウロラから聞いたのか？　そうだ、僕の名前はノーマン・ノース。僕は手術に関しては門外漢だが、アウロラの手術自体は成功したと聞いている」

「良かった……」

私は安堵の息を吐くが、ノーマンは顔を曇らせる。

「それが、あまり良くない……。アウロラは両方の腎臓を患者に提供し、その代わりに患者の腎臓が戻されている。今、アウロラの身体の中にあるのは病気で透析力の落ちた腎臓だ。これだと今後、かなり身体に負担がかかることになるだろう……」

私は思わずその場から立ち上がり声を荒げた。

「両方の腎臓を移植⁉　そんな馬鹿な話があるか！」

「勿論、僕は反対した……。だが、僕は所詮、この施設に捕らわれた研究者だ。僕の意見なんて彼らには通じない」

「それでも……」

ノーマンに詰め寄った時、不意に扉の向こうから声が聞こえた。

「……ッ！」

私は咄嗟にベッドの陰に身を隠す。

やがて、部屋の扉が開き、二人の男が入ってくる。

誰だ……？

その姿は足下しか見えないが、一人はレイモンド卿、もう一人は知らない男だ。

「それにしても妙なことをおっしゃいますなぁ。ミスターヒギンズ。ドナーになった娘を見たいとは……。こんなものを見ても、ただ気が滅入るだけですぞ」

ヒギンズと呼ばれた男は震える声を上げる。

「それでも見たいのです……。彼女は娘の命の恩人なのですから……」

レイモンド卿は小さく咳払いした。

「なるほど、ミスターヒギンズは実に慈悲深いお人だ……。こちらがご令嬢に臓器を移植した娘です」

「彼女はこの後……どうなるのです？」

「ご安心を。適切に健康を管理し、生活に問題ないように処置されます」

「宜しくお願いします……。臓器を提供した娘が、こんなにか弱い少女だったなんて……。

彼女の臓器の機能は低下している状態なのでしょう？　お金は払います。ですから出来るだけ彼女を良くしてやってください……」

「それは勿論ですとも。さあさあ、こんなところにいては気が滅入る一方だ。旨いブランデーでもいただきましょう。係の者に案内させますから、どうぞ上の方へ。私はこちらの方で二三用事を済ませた後に伺いますから」

「くれぐれも彼女の内臓の方を気にかけてもらえると助かります。それでは……」

弱々しく震える声が聞こえた後、再び扉が閉まる音が聞こえた。

足音が遠ざかった後、レイモンド卿が鼻を鳴らす。

「ふん……どうもあの男は感傷的過ぎるのが問題だな。とはいえ、それだけのためにあの地位や名誉を犠牲にするとは思えないが……。ヴィンセント。一応、ロイ・ヒギンズの監視レベルを一段階上げておけ」

一体、誰に話しかけている？　この場所に入ってきたのは二人ではなかったのか？

そう思っている時、

「かしこまりました」

低い男の声が答えた。

僅かに間を置き、再びレイモンド卿の声が響く。

「それにしてもノーマン。お前は手術担当ではないはず。何故、こんな場所にいる？」

「抗体マスキング処理が正常に機能しているか確認していただけです。すいません……」

「まあいい……この娘には今後、他の移植のスケジュールが入っている。それまで臓器の状態を正常に保たせれば問題無い。そのように調整してくれ」

「……はい」

ノーマンの言葉の後、再び扉の音が響き。男達の気配は遠ざかる。

私はそれを確認した後、ベッドの陰から立ち上がった。

「他の移植スケジュールだと。あいつらはこれからもアウロラの身体を切り刻み続けるつもりなのか……」

「彼らはそのつもりだ……。ジゼル、僕はアウロラを助けたい……」

私はジッとノーマンを見つめる。

「私のこと、アウロラから聞いたんだな……」

「ああ、そうだ。君はこの島から逃げようとしているのだろう？　僕なら手を貸せると思う。その代わりに、一緒にアウロラを外の世界に逃がしてやってほしい。無事に生きてこの島から出られるかどうかまでは保証できないが、このまま島に残るよりはずっと可能性はあるはずだ……」

「素直には信じられないな……。何故、見ず知らずの私達にそこまでする？　そんなことがバレたらあんただってタダでは済まないはずだ……」

ノーマンは両手を机の上に置き、大きく息を吐き出した。

「僕は疲れた……。この島はあまりにも穢れている。人間の最も醜い意識が濃縮され、充満しきっている。僕はこんな歪んだ欲望に手を貸すつもりはなかったんだ……。僕はただ、この世界の人々を幸せにするために研究者を目指したはずなのに……。研究者を目指し始めた子供の頃の僕が少女達を殺し続ける……毎日そんな悪夢にうなされている……」

ノーマンはアウロラに視線を向け、言葉を続ける。

「その上、彼女まで失ったら僕は生きていけないだろう……。この悪夢を終わりにするために、君達を助けたい。これは、僕の無意味な贖罪かもしれないし、単なるわがままかもしれないが……」

「何故私を選んだ？　他の娘を選ぼうとは思わなかったのか？」

「ここまで忍び込む胆力とその運を買った。それに……皮肉なことだが、もうこの島で五体満足な娘は君しかいないんだ……」

私はハッと目を見開く。

その当たり前の事実に今さら気づき、歯を食いしばる。

アウロラだけではない。他の青色リボンの娘も同じように身体を切り刻まれ続けているのだ。

「……私が協力できることは少ないぞ。それに私は赤色リボンの娘だ。連中の気まぐれでいつ殺されてもおかしくない」

「僕が人体実験の許可を取り付ける。かなり危険な実験のために死んでもいい被験体が必要だ、と……。青色の娘達は臓器移植のために必要だし、黄色の娘は今はいない。消去法的に君が被験体に選ばれることになるだろう。それでしばらくの時間稼ぎは出来るだろうし、僕とのコンタクトも取りやすくなる……」

私はその言葉に頷きつつも、ノーマンを睨み付けて言った。

「あんたは、今までそうやって他の娘達を人体実験に利用してきたのか?」

ノーマンはその顔を曇らせ、視線を落とす。

そうして、ほとんど聞こえないような小さな声で呟いた。

「それは……聞かないでくれ……。次はこちらから連絡する……。もうここには忍び込まない方がいい……」

「ああ、今度ここに来る時は招かれた時だ」

「　4　」

再び、ノイズが走り、私の意識は再びあの鏡の前まで引き戻される。

あれからしばらくの時間が経った。

私は鏡に映る自分の姿に視線を向ける。既に以前の怪我は治っていた。

「計画は進んでいる……早く地下に向かおう……」

「待っていた……ジゼル。アウロラは中だ」

ノーマンに促され私は部屋の中へと入る。

ベッドに眠るアウロラの姿は、あれ程に元気だったことが嘘に思える程弱々しい。その呼吸すらも苦しげに見えた。

「アウロラ……酷く苦しそうだ……」

「今日の手術はかなり厄介だったと聞いている。移植した臓器は……」

私はノーマンの言葉を遮る。

「止めてくれ……聞きたくない……。ノーマン、まだ脱出の手はずは整わないのか？このままじゃ時間切れになる」

「既に手はずは整えた……。だが、今のアウロラの状態では、外に出るのは無理だ。君達二人が犬死にするだけになる……」

「なら、いつこの島を出られるっていうんだ！　これからもアウロラの身体は切り刻まれ続けるんだぞ！　これから先、今の状態よりも悪くなることはあっても、良くなることはない！　そんなことわかっているはずだろう！」

「勿論、僕もそれは理解している……。だが、腎臓移植を行った後からアウロラの体力の低下が著しい。今の状態のアウロラを連れていけば必ず計画は失敗するだろう……」

ノーマンは苦しげに答えた後、机に置かれた一つの瓶を手に取る。

「そのために僕は超再生の試薬を開発している。……いや、これは不死の薬と言えるかもしれない。この試薬が完成すれば、アウロラの身体の状態は万全になるはずだ。そうすれば君達は無事にこの島を脱出することが出来る」

「不死の薬？　本当にそんな物が出来るのか……？」

「既にそれに近い薬は完成しているんだ。だが、現在の薬は人を不死化させるがその原形を失わせる不完全な物だ……。これを利用すればその被験者の細胞は無秩序に増殖し、化け物になってしまう。だが、完全な薬の完成まであと少し……あとほんの少しなんだ……。僕のすべての知識、技術を使って必ず完成してみせる」

「その完成した薬を使えば、本当にアウロラの身体は良くなるんだな？　嘘だったらただじゃ済まさないぞ。これ以上、アウロラが苦しむ姿は見たくない……」

私がそう言葉を絞り出した時、

「……ジゼ……ル……？」

その場に弱しい声が響いた。

「アウロラ！　目が覚めたのか！」

私は慌ててアウロラに駆け寄る。

アウロラは私の顔を見返した後、その顔に不安げな表情を浮かべた。

「お見舞いに来てくれたのね……ありがとう……。ねえ、一昨日からキトリが戻ってきてないの……。ジゼル、キトリがどうなったか知らない？」

「私は知らない……」

そう言った後、私は顔を曇らせ、首を振る。

知らないのは確かだが、この島において、戻ってこないということはそれは大抵、最悪のことを示している。

「ノーマンさんは？」

「……僕も知らない」

ノーマンも私と同じようにその顔を曇らせて言った。

いや、その表情は私よりも深く沈んでいる。

もしかするとノーマンはその結果を知っているのかもしれない。

ノーマンはそれを誤魔化すように言葉を続けた。

「アウロラ、疲れただろ、今は休んだ方がいい……」

アウロラは弱々しくその首を振る。

「もう少しお話しさせて……。私、明日も手術だから、もう少しだけお話しがしたいの……」

「……ッ！　明日も手術だなんて、そんな……」

「ジゼル、悲しまないで。必ず無事に帰ってくるから……」

アウロラは笑みを浮かべてそう答えた後、ノーマンに視線を向ける。

「そうだ、ノーマンさん。機械の中にもう一人の私を作るってお話。あれって今、出来るの？」

「ああ、ここには装置も揃っている。すぐにでも出来ると思うけど……」

「そう、良かった。せめて機械の中だけでももう一人の私が元気でいてくれたら、それはとても素敵なことだと思うから……。お願いしてもいいかしら？」

「わかった……準備を始めよう……」

一人、話から取り残された私は二人に不安げな視線を向ける。

「アウロラ……一体、何をするつもりだ？」

「ジゼル、そんなに不安にならないで……機械の中に私のコピーを作るだけよ」

アウロラはそう言った後、私に手を伸ばす。

「ねぇ、ジゼル私の手を握って……。一つだけ、私のお願い聞いてくれる？」

「……ああ」

アウロラの手は悲しくなってしまう程に冷たい。こんなにもアウロラの手は弱々しいものだっただろうか。思わず感情が溢れ出しそうになるのを堪える。

アウロラは私の手をギュッと握りしめた。

「ジゼル……私を置いて、逃げて……」

その言葉を聞いて私は思わず息を飲む。

「アウロラ、何、言ってるんだ！　元気になって私と一緒にこの島から出る。そう約束しただろ！」

アウロラは小さく笑って首を振る。

「いいえ、ジゼルは一人でこの島を出るの……。そして、豪華客船の大富豪に拾われて、何不自由なく幸せに暮らすの。美味しい料理を食べて、世界中を旅して、そしてふかふかのベッドで眠るのよ。ねぇ、お願い、ジゼル。これが私のたった一つのお願いだから……」

「どんなに幸せだろうとも、アウロラのいない世界なんてただ悲しいだけだ……。そんな世界耐えられない。どんな地獄だろうとも私はアウロラさえいれば……」

「それは私も同じよ、ジゼル。もしも生まれ変わったとしても、この島がどんなに辛い地獄だろうとも、私はあなたに会えるのなら、必ずこの島に帰ってくる……。大丈夫、私とあなたの心はどんなに離れていようとも必ず繋がっているから。だから、お願い……」

アウロラはそう言って、瞳を閉じた。

直後、アウロラの手からカクンと力が失なわれたことに気づき、私は思わずその手を握りしめる。

「アウロラッ！」

ノーマンがアウロラの様子を確認し、口を開いた。

「眠ったみたいだ……。仮想空間上に人格複製を行う準備をしないといけない。これはアウロラが望んだことだから……」

私はジッとアウロラを見つめたまま、ノーマンに問いかける。

「ノーマン……アウロラの明日の手術は一体どの臓器を移植するんだ……？」

ノーマンはしばらく無言のまま押し黙ったが、

「心臓だ……。相手は交換移植がギリギリ可能な程のかなり幼い子供らしい……」

そう静かに呟いた。

「そんな幼い子供の……病気の心臓をアウロラに付け替えるっていうのか！　それじゃ、アウロラの身体が持たない！」

私は叫び、ノーマンの胸ぐらに摑みかかる。

「大丈夫、アウロラは必ず僕が助ける。さあ、今はこの処理を終わらせないといけない。すまないが、少し離れてくれ……」

「ノーマン、絶対にアウロラを助けてくれ……。アウロラはとても優しい娘なんだ……」

「ああ、わかっている……」

私のすがるような声が響く中、ノーマンはジッと宙を見つめてそう呟いた。

」5「

私の意識は再び鏡の前に引き戻された。

私は自分の顔を見つめて呟く。

「アウロラの元に急ごう……」


地下は、いつもより人が多く、ざわついていた。

時折、誰かの怒声が響く。

アウロラの手術は無事に終わったのだろうか？　なんだか嫌な予感がする……。

人混みを抜けると、ノーマンの姿が見えた。

ノーマンはいつもの深沈な様子と打って変わり、大声を張り上げていた。

「トマス医師！　何故、不完全な試薬を彼女に使ったんです！　予定では術後の彼女の身体は僕に預けることになっていたはずだ！」

その怒声が向かう先、トマスと呼ばれたその肥満体の男は、かけている丸眼鏡を直しながら困惑した表情を浮かべた。

「まいったなぁ……。僕は屋敷側の要望通りに処置を行っただけなんだけどなぁ……。それに彼女は元々処分予定だった娘でしょ？　それなら問題はないと思うんだけど……」

「こちらには重要な実験を行う予定があった！　一体誰がそんな要望を出したんです！」

「ヴィンセントさんですよ。なんでも、軍関係のお偉いさんに売り込みするためにもう二三体実験体が必要って話でしたけど……。話が通ってなかったのなら、文句はヴィンセントさんの方に言ってくださいよ」

「くっ……！」

私にはその事情は飲み込めないが、なにか大きな問題が起きたことは確からしい。

私は慌ててノーマンに駆け寄った。

「ノーマン、何か問題が起きたのか……？」

「ジゼル……！　こっちに来てくれ……」

ノーマンは私の腕を掴み強引に部屋の中へと引き入れる。

部屋に入った私は、ベッドの上にいるアウロラがちゃんと呼吸をしているのを見て安堵の息を吐き出す。

だが、ノーマンはそのベッドの上に覆い被さるようにしてその身を倒し、呻くように声を上げた。

「駄目だ……駄目だ駄目だ駄目だ……。すべてが終わってしまった……。やっと薬が完成したのに、これがあれば世界中の人を助けることが出来るのに、僕はアウロラ一人助けることが出来ない……」

「ノーマン……。一体、何を言っている？　アウロラは……手術は、どうなったんだ？　教えてくれ！　ノーマン！」

「屋敷の連中が勝手に未完成の試薬をアウロラに投与してしまった……。すべて終わりだ！　終わってしまった！　もう彼女を救えない……何故こんなことに……」

「なんだと!?　何を言っている！　アウロラはまだこうやって生きているじゃないか！　何故、助けられない!?　ノーマン！　何故だ！」

私がそう声を張り上げた直後、視線の先にいるアウロラの目が見開かれた。

それを見た私は思わずビクリとその身を震わせる。

確かにアウロラは生きている。だが、その目からは完全に光が失われ、私の存在にすら気づいていない。

「ア、アウロラ……？」

「未完成の試薬は急速に既存の組織を別の組織へと置き換えていくものだ……。つまり生物学的に別の生き物へと変化させてしまう。恐らく、もう彼女は僕達のことも認識出来ていないだろう……。ジゼル……彼女は失われてしまったんだ……」

全身の肌が粟立つ。

アウロラの瞳は何も映しておらず、まるで洞穴のようだ。アウロラの中からその存在自体が消失してしまったような、そんな確信に近い恐怖を覚える。

「そんな！　どうにか出来ないのか！　あの薬は!?　完成したんじゃないのか！　それ

を使えば……」

「未完成の試薬を投与されてしまった後では駄目だ。既に大半の組織の置き換えが進んでいる。この状態で薬を使っても、ただ歪な組織を増殖させる結果にしかならない……」

「なんと言われようが、私はアウロラを連れて行く！」

私はアウロラに手を伸ばそうとするが、その手をノーマンが摑んだ。

「それだけは駄目だ！　今の彼女を外に連れ出せば、ジゼルやアウロラ自身だけではなく大勢の人に不幸をもたらすことになる！　それだけはよすんだ！」

「じゃあどうしたら……」

私は呆然と呟いた後、アウロラの肩を摑んで叫ぶ。

「アウロラッ！　アウロラッ！　私がわからないのか！」

アウロラのその瞳は私を認識していない。

ただただ無感情に、暗い洞穴のような瞳を向けている。

それを見た私は何も言葉を発することが出来ず、冷や汗を滲ませた。

本当にアウロラは消えた……死んでしまったのか？

「人間の個とは思ったよりも曖昧で不確かな物だ……。人間の精神がどこにあるのかと問われれば大半の人間はそれは生身の脳にあると断言するだろう。だが、実際はそれほど単純なものではない。心臓移植によってその記憶が転移するという考えすらある

「……」

「心臓……」

私はジッとアウロラを見つめる。

アウロラの精神は失われてしまった。そうとしか確信出来ない程にアウロラの変化を感じる……。薬の投与だけではなく、心臓を失ってしまったことによってアウロラの精神はなくなってしまったのだろうか？　ならば今、アウロラの心はどこにあるというのか？

ノーマンは震える手でアウロラの頬をなでる。

「彼女の精神はもはや仮想世界の中にしか存在しないのだろう……。化け物に変わり果てるくらいならこの肉体も終わらせてやった方が彼女のためなのかもしれない……」

ノーマンはそう言った後、私の方を向いて言った。

「ジゼル、逃げろ。それがアウロラが最後に望んだ願いだ……」

ノーマンは部屋の一角に置かれたパソコンの前まで行くとそこにあるキーボードのエンターキーを叩いた。

カタンと僅かな打音が響いた直後、部屋にけたたましい警報が鳴り響いた。いや、それはこの部屋だけではない。警報は連動し、この施設のすべてで鳴り響いている。

「……ッ！　ノーマン！　何をした！　一体何が起こっている⁉」

ノーマンは私の問いかけに答えないままジッとアウロラを見つめる。

そうした後、ノーマンはその場から踵を返した。

「僕についてこい……。最後の仕上げを行う……」

私はその姿を呆然と見送った後、アウロラに身を寄せる。

もはや何も映さなくなったその瞳を覗き込み、語りかける。

「アウロラ。あなたはとても優しかった……。自分の痛みよりも人の痛みばかりを気にかけている人だった……。あなたがいなければ、私はきっとこの島でなんの希望も見いだせずに死んでいっただろう」

そう言った後、私はアウロラの頬をなでた。

「アウロラ、私はあなたを一人置いていくことになる……。でも大丈夫……私は必ずまたこの島に戻ってくる……。そして、必ず……」

通路では屋敷の研究者や職員達が逃げ惑い、大混乱になっていた。

「じ、実験体が逃げ出した！　早く上に逃げるんだ！　こ、殺されるぞ！」

かなり危険な物が逃げ出したらしい。私のこともまったく目に入っていない様子だ。

ノーマンはそんな彼らをただ無表情に眺めながら、皆が逃げる方向とは逆の方向に歩を進める。

「こっちだ、早くしろ……」

「ああ……」

通路の先、扉を抜けた先に出ると、そこに赤い肌をした人間のような生物が立っており、血まみれのまま何かをむさぼり食っていた。

私はそれに啞然と視線を向ける。

一瞬、それは私達に襲いかかるような格好を見せたが、すぐに興味を失ったかのように動きを止めた。

「大丈夫だ。奴らには僕たちを襲えないようにプログラムしてある」

ノーマンはその側を平然と進み、私もそれに続く。


「なんなんだ……ここは……」

その扉の先には広大なドーム状の地下空間が広がり、数々のモニターと入力装置、そして奥にある巨大な水槽に巨大な脳のようなものが浮かんでいるのが見えた。

「もうこんなものどうでもいい。すべては終わってしまったんだ……。ただジゼル、君だけは生き残れ……」

ノーマンはそう呟き、床の一部を操作する。

やがて床から黒い端末が現れた。

それは人が抱えられる程度の大きさで、上部に備え付けられた入力装置とディスプレイがあるパソコンのような機械だ。

「この装置の中に僕が研究した不死の薬とその研究データを入れておく……。ここにこれが存在することは、今後の君の命の保証、あるいは切り札となるだろう。これを彼らとの交渉に利用してもいい。利用法は君に任せる。解除コードは『ARR144』。ごく簡単なコードだが注意してくれ。このコードを一度でも間違えたりこの装置に連結するシステムに対する不正なアクセスを検知すると、この施設の隠蔽プログラムが作動するように設定してある。すなわち、この施設全体が爆破されこの施設すべてが闇に葬られる」

目の前にノイズが走る。

か、解除コード……ッ！　やっと、ここまでたどり着けた！

「……ッ!?」

突如として生じた思考の乱れ。私は思わず額に手を当て、身体をよろめかせる。

「どうした？　顔色が悪いぞ……」

「い、いや……なんでもない……」

なんだ？　今の思考の乱れは？　まるで、他の誰かの思考が割り込んできたかのようだった……。

混乱する中、ノーマンは言葉を続ける。

「君自身の命が惜しくないと言うのならば、今すぐに間違ったコードを入力してもいい。それでこの施設は破壊されるだろう。だが僕の考えでは、君にはアウロラとの約束を守ってほしいと思っている……」

先ほど通り抜けた扉の向こう側から激しい銃撃音が鳴り響いた。

ノーマンはジッとその方向を睨み付ける。

「さあ、ゆっくりしている暇はない。この混乱を利用して逃げるんだ。左側の扉の先に緊急時用の通路と脱出用のボートがある」

「ノーマンはどうする……？」

「僕は……先にアウロラの元に行く……」

ノーマンはそう言った後、ジッとその動きを止め、手に持っていた銃に視線を落とした。

「そうか……。ありがとう、ノーマンがいなければ私はきっと……」

「感謝なんて必要ない、ジゼル……。そうだ、これを持って行くといい」

ノーマンは首元にかけているループタイを外し、それを私に投げ渡す。

それは中央に灰色の石の飾りがあるシンプルな物だ。

「これは……？」

「あるいはこの先、この屋敷の人間達が過去の研究を復活させ、不死の薬を完成させる時が来るかもしれない……。これはその時のための最後の対抗策だ。この中に不死を無力化する試薬とそのデータを仕込んである」

私はそれを手早く自分の首に巻き付ける。

「ああ、わかった。肌身離さずつけておく……」

これが私の切り札……。決して知られてはならない秘密……。隠し通さねばならない……。

………………。

私の視覚にひときわ大きなノイズが走る。目がくらむような眩しさ。

思考の混線。

こ、ここだ！　こんなところにすべての答えがあったなんて……ッ！　伝えないと！　今すぐ！　早くしないと……みんなが……！

意識が乱れる。私はノイズにまみれたその宙を睨み付ける。

まただ……また、私の中に別の誰かの思考が……。消えろ……私の中から出ていけ！　私は私の中に生じたなにかの声を二度と浮かび上がらないように無理矢理押さえつける。

その場に扉を破壊しようとする音が響いた。

ノーマンはその方向に視線を向け、呟く。

「ジゼル、頼んだぞ……。ひょっとすると、僕は君にとても過酷な運命を押しつけてしまうことになるのかもしれない……」

「ああ……大丈夫だ。過酷なのには慣れているからな。じゃあ、ノーマン。さようなら……。いや、またいつかどこかで……」

「ああ……」

ノーマンが頷いた直後、その場に扉を破壊しようとするひときわ大きな音が響いた。

「さあ！　行くんだ！」

「……ッ！」

私が脱出通路に抜けた時、遠くから一発の銃声が聞こえた。

それは銃弾の連射ではなく、ただ一発の銃声。

それだけで終わった。

私はその音の方向へとジッと視線を向け、呟く。

「ノーマン……」

だが、私はそれ以上感慨に浸るのを止め、その意識を切り替える。

今は自分のことを考えろ……。グズグズしていると屋敷の連中に追いつかれる。

不意に、その身を寄せた廃棄物コンテナから酷い悪臭と共に大量のハエが飛び交っていることに気づく。

私は構わず先を急ごうとしたが、そこから人の足のようなものが覗いていることに気づき、その歩を止めた。

「まさか……」

私は強烈な胸騒ぎを感じ、その上にかけられたビニールシートを剝ぎ取る。

その下から、少女の成れの果ての姿が現れたのを見て、私は思わず叫んだ。

「……ッ！　クソッ！　キトリ……ッ！　やっぱりあいつらに殺されていたのか……。酷すぎる……こんなにゴミみたいに扱われて……」

キトリの胸から腹部までは長い傷が真っ直ぐに走っている。身体の中の臓器をあらかた取り出したのか、荒く縫合された傷跡には固まった血がこびりついている。

これが青リボンの末路か……。

私は冷たくなったキトリの頰に手を添えて呟く。

「キトリ……。あなたは私と性格が全然違って酷く臆病だったけど、見た目はよく似てるってからかわれていたっけ……。ごめん。こんなにまでなってるのに、私はキトリにもっと酷いことをしようとしている……。許してくれ、キトリ。あなたの身体を使わせてもらう……」

私はキトリの遺体を抱え上げ、再び出口に向かって進み始めた。

通路を抜けた先には更に下へと続く長い階段があり、その先に大きな洞窟が広がっていた。

私は荒く乱れる呼吸をなんとか収めて、辺りを見渡す。

ここがノーマンの言っていた脱出経路か……。

洞窟の中に作られた船着き場には小さなボートが一艘だけ係留してあるのが見えたが、そのボートは小さく、とてもベーリング海を渡れるような代物ではない。大きな船は他の連中が逃げる際に使われてしまったのかもしれなかった。

だが、私には選択肢はない。たとえそれが自殺行為に等しいとしても、この小さな船で逃げるしかない。

私は船外機の始動準備を終え、スターターロープを引き抜いた。

「いたぞ！　あそこだ！」

エンジンがかかったかどうかの瞬間、私を追ってきた男達の怒声が聞こえた。

数発の銃弾が放たれ、私の側をかすめる。

私はボートの船尾に身を隠すようにして、スロットルを回す。

エンジンは唸りをあげ、ボートはベーリング海へ向かって進んでいった。

」6「

私はただその一面に広がる海をただぼうっと眺め続けていた。

もうあの島はどこにも見えない。ただただ海ばかりが続いている。

このベーリング海で私を見つけ出すのは相当に難しいはずだ。

だが、私はとても安堵の息を吐く気にはなれない。この船は吹けば飛ぶような小舟だ。

半ばこれは死の航海だろう。

やがてエンジンの燃料は尽きて、ボートは停止する。

後はもう延々と漂流し続けるだけ……。

私があの島を逃げ出した直後、近くの港すべてに警戒網が敷かれたはずだ。仮にどこかの島にたどり着こうとすれば、その時点で私は捕らえられていただろう。

だから、私が生き残るためにはこの方法しかなかった。漂流し続けて、偶然通りかかった船に救助してもらう。その僅かな奇跡に賭けるしかない。

だが、それまで私の命が持つだろうか？

船室の中にいれば、なんとか寒さはしのげる。

後は水と餓えをどうしのぐか……。


「よし！　捕まえた！」

船の上に群がった鳥を捕まえ、そのままそれにかじりつく。

流れ出る血を飲み干し、喉の渇きを僅かにだけ潤す……。

まだ、なんとか生きているが、そう長くは持たないかもしれない……。

めまいが酷く、視界がぼやける。

寝ているのか起きているのか曖昧な感覚が続く。

寝るのが怖い……。目をつむったらそのまま私は死ぬのではないだろうか……。

みんなの元に行く……。


ごめん……。みんなを犠牲にしても、結局私は逃げることが出来なかった。もうすぐ私はきっとこのまま死ぬのだろう。

もうほとんど身体も動かせない。

まるで何かで耳を塞がれたように、すべての音が遠い。

時折、遠くで鳥の鳴き声が聞こえる以外、ほとんど何も聞こえない。

静かだ……。

「……」


なんの音だろう……。

遠くから微かに何かの音が聞こえる。

幻聴なんだろうか……。

再び、同じ音が鳴る。

いや……まただ……今度はもっとハッキリと……。

これは……汽笛……!?

「おおい！　誰かいるかー！」

誰かの声が聞こえた。

その直後、私の目の前に大きな影が現れる。

船……漁船……ッ！

声を出さないと、私はまだ生きている！

「……ハッ！　……ここに……いるッ！」

喉が張り付き、声が声にならない。それでも叫ぶ。

私はすべての力を振り絞り、身体を起こす。

「……ここにいる！　私は……ここにいる！」

漁船の男が私に気づき、大声を張り上げた。

「おい！　誰かいるぞ！　船を寄せろ！　浮き輪を投げろ！」

私は船の上に投げ入れられた浮き輪に這うようにして近づき、身体を通す。やがて私の身体は強い力で引き上げられた。

太く、屈強な腕が私の身体を漁船の上へと持ち上げる。

「おい、しっかりしろ！　もう大丈夫だ！　おい！　あの船の中にはもう誰もいないのか！」

私は最後の力を振り絞り、叫ぶ。

「あの船には……もう……誰もいない！」

「ああ！　わかった！　しっかりしろ！　今、ベッドに連れてってやるからな！」

私は薄れゆく意識の中、船に取り残したキトリのことを思った。

キトリ……ごめん……。あんなに苦しんだのに、死んだ後もその身体を汚すようなことをして……。

もうキトリの身体はほとんど島に食べられてしまっていたけど、私が船を離れれば飛び交う数々の海鳥達によって、完全に骨だけになる。巨大な鯨の死骸すら数週間で骨だけにするほど、このアリューシャンの海鳥達は無尽蔵に溢れている。

骨になったキトリはやがてあいつらに見つかって、私の死体と誤認されるだろう……。

奴らは逃げ出した私にしか興味がない。他の死んだ娘なんて奴らにとっては単なるゴミにしか過ぎないんだ。

キトリの死体が消えたことには誰も気づかない。

そして、私は死んだことになる……。

私は賭けに勝った。

ああ……アウロラ……キトリ……フロリナ……クララ……。

私は必ず……必ず……あの島に帰り……。

そして…………。

」7「

……………。

完全な暗闇。

やがて視覚にノイズが走る。

私はその目をゆっくりと開く。

ぼやけた焦点はやがてその像を結び、ベッドの裏側の光景を映し出す。

「ここは……？　確かに私はあの島から逃げて……」

混濁した記憶の中で、私はいつものようにそこに刻まれた傷跡に手を伸ばす。

「……ッ！」

私はその瞬間、恐怖と共にその身を跳ね起こした。

その傷跡は数え切れない程、びっしりと刻まれていた。それらはまるで虫のように蠢き、私の元へと迫る。

私はそれから逃れ、思わず間近の壁に手をつく。だが、その傷跡は壁にも溢れ出し、蠢き始める。

私は怯える視線で辺りを見渡した後、壁からその身を離し、洗面室へと逃げ込む。

私はすがるように洗面台にもたれかかり、その先にある鏡を見つめた。

鏡の先には、いつもの私の顔があった。

シロナガス島の中、牢獄の中の鏡。

私は荒い息を吐き出す。

頬から冷や汗が流れ落ちる。

私はジッと私自身の瞳を見返す。

視界にノイズが走る。

自分の意識がまとまらない。

ここはどこだ？

私は一体……。

私は鏡の中の自分を見つめたまま、その手を伸ばす。

手を重ね合わせ、私自身をジッと見つめて問いかけた。

「私は……誰だ？」

第十二話

シロナガス島への帰還

三二四

」1「

「私は誰だ……」

私は……本当の私ではない、そんな気がする……。

私はもっと違う人間だった。とても臆病でとても寂しがり屋で……。

だが、だとしたらこの鏡の前にいる人間は誰だ？

私は問いかける。

「私は誰だ？」

思い出せ。私はすべてを記憶することが出来るはずだ。

「私は誰だ……。私……違う……私はこの鏡の前にいる私ではない……。私……いや、ボクは………」

深い深い泥の中から、意識を這い上がらせる。

私……いや、ボクは自己としての意識を呼び起こす。

ボクの名前は……。

「ボクの名前は……出雲崎……ねね子……。ボクの名前は出雲崎ねね子だ！」

再び、強烈なノイズが走った。

それと同時に、鏡の中に映る自身の姿が自分のものへと変化する。

左目を長い髪で隠し、セーラー服を着たボクの姿。

「や、やっと……やっと、思い出した。ボクの名前は出雲崎ねね子……今までジゼルの意識に飲まれてずっと自分の意識を取り戻せなかった。だけどやっと……」

ボクは鏡の中の自分に向かい、すがるような視線を向ける。

「で、でも……どうやってこの状態から目覚めればいいんだ！　意識を覚醒しようとしてもまったく目覚める気配が感じられない。このままだとボクはずっとジゼルの意識の中に捕らわれ続けることになる！　池田！　池田！　助けて！　ボクを目覚めさせてくれ！」

ボクは鏡の向こうに向かって叫ぶが、いくら呼びかけようとも、その言葉は届かない。

そんなことはわかりきっている。

「ううう……どうすれば……どうすればいいんだ……。このままじゃ、ジゼルの意識に……」

ノイズが走る。

私は今目の前に見えた光景に唖然と目を見開いた。

「なんだ……今のは……？　一体、どうなっている？　私はどうしてしまったんだ？」

私は鏡を見て呟く。

「出雲崎……ねね子？　私は確かにその名前に聞き覚えがある……」

ボクはジゼルに向かって呼びかける。

「ジゼル！　お願い！　気づいて！　こ、この世界は現実じゃない！　この世界は、ジゼルの記憶の中の世界なんだ！」

やがて、ねね子の叫びが、深く沈んだ私の記憶を呼び起こす。

「記憶の中の世界……？」

その瞬間。

洪水のようにすべての記憶が溢れ出した。

すべての過去。すべての出来事。シロナガス島で出会った者達。

「思い出した……。すべてを思い出したぞ！」

私は、鏡の中に向き直り、その先にいるねね子に向かって叫んだ。

「ねね子ッ！　何故、お前が私の記憶の中に介入している！　まさか、私の記憶の中にダイブしたのかッ⁉　馬鹿な真似を！　私が死ねばお前も道連れになるぞ！」

「め、目覚められないんだ！　ジゼル！　お願い！　助けて！」

「私と意識を合わせろ！　現実世界の光景を強く思い描き、そこに向かって上昇していく意識を持て！」

連続したノイズと共に、鏡の光景が切り替わる。

私は鏡の中にいるねね子に向かって声を張り上げる。

「ねね子！　不死を殺す薬のありかはわかっているな⁉　あの中の薬をヴィンセントに打ち込め！　それしかお前達が生き残る方法はない！」

ボクは頷く。

「わ、わかった！」

「いくぞッ!!!」

辺りに地鳴りが響く。

直後、鏡に亀裂が走る。亀裂は壁へと広がりその大きさを増す。

やがて地鳴りは轟音となり、辺りの物すべてを揺り動かす。

壁に走った亀裂は裂け目となり、建物を崩す。

裂け目から溢れ出した光と共に瓦礫は四散し、巨大な白の空間へ飲み込まれる。

二人は上昇する。

果てしない上空へ。

現実へ。

2

「カッ……ハッ！　も、戻ったッ!!!」

ねね子は、ベッドの上で荒い息を吐き出した。

ベッドの上から身を起こし、辺りを見渡す。

そこには誰の姿もなく、ただ隣のベッドに未だに意識を取り戻していないジゼルが横たわっているだけだった。

　時折、遠くから地鳴りが響く。

　ねね子はそれにハッと視線を向けた後、ジゼルの側へと身を寄せる。

　そうしてジゼルの胸元にあるループタイに視線を向けた。

「こ、この中に、不死を殺す薬とデータが……」

　ねね子はそのループタイを手を伸ばす。

「ジゼル、借りていく……」

　ループタイの石の飾り部分に力を込めて取り外すと、中には小さなアンプルと小さな記録媒体が入っていた。

「あ、あった！　薬とデータが！　だけど薬の方はかなり量が少ないみたいだ……。これを注入して本当にヴィンセントを倒せるんだろうか？　データが入っているのは小型のフラッシュメモリか……」

　ねね子は近くに落ちていた端末を拾い直し、フラッシュメモリ内のデータの解析を始める。

「く、薬の製造方法と概要が記載されている……。薬学的なアプローチからではなく、人間を超精密な生体コンピューターの集合体であると考え、プログラムによってカスタムメイドされたウイルス。ウイルスを注入、あるいは接触、飛沫感染させることによって、細胞内の不死メカニズムを連鎖的に破壊することが出来る……。イチかバチかだけど、いけるかもしれない……。」

ねね子は顔を上げて、ヴィンセントがいるであろう宙に視線を向ける。

外から轟音が響く。

ビリリッと空気が震え、辺りのガラスが音を立てた。

「……ッ！　そ、外で何かが起こっている……。早く、準備をしないと……」


通路の外は、原形を留めない程に完全に破壊されていた。

まるでその場で爆発があったかのように天井は崩れ、大きなコンクリート片が山のように積もっている。

ねね子は顔を青ざめさせる。

「ひ、酷い……。ボクがダイブしている間にとんでもないことが起きたみたいだ……。み、みんな無事だろうか？　でも、今はボクが出来ることをやらないと……」

ねね子はそう呟いた後、その視線を隣の部屋へと向けた。

ヴィンセントを倒す手はある。

「それまで、どうかみんな無事でいて……」

「グッ……！」

ヴィンセントの強烈な一撃を受けた池田は、思わずその顔を歪めた。

直後、繰り出された追撃を池田は足と腕を使い完全にガードするが、その勢いを殺しきれない。池田の身体は車に衝突したかのような勢いで吹き飛び、辺りにある机をなぎ倒す。

だが池田は一瞬の内に体勢を立て直し、ヴィンセントに向けて銃弾の三連射を放つ。

ヘッドショットの後、腹部への二連撃。頭へ放たれた弾丸を躱し、体勢を崩したところに、最も避けづらい腹部へと銃弾を連射する。

完全に不意を突いたかに見えた攻撃だが、ヴィンセントは頭の弾丸を躱した後、腹部へと放たれた銃弾を素手で受け止めて見せた。

「化け物め！」

池田が吐き捨てたその言葉に対し、ヴィンセントはニヤリと笑みを浮かべる。

ヴィンセントは激しい戦闘によって破れた上着を脱ぎ捨て、その上半身を露わにした。

完全な肉体。一切の無駄がなく、すべての筋肉が跳ねるように躍動している。

ヴィンセントは己の肉体に満足げな笑みを浮かべた。

「素晴らしい、これが神の領域というものか」

「3「

「馬鹿を言うなよ。そんなものまがい物だ」

池田は瓦礫から身を起こす。

「試してみるか？」

ヴィンセントの身体が再び跳躍する。

その場から消失したかのような速度で繰り出された攻撃に、池田は防御体勢を取るだけで精一杯だ。

「グッ……」

ヴィンセントは強烈な一撃を繰り出した後もその攻撃の手を緩めず、とどめを刺すべく手刀を繰り出す。

それが池田の頭蓋を貫くかと見えた瞬間、

「……ッ！」

ヴィンセントの目に銃型の注射器が突き刺された。

注射器を刺した池田は、ヴィンセントの動きが止まったその一瞬の隙を突き、その場から飛び退く。

「ふふ……」

ヴィンセントは己の目に突き刺さった注射器を平然と引き抜いた後、その顔に笑みを浮かべる。

「まだこの私にも、人としての恐怖心が残っているな。今はかまわずお前を仕留め切るべきだった」

　ジッと池田に視線を向け、

「次からはそうしよう」

　そう言葉を続けた。

　池田は荒い息を吐き出す。

　流れ出した血は白のシャツを真っ赤に染め上げている。

　距離を取ろうとした池田の膝がガクリと落ちた。

「ほら、どうした！　逃げ足が鈍ってきたぞ！　さあ！　そろそろ死ぬぞ！」

「グッ……」

　強烈な一撃が再び池田を吹き飛ばし、池田は受け身すらとれずに、瓦礫の山へと崩れ落ちる。

「さあ終わりだ」

　ヴィンセントは止めを刺すべくゆっくりと歩み寄る。

　だがその直後、アキラが物陰から飛び出し、鉄パイプでヴィンセントの頭を殴りつけた。

「ヴィンセント！　この馬鹿！　いい加減にしなさいよ！」

　ガツンと鈍い音が響く。

　ヴィンセントはただ僅かに顔を傾けただけでまったくそれを意に介さず、アキラを払いのける。

「邪魔だ」

緩慢な動きのようにも見えたその一撃は重い。

アキラの身体は宙を舞い、地面へと叩き落とされる。

「キャッ！」

落ちた直後、アキラの足から鈍い音が響いた。

「アキラさんッ！」

アレックスが慌てて駆け寄り、アキラの身体を抱える。

ヴィンセントは肩をすくめてみせた。

「おっと、殺したかな？　この身体になってから加減が利かなくてね。だが安心しろ、無事だったら丁重に生かしてやる。世界を支配する準備にはまだ時間がかかるのだ、貴様らにはその間の暇つぶしの道具になってもらう。遺伝子を操作し、適当なキメラにするのも面白いだろうな」

池田は瓦礫の中から身を起こし、ヴィンセントに向かって強い視線を向けた。

「き、貴様……ッ！」

ヴィンセントはその場から立ち上がった池田の姿を見て、目を見開く。

「ほう、まだ立ち向かう意思が残っているのか。驚嘆に値するタフネスだな。普通の人間ならば、既に二、三回は死んでいることだろう」

池田は無言のままヴィンセントを睨み付ける。

絶望的な状況の中でもその目はまだ勝利の可能性を模索している。

不意に、その場にけたたましい鳴き声が響き、僅かな間を置いてシロナガス島の悪魔が姿を現す。

ヴィンセントはそれに視線を向け、頷いた。

「N―131か……いいだろう。食らっていいぞ。ここにいる連中ならば貴様の脳内に書き込まれた制御プログラムも作動することはないだろう。ただし、女は生かせ！　さあ行け！」

N―131はヴィンセントの言葉に反応し、ゆっくりとその身を動かし始める。

「……クソッ！　こ、ここまでか……ッ！」

だが直後、

「池田ァッッ!!!　これを撃ってェッ!!」

その場にねね子の絶叫が響いた。

それと同時に投擲された瓶が放物線を描く。

「……瓶かッ！　よしッ！」

池田はその瓶に照準を合わせ、引き金を引いた。

放たれた二発の弾丸。一発目は瓶を割り、二発目が内部の液体を引火させる。

だが、その着火地点はヴィンセントの位置から大きく外れてしまっている。炎はヴィンセントの背後へと散らばり、その場にあった瓦礫へと着火した。

その様子を見たヴィンセントは鼻を鳴らす。

「ふん……どこを狙っている？　まさかこれが貴様らの奥の手だったのか？　なんとも肩すかしだな」

間を置かず、火災を知らせる警報音が鳴り響き、スプリンクラーが作動する。遙か頭上にある天井から大量の水が雨のように降り始めた。

「さあこれで貴様らの未来は決まった！　最後のあがきは、なかなか滑稽で面白かったぞ、探偵！　茶番はこれで終わりとしよう！　行け！　N―131！」

池田は銃を構えた姿勢のまま、ジッとそれを睨み付ける。

だが、今にも池田に飛びかかろうとしていたN―131の動きが止まった。まるで何かを考えこむかのようにその場で硬直する。

「どうした！　なぜ動かない!?　こいつらには攻撃禁止のプログラムはなされていないはず。なぜ動かん！」

直後、プツリとN―131の肌が爆ぜた。

それは次第に連鎖し、肉が溶けるように身体を崩し始める。

やがて、N―131はその四肢を繋ぐすべての腱が断裂したかのようにその力を失い、倒れた。肉は溶け続け、次第にその肉体は肉塊へと変容していく。

それまで笑みを浮かべていたヴィンセントの顔に初めて困惑の表情が浮かんだ。

「……ッ！　なんだと!?　N―131の身体が！　一体、何が起こった!?」

直後、

「……ッ！」

ヴィンセントの皮膚が裂け、肉が爆ぜた。

ヴィンセントはその顔に驚愕の表情を浮かべ、池田に向かって声を張り上げる。

「……グッ……ウウ……ッ！　き、貴様！　一体何をしたッ！」

「さあね……俺にもよくわからん。ねね子に聞いてくれよ。だが一つ言えることは……」

ヴィンセントの額に照準を合わせ、その引き金を絞る。

「魔法ってのはいつかは解けるもんだぜ！　ヴィンセント！」

放たれた弾丸はヴィンセントの額に着弾する。

ヴィンセントは苦悶の表情と共にその膝を落とした。

「グッ……！　か、身体の再生が進まない……ッ！　何故だ！　特殊な攻撃を受けた気配はなかったはずだ……ッ！　まさかあの瓶……？　炎……？」

その時、ヴィンセントは地面に広がる水に気づく。

「いや……違う……この水か！　スプリンクラーの水の中に不死を不活性化させる何かを混ぜたのか……ッ！　不死を殺す薬など……そんなものが……あったのか！」

その顔に凄まじい怒気が浮かび上がった。

「馬鹿な！　何故だ何故だ何故だ！　こ、こんな形で私は死ぬのか！　許さん！　許さんぞ！　貴様ら！　たとえ……私が滅びるとしても……ただではすまさん！　貴様らを道連れにしてやる！」

ヴィンセントは間近にあった黒い装置にあがくように手を伸ばす。

かつてノーマンがロックをかけ、ジゼルの記憶の中にあるコードを打ち込み不死のデータを取り出した装置。

ヴィンセントはその入力コンソールに出鱈目なコードを打ち込んだ。

「生きては帰さんッ!!」

爆発音のような衝撃と共に、その場にけたたましい警報音が鳴り、施設内に警告の機械音声が流れ出す。

『誤った解除コードの入力を検知しました。フェーズ99、隠蔽プログラムを起動。施設内にいる職員は直ちに避難開始してください。当施設は後5分で完全破壊されます』

音声と共に施設の閉鎖扉が起動し始める。

その辺りの様子を見渡し、池田は思わず声を荒げた。

「なんだとッ！　クソッ！　最後の最後にとんでもないことをしやがった！」

通路は次々に塞がり、その逃走経路すらも遮断していく。

だがその直後、

「池田ッ！　左側の扉から脱出用通路に出られる！　そこから外に逃げるんだッ！」

その場にジゼルの声が響いた。

「……ッ！　ジゼルッ！　目を覚ましたのか！　肩を貸すッ！」

池田はジゼルに駆け寄り、手を伸ばす。

「私はいい！　早く……逃げろッ！」

ジゼルはその手を振り払うが、

「そういう訳にいくか！」

池田は構わずその手を取った。

「皆は無事か⁉」

池田が問いかけると、ねね子が不安げな視線を返す。

「な、なんとか……。で、でもアキラの足が折れちゃってるみたい」

アキラはその片足を膝立ちにしたまま、ジゼルに固い笑みを向けた。

「こんなの平気よ。ジゼル良かった。目を覚ましたのね……」

「アキラさん！　僕が肩を貸します！　行きましょう！」

アレックスがアキラの手を取り、その身体を引き起こす。

「行くぞ！」

池田達は脱出通路に向け、駆け出した。

「……ッ！　な、なんの音⁉」

薄暗い通路の中、遠くから爆発に似た大きな音が響き、ねね子は怯えた視線を向けた。

ジゼルは荒い呼吸を吐き出した後、答える。

「恐らく、ヴィンセントが施設に残っていた実験体をすべて解放したんだ。隠蔽プログラムが作動したことは既に外部に漏れているはずだ。早くこの島を脱出しないとこの島の存在ごとお前達は消されることになる……。彼らは決してこの島の真の姿を知った人間を生かしはしない」

そう言った後、ジゼルはねね子の持っている装置に視線を向けた。

「ねね子……お前が持っているそれは外部との通信装置か？」

「え……うん……。リ、リールがボクに預けた装置……」

「最後の頼みの綱はそれになるな……。今、この状況を打開できるのはお前しかいない。先に行って、その装置を作動させるんだ」

「わ、わかった」

ねね子はそう言って頷いた後、ジゼルに向かって暗い表情を向けた。

「あ……ジ、ジゼルごめんなさい。ボクのせいでアウロラが……」

ジゼルは一瞬、そのねね子の言葉の意味に思い至らなかった様子だったが、やがてそれに気づくとその顔に固い笑みを浮かべた。

「ああ、N—131のことか……。あれはアウロラだったものにしか過ぎない。仮にあれがアウロラだったとしてもこれ以上その手を血で染めるより、消滅させてやった方が彼女のためだっただろう……。だから気にするな」

ねね子は潤んだ瞳を浮かべ、無言のまま頷く。

池田は励ますようにねね子の肩を叩いた。

「ねね子、安心しろ、俺達はすぐに後を追う。お前は先に地上に出て、リールの言った通りに装置を起動させるんだ。出来るな？」

ねね子は手に持った装置の肩紐をギュッと固く握り、皆に視線を向けた。

「わ、わかった。い、池田、みんな……。必ず、帰ってきて！」

ねね子は一人、暗い廊下を駆けていく。


ねね子がその場から駆けていった後、ジゼルはその顔を歪めつつ声を上げた。

「……池田、すまない。下ろしてくれないか？」

「ああ……」

池田はゆっくりとジゼルの身体を下ろす。

ジゼルは壁に背をもたれかけさせた後、アレックスの持つバッグに視線を向け、言った。

「アレックス……お前の持っている爆弾はここに置いてけ」

「わ、わかりました……。けど、爆弾をここに？　ジゼルさん、一体何をするつもりなんですか……」

「私はここに残って奴らを食い止める。やれやれ……本当は私が招待客ごとこの島を爆破するつもりだったんだが、少し予定が変わったようだな……」

「ま、待ってください！　今、やっとわかったんです！」

アレックスが慌てて声を上げた。

僅かに間を置き、アレックスはその目を潤ませながら言葉を続ける。

「僕はジゼルさんに伝えなければならないことがあるんです……。ごめんなさい……僕は皆に嘘をついてました。この施設を利用したのは祖母なんかではないんです」

そう言って、自らの胸に手を当てる。

「ウェルナー家は代々心臓に問題を抱えていた家系……そして僕もその一人でした……」

ジゼルはそのアレックスの様子を見て、何かを悟った。

アレックスの目から涙がこぼれ落ちる。

アレックスは夢の中で見た少女のことを思い返していた。

時折、夢に出るその少女は自分にとって特別で、とても愛おしい存在であるはずなのに、目を覚ますとその記憶は消え去り、後にはただ深い悲しみと焦燥感のようなものだけが残っている。

あの少女は一体誰なのだろうか？

自分は何を忘れているのだろうか？

そんな疑問がずっと頭の中に残り続けていた。

だが、今やっとその答えがわかった。

「ジゼルさん……。アウロラさんの心臓を移植してもらったのは僕なんです……」

ジゼルはそのアレックスの瞳をジッと見つめ返し、ぽつりと呟く。

「そうか……お前だったのか……」

「ずっと不思議だったんです。僕はこの島に行かないといけない……帰らないといけないってことが頭を離れなくて……。何故、僕はアウロラという名前を聞くと胸が高鳴るのか……。たぶん……いえ、きっとアウロラさんはこの島に帰って、あなたに会いたかったんです。それをずっと望んでいた。ジゼルさんごめんなさい。僕はアウロラさんを犠牲にしてまで、僕は…………」

ジゼルは微笑を浮かべ、その手をアレックスへと伸ばした。

「そう謝るな。アウロラもきっと喜んでくれているさ……。なあアレックス、一つだけ、私の願いを聞いてくれ。最後にアウロラの心臓の鼓動を聞かせてくれないか……？」

アレックスはハッと顔を上げ、力強く頷く。

「……はい！　ジゼルさん！」

ジゼルはアレックスの胸に耳を当てる。

そこからトクントクンと確かな心臓の音が聞こえる。その音はとても懐かしい音だ。

確かにアウロラはそこにいる。

ジゼルはそのアウロラの言葉に耳を澄ます。

脳裏に様々なことが思い起こされる。アウロラとの記憶、……約束。

そうだ、アウロラはあの約束を果たしたのだ。

ジゼルはアウロラに呼びかけるように静かに呟く。

「ああ……アウロラ……。あなたは、帰ってきたのね……。このシロナガス島に……」

僅かな静寂が辺りを包む。

その極限の状況下にあってもその二人の間には確かに優しく、儚い時間が流れていた。

だが、その時は警告の機械音声によって破られる。

『施設破壊まで残り3分』

ジッとその二人の様子を見つめていたアキラは、ジゼルの肩にそっと手を添えて呟く。

「ジゼル……あなたはもう残るって決めたのね……」

ジゼルはアキラの目を見返して頷く。

「ああ……アキラ。あなたに近づいたのは計画のためだけだったけど、一緒に過ごした日々はそう悪くはなかった。ひょっとするとそれは最も幸せな時間だったのかもしれない……。感謝している」

そう言った後、ジゼルはアキラの手を取り、それを優しく握りしめた。

「最後に一つだけ……。心に壁を作り、他人を拒絶し過ぎるな。本当の信頼できる関係を作れ。無駄になんでも突っかかり過ぎるのが玉にきずだ。それだけご注意を」

アキラは必死に涙を堪えようとするが、その目からひとりでに涙がこぼれ落ちる。

ジゼルはそんなアキラの姿をジッと見つめ、笑みを浮かべて言った。

「それじゃあ、お嬢様。どうかお元気で……」

直後、その場に大きな衝撃音が響いた。

施設から脱出通路へと繋がる鉄の扉は何かの衝撃によって歪み始めている。

池田はそれに向かって銃を構えながら、アキラとアレックスの二人に向かって、叫ぶ。

「さあ行け二人とも！」

アレックスはアキラの手を引く。

「ジゼルッ！　あなたのこと……大好きだったわ！」

アキラは遠ざかるジゼルに目一杯手を伸ばし、叫んだ。

「さようなら……ジゼルッ！」


一瞬の静寂の後、再び凄まじい衝撃音が響く。

鋼鉄製の扉は半ば破壊され、その隙間からは得体の知れない数多くの手が伸び、その扉をこじ開けようとしている。

それを見た池田はニヤリと笑みを浮かべた。

「さあて……どうやらお出ましのようだ！　最後の締めだ！　派手にやってやるぜ！」

ジゼルは呆れたように、小さく息を吐き出す。

「お前も変わった男だな……。これ以上、私につきあう必要なんてないんだぞ？」

「なに……ほんの酔狂さ。あの二人が逃げ切れるまではお前につきあう！　さあジゼル、行くぞ！」

「ああ！」


施設を抜け、島の上にたどりついたねね子はその丘を駆けていた。

夜はもう明け、空は僅かにその明るさを増し始めている。

ねね子は息を切らしながらも必死に駆け続ける。

足がもつれて転ぼうとも起き上がり、キッと前を向く。

「……はあはあ！　夜明けだ！　く、雲が切れて、空が見えてる……ッ！」

朝焼けに照らされた空、分厚い雲に僅かな切れ間が見えた。

ねね子はそれに向かって駆ける。

やがて、丘の頂上へとたどりつくとねね子はそこに装置を設置し、空を見上げた。

厚い雲の切れ間に青い空が広がっている。すべての条件は整った。

「ここまで来たんだ！　ここで駄目だったら全部が駄目になっちゃうんだ！　みんな助かるかどうかの瀬戸際なんだ！　だから届いて！　お願いッ！」

ねね子はリールの思いを託し、そのコードを打ち込んだ。

池田が何発目かの銃弾を放った直後、銃はホールドオープンの状態で固定された。

池田はチッと舌打ちをする。

「チッ……弾切れだ」

「……こっちもだ」

そう答えてジゼルは銃を地面に置いた。

その通路はまさに死屍累々という有様だった。得体のしれない異形は地面に溢れ、それらの肉体は次第にグズグズに崩れ、一体の肉塊へと変容し始めている。

「どうやらなんとか第一陣はしのぎきったようだが……次はキツそうだな……」

ジゼルは池田の目をジッと見つめて言った。

「池田、ここまででいい。これ以上はつき合う必要はない。もう十分だ。これだけやればあいつらが追いつかれることはない」

「いいのか……ジゼル」

「ああ……最後のケリは私がつける……」

ジゼルは爆弾の入ったバッグの上に手を置き、そう答えた。

そうした後、苦笑と共に口を開く。

「ふふ……お前は最後までおかしな奴だったな……池田戦。出来れば……お前とはもっと違う形で出会いたかった……。もしも昔にお前と出会っていたら……私は……」

池田も僅かに苦笑を浮かべたもののすぐにそれを消し、真剣な表情を浮かべ頷く。

「ああ……そうだな……」

そうして、池田はジゼルの肩に手を添えて言った。

「俺もそう思う。お前とはもっと違う形で出会いたかった……。そうすればきっと
……」

ジゼルは無言のままジッとその瞳を見つめ、ただ小さく頷いた。

「ジゼル……じゃあな……。いや、違うな……また会おう。いつかまたどこかで……」

池田が固い笑みを浮かべてそう言い、ジゼルもそれに笑顔で答える。

「ああ……今度は友として出会おう」

「ああ、必ず！」

池田は駆け出した。

遙か彼方の出口へと向かって。

僅かな静寂が取り戻された通路の中、ジゼルは一人息を吐き出す。
『施設破壊まで残り1分』
警告の機械音声が流れた直後、その場にひときわ激しい衝撃音が響く。
ジゼルは、通路の先に見慣れた人影があることに気づくと、その顔に苦笑を浮かべた。
視線の先にいるそれは、肉体再生の機構が機能せず、もはや人としての形すら失い、
ただもがくようにその歩を進め続けていた。

ヴィンセントは肉塊の隙間から僅かに覗いた目を見開き、ジゼルに向かって怨嗟の声を上げる。

「許さん……許さんぞ……ッ！　必ず……必ず……道連れに……ッ！」

「醜いな……ヴィンセント。人の形を失ってもまだ怒りに捕らわれるか……。いい加減、終わりにしようじゃないか……」

「……わ、私はまだこんなところで死ぬわけには……。私は……」

ヴィンセントは腕らしき部位を振り上げ、ジゼルへと詰め寄る。

ジゼルはそれに哀惘の感情が入り交じった視線を向けた。

「もしかすると、やがて人はその死をも克服する時が来るかもしれない。だが、それに選ばれるのはお前ではない。人はその死までに、いかに何をやり遂げたかで一生の価値が決まる」

そのジゼルの手が配線へと伸びる。

「ヴィンセント……お前はやり遂げたか？」

ヴィンセントはハッとそれに気づき、ジゼルに倒れ込むように身を寄せる。

だが、ジゼルの方が早い。

ジゼルは笑みを浮かべて、言い放った。

「私は……やり遂げたぞ！」

「……ッ！　ジゼル…リードォッ!!」

島の出口へと続く階段を上り続けていた池田は、不意に鋭い爆発音を感じた。

辺りが揺れ、天井から細かい塵が落ちる。

それは施設破壊の爆発ではない。

池田はその顔に苦い表情を浮かべ、声を絞り出す。

「ジゼル……ッ!!!」

池田はその感傷を振り払い、階段を上り続ける。

出口へと繋がる直線通路。その遙か彼方に明かりが見えた。

『施設破壊まで残り30秒』

「クソッ!! 間にあえッ!!」

だが、出口に向かって駆け出した直後、その場で大きな爆発が起こった。

凄まじい衝撃が走り、目前の天井が崩れ落ちる。

「グ……ッ!」

池田はその崩落を寸前で回避したが、瓦礫は通路を完全に塞いでしまっている。

明かりも消え、僅かに見えた外への光も今はもうない。

「なんだとッ! まだ時間が残ってるっていうのに……! こんなところで行き止まりか!」

池田はその暗闇の中、舌打ちをする。

「やれやれ……随分とせっかちな爆弾もいたもんだな」

たばこをくわえ、ライターで火をつける。

深い暗闇の中、僅かにオレンジ色の光が広がり、消えた。池田は闇に向かって紫煙を吐き出した。

「だがきっと、ねね子達は助かるはずだ。最善とまではいかなかったが……まあいい、上出来だ。やるだけのことはやった。ああ、これでいい……」

遠くから施設破壊の機械音声が響く。

『施設破壊まで5……4……3……2……1……0……。破壊開始』


暗い、漆黒の闇。

何も見えず、何も聞こえない。

だが、ほんの僅かに誰かの声が聞こえる。

池田はその暗闇の中で、ただジッとその声に耳を傾ける。

懐かしい声だ。

「……さん……。池田……さん……」

声と共に、暗闇の中、ぼんやりとその少女の姿が現れる。

「こんなところで諦めちゃ駄目よ！　池田さんは凄い人なんだから、だから立って！」

アウロラは、池田に向かって手を伸ばす。

池田はジッとそのアウロラの姿を見返し、問いかける。

「これは……夢…………？」

辺りの光が強さを増した。

「夢なんかじゃないわ！　池田さん、ここまで来たんじゃない！　あとほんのちょっとだけだわ！　だから立って！　進むの！」

光はまばゆいほどに辺りに溢れ始める。

アウロラの隣に立つ少女が同じように池田に向かって手を伸ばす。

白のワンピースを着たジゼルは池田に向かって手を伸ばし、その顔に笑みを浮かべた。

「ああ、そうだ！　池田！　まだこっちに来るには早すぎるぞ！　さあ立て！　立ち上がって前に進め！　そしてたどり着くんだ！」

そして二人は共に声を合わせて言った。

「みんなの元にッ！」

その二人に向かって池田は手を伸ばす。

次第に光は強まり、すべての光景を包み込んでいく。

「……ッ！」

その二人の手に触れたかと思った瞬間、その光の世界は現実へと戻った。

再びの大きな振動と共に、瓦礫が崩れ落ち、その隙間から出口の光が射し込む。

池田はその光を見つめ、頷く。

「アウロラッ！　ジゼルッ！　恩に着るぞ！」

池田はその光に向かって駆け出した。


島の上で辺りを見渡していたねね子は、突如上空に現れたその戦闘機を見て、思わず声を上げた。

「せ、戦闘機……!?」

上空に鋭い轟音が響く。

その場にいたアキラとアレックスの二人はそれを見て、僅かに表情を緩ませたが、ねね子には安堵の色はなく、不安な表情を浮かべ続けている。

ねね子はその身を震わせた。

先ほどの通信を行ってからあまりにも到着が早すぎる。

「こ、これはたぶんさっきの合図で来た奴らじゃない。嫌な予感がする……。うわッ！」

地震のように地面が震え、三人は思わずバランスを崩す。

その中、アレックスが青ざめた表情で声を上げた。

「この揺れは！　地下で施設の破壊が始まったんだ！　で、でも、池田さんがまだ……」

「え……ッ！　そ、そんな！　池田ァッ！　助けに行かないと！」

思わず駆け出そうとしたそのねね子の腕をアキラが摑んだ。

「馬鹿言ってるんじゃないわよ！　ねね子！　あんたが行ったってどうなるわけでもないでしょ！　池田を信じなさい！」

その時、上空に二機のヘリが現れた。

それらは地上に降下する様子を見せないまま、こちらの状況を窺うかのようにホバリングを開始する。

アレックスが不安げな視線を向ける。

「ヘリコプター!?　あれは僕達を助けに来てくれたんでしょうか……？」

三人がその上空のヘリを見上げる中、

「伏せろ！」

池田がその場に飛び込み、三人を地面へと倒した。

皆が伏せた直後、すぐその真近くを凄まじい銃弾の掃射が走る。

銃弾は鋭い風切り音と共に土煙を上げ、草の中に倒れ込んだアキラは思わず叫び声を上げる。

「きゃあっ！　撃ってきた!?　なによ！　全然味方じゃないじゃないの！」

ねね子は這うようにして池田に近づき、その服にすがりついた。

「い、池田！　遅いぞ！　本当に心配してたんだからぁッ！」

「ああ、アウロラとジゼルのおかげで助かった……」

そう答えた後、池田は上空を見上げて声を張り上げる。

「上空のヘリには身を晒すなッ！　あれは俺達を消しに来た連中だッ！」

「んなこと、とうの昔にわかってるわよ！　じゃあどうすればいいっていうのよ！」

その時不意に、池田は上空のヘリの挙動がおかしいことに気づく。

本来ならばすぐにでも第二射が放たれていたはずだ。だが今、上空のヘリはただホバリングを続けたまま次の行動を決めあぐねている。

「何故か連中の動きがおかしい。連携が上手く取れていない……。待てよ……」

池田は、ねね子の通信装置を見てそのことに気づいた。

「そうか！　島のジャミングで通信が妨害されているんだ！　その隙を突けば……」

直後、上空にいる二機のヘリに割って入るようにして、別のもう一機のヘリが現れた。

そのヘリは、まるで池田達に向かって落下しているのではないかと思う速度で急降下し、地面の寸前で減速し停止する。

凄まじい轟音と強風が吹き荒れる中、ヘリの扉が開き、その中にいた迷彩服の男が皆に向かって声を張り上げた。

「早く乗れ！　リールは!?　リール・ベクスターはどうしたッ!?」

「リールは駄目だった！　彼女は帰れない！」

男はその顔に僅かに苦渋の色を浮かべた後、池田に手を伸ばす。

「よし！　乗れ！　飛び立つぞ！」

「あ、あのヘリはもう追ってこないみたいだけど……。本当に助かったんだろうか……」

ねね子はヘリの窓から辺りを見渡し、呟く。

既にあの二機のヘリの姿はない。

このヘリの追跡を行うかに見えた二機はやがて離脱し、どこかへと去って行った。

池田は辺りから危険がなくなったことを確認した後、小さな声で呟く。

「ああ、どうやら、助かったみたいだな……」

「これで本当に終わったんですね……」

アレックスが呟き、アキラもその顔に悲しげな表情を浮かべて頷く。

「ええ、終わったわ……。これで全部ね……」

ふと、ねね子は窓の外に見えるシロナガス島に気づき、それに向かって指をさした。

「あ、池田……見て」

彼方に見えるシロナガス島、海に浮かぶその島の頂からは蒸気混じりの煙が白い筋を描き、伸びている。

「シロナガス島……。ま、まるで鯨が潮を吹いているみたいだ……」

池田もそれに視線を向け、頷く。

「ああ……。もしかすると、昔、これと似た光景を見た誰かが、あの島をシロナガス島と名付けたのかもしれないな……」

ねね子は「うん」と頷いた後、ふと隣のアキラに視線を向ける。

アキラはただジッと宙を見つめ、無言のまま悲しげな表情を浮かべ続けていた。

ねね子は口ごもりつつもアキラに向かって話し始める。

「あ、あの……アキラ……。ボクはシロナガス島の地下でアキラのお父さんの書類も見つけたんだけど……。お父さんはアキラのお母さんを放っていたわけじゃない。お父さんは必死にアキラのお母さんを助けようとしていたんだ。たとえ、どんな悪に手を染めたとしても……。だ、だから仲直りしてあげて。人はまだ永遠には生きられないから……。やり残したことはもうずっと取り戻せないから……」

そのねね子の言葉を聞いたアキラはハッと目を見開いた後、その視線を落とす。

「なによそれ……。あの男が……。でもそんなの……」

アキラは自分が追い求めていた父の真実を知りその言葉を失う。考えを整理出来ず、ただ無言のままその視線を漂わせ続けた。

その場に僅かな沈黙が訪れ、ただヘリの音だけが響く中、迷彩服の男が池田に向かって声をかけた。

「……少しいいか？　直に、このヘリは我々のベースにつく」

そう言った後、男は四人を眺めて、苦笑と共に言葉を続ける。

「それにしても気になっていたんだが……。本当にあんた達がリールが伝えたＶＩＰだったのか？　とてもそうは見えないな」

「ＶＩＰ？　あの暗号はどんな意味があったんだ？」

「『最重要の人物確保。至急救助求む』だ。本来、この最重要ってのは大統領クラスの人物を示すコードだったはずなんだがね」

　ねね子は苦笑を浮かべる。

「だ、大統領……。リールってば、随分と無茶な暗号教えたんだなぁ……」

　池田もそれに釣られるようにして笑った。

「ふふ……大統領か……。リールらしいな……」

　そうした後、ジッと池田は遙か彼方に見えるシロナガス島に視線を向ける。

　様々なことが思い起こされる。

　それも今となっては遙かに遠い出来事だ。

　池田はたばこをくわえそれに火をつけた。

「ああ……これですべて終わったな。さらばシロナガス島……。リール……ジゼル……アウロラ……。またな…………」


『シロナガス島レポート』

【最高機密、セキュリティレベル3】

調査隊によって、施設内に多数の遺体を発見。

液状化した実験体の残骸を発見。

安全性を確保の後、収容。

各種、研究データは発見出来ず。

すべて破棄されたものと推測される。

当シロナガス島は生物兵器汚染地域として厳重な管理下に置かれ、接近は固く禁じられる。

尚、招待客四名の所在は不明。

探索は打ち切りとする。


以上。

」5「

賑やかな街の中、アレックスはふとその場で立ち止まり、ショーウインドウのガラスに映る自分の姿に視線を向けた。

何気なく髪に触れる。

あの島にいた時から、少しだけ髪が伸びた。

アレックスは自分の胸に手を当て、考えを巡らす。

アウロラのことはねね子から聞いた。自らの心臓を移植した彼女にどのようなことが起き、そして、彼女はどういう生き方をしたのかということを。

アレックスはガラスに映る自分に視線を向け、問いかける。

僕は本当に、アウロラさんを犠牲にしてまで、生きながらえていい人間だったんでしょうか……？　今でも時折、わからなくなる時があります。

手が触れる胸からは今でも確かな鼓動が伝わってくる。

アレックスはその鼓動を感じながら目をつむる。

すいません……こんなことを言ったらアウロラさんに怒られるかもしれませんね……。

アウロラさんはとても優しい人だから……。

アウロラさん……。僕は一生をかけてその答えを見つけ出そうと思います。意味のある人生だったと胸を張って言えるように……。

どうかそれまで、僕の胸の中で見守っていてください。

そう心の中で語りかけた後、アレックスはジッと雑踏の彼方へと視線を向ける。そして、一歩一歩しっかりとした足取りで歩き始めた。

――リリィ・アレクサンドリア・ウェルナー――

新たな決意を胸に秘め、日常へと戻る。

大病院の一角、アキラはその扉を前にして自分を落ち着かせるように大きく一度深呼吸をした。

花束を持つ手に自然と力が入ってしまう。

アキラはジッと目をつむり、心の中でジゼルへと呼びかける。

ジゼル……私のこと見てる？

私はまだ跡取りとしては半人前だけど、それでも一応頑張ってるわ。前に私に言ったわよね？

なんでも突っかかり過ぎるのが玉にきずだって。だから少しだけ素直になってみようと思うの……。まさか私がこんな気持ちになるなんて思いもしなかったわ……。

全部、ジゼルのおかげよ……ありがとう。

アキラは、小さく笑みを浮かべた後、その扉をノックする。

「失礼します……。お父様…………」

―アキラ・エッジワース―

エッジワース家の跡取りとして多忙な日々を過ごす。

父親、ジョージ・エッジワースとの和解を果たす。

飛行機の中、ねね子は眼下に広がる街の明かりを眺めていた。
その明かりが近づくにつれて、長かったこの旅が終着に近づいていることを感じる。
ねね子はふと飛行機のガラスに映る自分の姿を見て、それに手を伸ばす。
まるであの記憶の中での出来事を思い起こすかのように。
そして彼女に向かって語りかける。
ジゼル……。
まだボクの中にジゼルの心が残っている感じがするよ……。
ボ、ボクはとても臆病で寂しがり屋だけど……少しでもジゼルみたいに強くなれたらいいな……。
シロナガス島で見たのは辛いことばかりだったけど……。
何故か今、思い返すと全部とても愛おしいことのようにも思えてしまう……。
とても遠くて……そしてとてもとても懐かしい……。
ありがとう……。
ねね子はその目を潤ませ、そして呟いた。
「ボクは絶対にみんなのことを忘れないよ……」

—出雲崎ねね子—

数々の思い出と共に日本への帰路につく。


「……以上が報告となります」

依頼人のエイダを前にした池田はその報告を終えた後、言葉を続ける。

「エイダさん……確かにヒギンズ氏は決して犯してはならない罪に手を染めました。ですがこれだけはわかってください。ヒギンズ氏はあなたのことを本当に愛していたのです……」

エイダは流れ落ちる涙を拭いもせず、池田に問いかける。

「少女の名前は……なんというのですか……」

池田は頷き、そして、その少女の名前を言った。

「アウロラ……。アウロラ・ラヴィーリャです」


夜、池田はイースト川のたもとに立ち、小さく息を吐いた。

目の前にはマンハッタンの夜景がまばゆいばかりに広がっている。

池田は手に持った銀色の筒を握りしめる。

そして目の前に広がる夜景に視線を向け呟く。

「よう、リール……。酒を酌み交わす約束は果たせなかったが……どうやらもう一つの約束だけは果たせそうだ……」

白い遺灰がイースト川に散った。

池田はただジッと夜景を見つめたまま、彼女に向かって問いかける。

「なあ、いい眺めだろ……？　リール……」


―池田戦―

シロナガス島の報告を終え、事件に終止符を打つ。

リール・ベクスターとの約束を果たす。


その島は、もはや忘れ去られた。

記憶の洪水に飲み込まれ、やがてすべては忘却の彼方へと消えていく。

誰もいなくなった島。

シロナガス島。

ルイ・アソシエ。

そこには明かりもなく、そして誰の姿もない。

かつての騒がしさも遙かに遠く。ただただ静寂の中にある。

暗い闇の中、鮮やかな青い蝶が舞う。

その先に立つ金髪の少女はその場でくるりと回転し、そのスカートをたなびかせる。

やがて少女はその先にいる誰かの姿に気づくと、闇の中へと駆けていき、その姿を消した。

様々な欲望と希望と絶望も、すべては過去へと過ぎ去った。

島から去った人々は、新たな人生を歩み始め、彼方でそれぞれの未来を築いていく。

島での日々を忘れることはなくとも、それは失われた。

残されたのは皆の心に刻まれた思い出だけだ。

ここにはもう、なにもない。

シロナガス島への帰還　完

ルイ・アソシエ設定資料

本館

※左図参照

地上4階建て。
1階にエントランス、
食事会場、通信室、
4階に主人の書斎がある。

［設備］

エレベーター
本館1階〜4階の移動手段。

通信室
島に発着する船舶との無線通信などに使われる。

貯蔵室
主人および来客用の酒が貯蔵されている。
ワインからハードリカー、大衆酒から希少な高級酒まで、
様々な種類が取り揃えられている。

食事会場
バーカウンター、書架が付設されている。
食事用の長テーブルには、主人と来客を合わせた
人数分の席が用意されている。

廊下
壁に奇妙な絵画が飾られている。

回廊—橋
別館に繋がる唯一の通路。
通行の際、重い鉄扉のハンドルを回さないと通れない。
ハンドルはしっかり最後まで回さなければ、
すぐに扉が降りてきて挟まれる危険性がある。

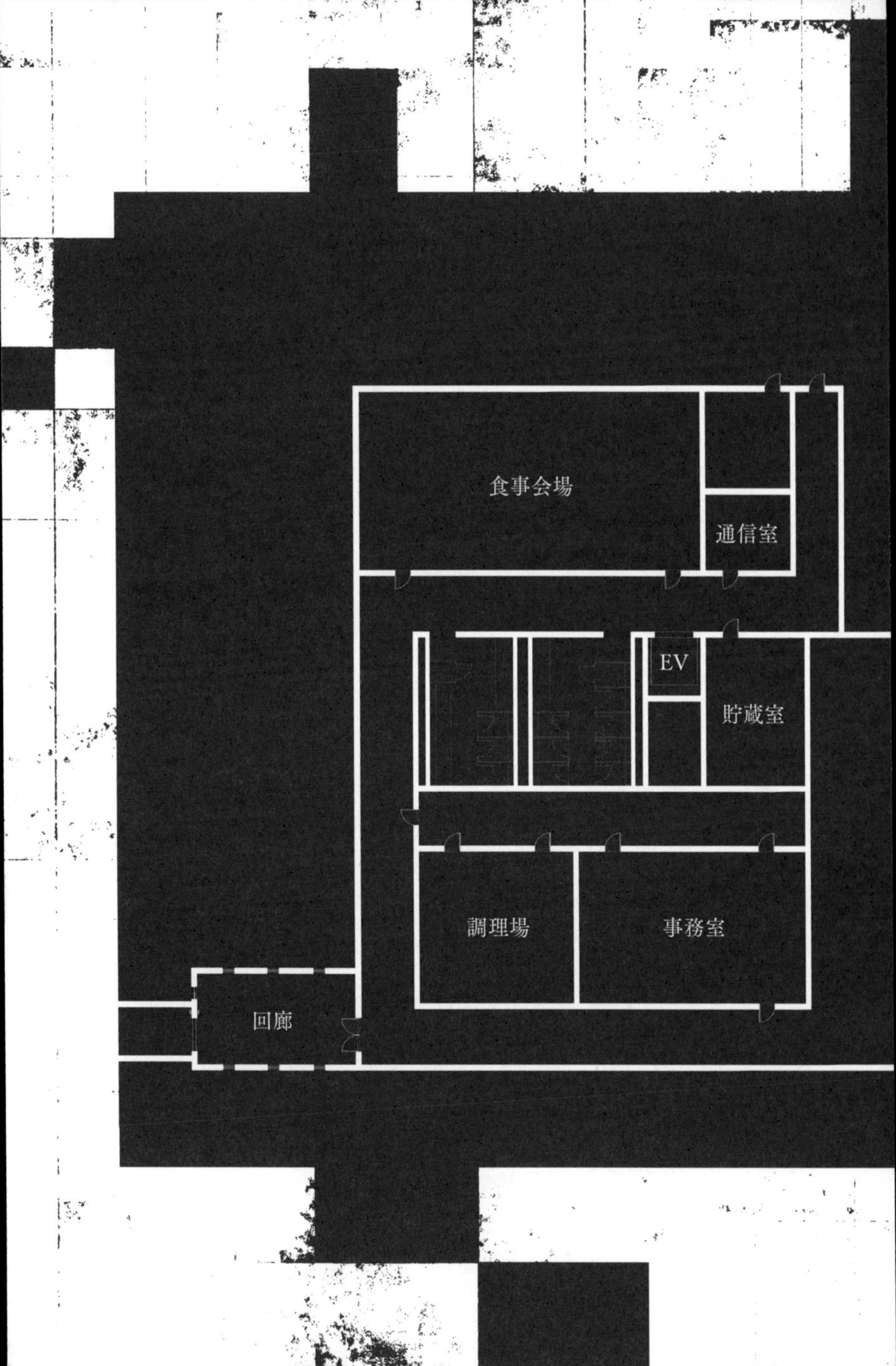
食事会場
通信室
EV
貯蔵室
調理場
事務室
回廊

別館

※左図参照

地上2階建て。
本館と橋で繋がっているが、
それ以外の出入り口はない。
ベーリング海に臨む断崖絶壁に建っており、
窓を開けると強風に煽られて
転落の危険性もある。

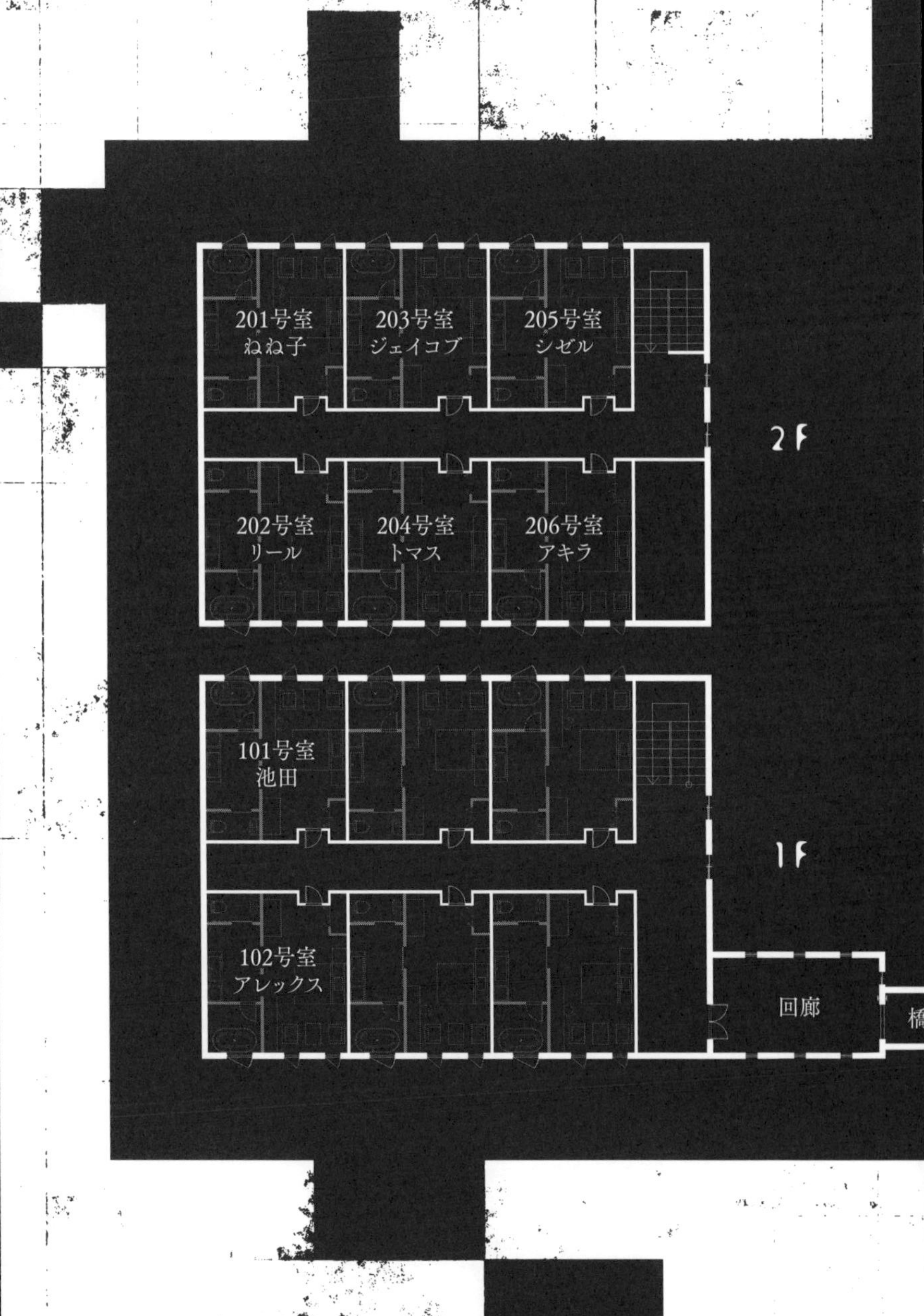
201号室
ねね子
203号室
ジェイコブ
205号室
シゼル
2F
202号室
リール
204号室
トマス
206号室
アキラ
101号室
池田
1F
102号室
アレックス
回廊
橋

あとがき

『シロナガス島という奇妙な名の島がある』

当初構想されていた内容はこれだけであった。

思えばこのゲームに取りかかろうとしていた時は迷走の真っ只中にあったと思う。一応、以前講談社の方で小説賞をいただいたことがあったのだが、その後は鳴かず飛ばずで低迷期が続き、自分の進む方向もいまいちわからず、四コマ作家にでもなろうかと真剣に考える程であった。

そんな中、以前から作りたいと思っていたゲーム制作のことを思いつき、制作を進めることになったのがアドベンチャーゲーム『シロナガス島への帰還』である。

イラスト、シナリオ、プログラム、UI、果てはPV制作まで、すべて完全個人制作から始まった本作は2017年の体験版、2018年の完成版を経て、片岡真悟氏によるオリジナルBGMの実装、またSwitch移植、ボイス実装を目指して行われたクラウドファンディングでは、目標金額である200万円の1323%、2,647万円を集め、豪華声優によるボイスも実装することが出来た。その後、DMM、Steam、DLsite、

Nintendo Switch版でのリリースを経て、このあとがきを書いている現時点では販売本数15万本を超えるヒットとなっている。完全個人制作初のアドベンチャーゲームがそれほどの本数を売り上げられたのはなかなか希有なことでないかとも思う。そして今回、まさかその流れからノベライズを刊行できることになるとは、いやはや物事はどう転ぶかわからない。この幸福な機会を与えてくださったKADOKAWAさん、また素晴しいイラストを描いていただいたしろいさんに改めて御礼を申し上げたいと思う。

さてここで、舞台となったシロナガス島、またキャラに関する話を掘り下げたいと思う。

シロナガス島の舞台を決めた流れはこうだ。

まずシロナガス島というくらいなのだから、たぶんそれは湖ではなく海にある島だろうし（湖に『シロナガス島』という名前の島があるというのもそれはそれで面白いが）南国というよりは極地周辺の寒い場所だろう。絶海の孤島ならなお良い。

そこで思い浮かんだのはベーリング海に浮かぶセントジョージ島だった。それは私が中学生の頃に読んだ、開高健氏の著書『オーパ、オーパ!!』にも登場した島で、アリューシャン列島から北に大分外れた位置にあるまさしく絶海の孤島で、その島の荒々しさ、物寂しさが強く私の印象に残っていた。

かくしてシロナガス島は誕生し、個性豊かなキャラ達と共に物語が始まったのだ。

当初は完全に本格ミステリーの文脈で構築しようと思っていた本作だが、話が進んでいく内にそれにSFやアクションといった要素がふんだんに加わることとなった。個々は王道な展開ではあるが、ある意味ミステリーの文脈からすると、かなりセオリーを外している形になったのではないかと思う。

主人公の池田戦について、彼はこのシロナガス島の話だけではなく、他の話でも登場する人物で、その原点を探ると私が小学生の頃に書いていた漫画まで遡れる。当初は単なる釣り好きのおっさんという立ち位置だったが、その後、特殊部隊から探偵業という変遷を経て、今回、話の中心となり登場してもらうこととなった。以前の受賞作もこの池田戦が主人公である。どんな困難に直面しても余裕と冗談をかかさない強い男だ。

それこそ一昔のライトノベルではおっさん主人公などあり得ないと切り捨てられるものだが、近年では読者層の年齢が上がった為か許容される流れになっているらしい。ありがたい時代になったものである。

助手の出雲崎ねね子に関しては、こちらも元々他の物語の登場人物で10年ほど前の小説に登場したのが原点である。その時の時点で見た目はほぼ同じだが、性格には若干の差異がある。当初は髪で隠しているがその下は絶世の美女という設定であったが、現状のねね子さんは髪の下はまあそこそこ綺麗な文学少女(見た目)ではあるが、特にその点がフィーチャーされるわけではない程度に落ち着いている。

今回のシロナガス島の物語は、島に捕らわれた少女達の話なわけであるが、その中にあってもねね子さんは物語の当初から一番成長したキャラでないかと思う。

また当然ながら他のキャラに関しても、このシロナガス島に至るまでには様々な紆余曲折があり、皆それぞれの思いを持ってシロナガス島へと訪れているわけだが、またそれらのキャラに視点を向けた物語も機会があればなんらかの形で公開出来ればとも思っている。

私は物語を作る際、話を構築するというより、どこかの世界に実際に存在しているキャラを覗き見るという感覚で物語を創造している。今回も、個性豊かなキャラ達が様々な問題に直面し、それを乗り越えていく様を覗き見せてもらった。

また、そういう感覚で紡がれた物語、キャラであるからこそ、皆はゲーム、小説だけに留まることなく、様々な方向で活躍してくれるのだとも思う。

読者の方々もこの小説に触れることで、彼ら、彼女らの物語の一端を覗き込むことが出来たと思えたのなら、これに勝る喜びはない。

鬼虫兵庫

あとがき

　こんにちは。この度、こちらの「シロナガス島への帰還」イラストを描かせていただきました。しろいです。

　ノベライズ版発売、おめでとうございます!!!

こんなとんでもない作品に携われたこと、たくさんのシーンを描かせていただいたこと…身に余る光栄です。

　ただそれとは裏腹に、絵を描くのは上手くいかず…。

　スケジュールをパンパンに使っていただき、関係者の皆様方に大変な迷惑をかけ、先程ついに、最後の1枚を描き終え、このあとがきを書いています…(笑)

　関係者の皆様方、本当にありがとうございました。


　そして、お手に取ってくださった皆さん、本当にありがとうございました。

私の絵で、鬼虫先生の御本と、皆さんの読む世界が少しでも鮮やかになったのなら、それ以上に嬉しいことはないです。

著●カルロ・ゼン

画●篠月しのぶ

既刊*14*巻 好評発売中!!

神の暴走により
幼女へ生まれ変わった
エリートサラリーマン。
効率化と自らの出世を
なにより優先する幼女
デグレチャフは、戦場で最も
危険な存在へとなっていく——。

「我が名はシャドウ。陰に潜み、陰を狩る者……」

みたいな中二病設定を楽しんでいたら、

あれ？ まさかの現実に!?

これぞインテリ式ダンジョン攻略!!

シロナガス島への帰還 下

Return to Shironagasu Island
Hyogo Onimushi presents

2023年9月29日　初版発行

［著者プロフィール］
鬼虫兵庫（おにむし ひょうご）Hyogo Onimushi
島根県出身作家。
小説、イラスト、ゲームなどを製作。
代表作／ミステリーアドベンチャーゲーム『シロナガス島への帰還』

著 ―― 鬼虫兵庫
イラスト ―― しろい
発行者 ―― 山下直久
編集長 ―― 藤田明子
担当 ―― 岡本真一
編集 ―― ホビー書籍編集部
装丁デザイン ― arcoinc
発行 ―― 株式会社KADOKAWA
〒102-8177　東京都千代田区富士見2-13-3
電話：0570-002-301（ナビダイヤル）
印刷・製本 ― 大日本印刷株式会社

［お問い合わせ］
https://www.kadokawa.co.jp/（「お問い合わせ」へお進みください）
※内容によっては、お答えできない場合があります。　※サポートは日本国内のみとさせていただきます。
※Japanese text only

ISBN 978-4-04-737518-5　C0093